POSITIVA

POSITIVA

CAMRYN GARRETT

Tradução
Ana Guadalupe

1ª edição
Rio de Janeiro-RJ / Campinas-SP, 2021

VERUS
EDITORA

Editora
Raïssa Castro
Coordenadora editorial
Ana Paula Gomes
Copidesque
Lígia Alves

Revisão
Manoela Alves
Projeto gráfico e diagramação
Abreu's System

Título original
Full Disclosure

ISBN: 978-65-5924-012-8

Copyright © Camryn Garrett, 2019

Tradução © Verus Editora, 2021

Direitos reservados em língua portuguesa, no Brasil, por Verus Editora. Nenhuma parte desta obra pode ser reproduzida ou transmitida por qualquer forma e/ou quaisquer meios (eletrônico ou mecânico, incluindo fotocópia e gravação) ou arquivada em qualquer sistema ou banco de dados sem permissão escrita da editora.

Verus Editora Ltda.
Rua Benedicto Aristides Ribeiro, 41, Jd. Santa Genebra II, Campinas/SP, 13084-753
Fone/Fax: (19) 3249-0001 | www.veruseditora.com.br

CIP-BRASIL. CATALOGAÇÃO NA PUBLICAÇÃO
SINDICATO NACIONAL DOS EDITORES DE LIVROS, RJ

G224p

Garrett, Camryn
    Positiva / Camryn Garrett; tradução Ana Guadalupe. - 1. ed. - Campinas [SP] : Verus, 2021.
    280 p.

Tradução de: Full Disclosure
ISBN 978-65-5924-012-8

1. Ficção. 2. Ficção juvenil americana. I. Guadalupe, Ana. II. Título.

21-69603
    CDD: 808.899283
    CDU: 82-93(73)

Leandra Felix da Cruz Candido – Bibliotecária – CRB-7/6135

Revisado conforme o novo acordo ortográfico.

Seja um leitor preferencial Record.
Cadastre-se no site www.record.com.br e receba informações sobre nossos lançamentos e nossas promoções.

Atendimento e venda direta ao leitor:
sac@record.com.br

Para todos que foram impactados pela crise da aids.
E para minha mãe, sempre.

1

Por mais que eu tenha tentado convencê-lo do contrário, meu pai continua achando que precisa me acompanhar à minha primeira consulta com a ginecologista. Para ele, esse é um rito de passagem importante.

— Tenho certeza que a tia Camila teria me levado — eu digo, olhando pela janela do carro. Como se já não bastasse o desconforto de irmos a essa consulta *juntos*, o lugar fica perto demais do hospital onde ele trabalha, o que significa que vamos acabar encontrando *pelo menos* três pacientes dele. — Ela gosta de fazer essas coisas, e a gente poderia ter marcado numa data que não atrapalhasse as viagens de trabalho dela.

— Tá, mas você é *minha* filha — ele diz, entrando numa vaga do estacionamento. — E pais adoram fazer essas coisas.

— Não sei por que, mas eu duvido um pouco.

O cabelo preto do meu pai está ficando com várias partes grisalhas, e a pele negra clara do seu nariz tem uma parte mais funda em que os óculos ficam apoiados. Quando não está de jaleco, ele usa roupas de velhinho, tipo colete de lã e calça cáqui. Bem que eu queria que a falta de noção para se vestir fosse a característica mais constrangedora do meu pai, mas não é.

Lá dentro, ele chega ao cúmulo de pegar uma prancheta que trouxe de casa com *perguntas* para fazer à médica. Acho que vou morrer. A sala de espera dá a impressão de ser pequena demais e cheia a aromatizador barato.

Ele apoia a prancheta ao lado do corpo, lendo um questionário que a secretária lhe entregou.

— Quando foi seu último ciclo menstrual?

— *Pai*...

— São perguntas normais.

— Deixa que... — Tiro o questionário da mão dele. — Dessas coisas eu cuido.

— Eu vivo fazendo perguntas assim para os meus pacientes, sabia? A gente não precisa fazer drama.

— Mas eu sou sua *filha*. Aí fica mais esquisito.

Respondo às perguntas correndo, e sou sincera na maioria das respostas. Ele já preencheu as partes que levam mais tempo — principalmente meu histórico médico —, então devolvo o formulário para a moça da recepção. Quando volto, meu pai pegou de novo a prancheta e está relendo as perguntas que anotou.

— Não tem motivo para ficar nervosa, Simone — ele diz, dando uma palmadinha na minha perna. Os óculos dele não param de escorregar até a ponta do nariz. Se ele fosse meu médico, eu não ia conseguir levá-lo a sério. — Muitas das mulheres que eu atendo ficam nervosas antes da primeira consulta.

— Eu não sou mulher. — Minhas pernas balançam para cima e para baixo. — Eu tenho tipo... doze anos.

— Você tem dezessete. A maioria das meninas passa pela primeira consulta com quinze anos, só que é mais uma formalidade. Você nem é...

— Sexualmente ativa. Eu sei. Mas nós dois sabemos que eu não vou transar.

Uma mulher grávida com uma barriga gigantesca fica me encarando. Não sei por que ela parece irritada. Ela vai ter *sorte* se seu filho acabar sendo parecido comigo. Eu cheguei aos dezessete anos sem morrer, para começo de conversa, uma coisa que não sei se meus pais um dia cogitaram.

— Então... — ele diz. — Por que você fez tanta questão de marcar uma consulta agora?

Eu mordo o lábio. Na verdade, não preciso ir ao ginecologista. Não estou namorando. As chances de eu perder a virgindade não aumentaram num passe de mágica. Mas a dra. Khan, minha médica especialista em HIV, recomendou que eu fosse ao ginecologista se tivesse dúvidas, e, sei lá, eu tenho.

É que não posso contar ao meu pai a outra parte da verdade — que eu quero saber mais sobre sexo por causa de um cara gato da escola. Não tem nada acontecendo entre a gente, mas mesmo assim. Eu posso sonhar, não posso?

— Não é errado você querer vir — ele interrompe meu devaneio. — Eu só quero saber o que despertou seu interesse.

— Humm... Eu só estou, enfim, curiosa e um pouco nervosa. Quero fazer algumas perguntas, como eu te falei. Sinto que não sei nada, e a dra. Khan disse que vir aqui era uma boa ideia.

— Você vai poder fazer perguntas — ele diz. — Eu prometo. Já falei com a dra. Walker um monte de vezes. Ela é uma ótima profissional, e achei que você ficaria mais confortável com uma médica.

— Simone Garcia-Hampton?

Até que a enfermeira parece simpática, e acho bom que ela não comece a bater papo com o meu pai logo de cara. Eu me levanto e ando, meio dura, até a porta. Meu pai apoia uma das mãos nas minhas costas, me guiando enquanto seguimos a enfermeira.

— Há quanto tempo, dr. Garcia. — Ela abre um sorriso para o meu pai quando entramos no consultório. Já que ela não me diz nada, eu subo na mesa em silêncio. — Como vão as coisas lá no St. Mary's?

— Excelentes. — Meu pai retribui o sorriso. — E como vai o pequeno Jason?

No fim, acho que não consegui escapar do papinho. Pelo jeito, todas as pessoas da área médica já viram meu pai no hospital ou numa consulta... ou ele fez o parto de um de seus filhos.

— Cada dia maior — ela responde, folheando meu prontuário. — Certo, Simone. A dra. Walker vai chegar e examinar as mamas e mais um monte de coisas. Mas hoje não vamos fazer nenhum exame vaginal.

Solto um suspiro de alívio.

— Gra...

— Gratidão — meu pai completa, me encarando. — Você está só dizendo gratidão, né?

— É — digo, colocando o cabelo atrás da orelha. Teoricamente meu pai é católico *não praticante*, mas é mais religioso do que admite. — Eu não ia dizer "Graças a Deus". Nossa, será que você não me conhece?

A enfermeira sorri e continua fazendo todas as coisas normais, como medir a pressão e auscultar os batimentos cardíacos. Ela pergunta sobre minha menstruação e a vida sexual, e eu tento ignorar meu pai, que está ao meu lado.

— É muito legal ver um pai e uma filha que têm uma relação tão próxima — ela diz, segurando sua prancheta junto ao peito. — Minha filha é grudada em mim. Eu bem que *queria* deixá-la com o pai.

— É que eu não tenho mãe. — Dou de ombros. — Então não tenho muita escolha.

Meu pai me lança um daqueles *olhares* dele, mas valeu a pena ver a cara da moça. Ela fica toda vermelha, como se tivesse acabado de chutar um filhotinho de cachorro sem querer, e volta em direção à porta com passos largos e lentos.

— Sinto muito. — Ela balança a cabeça. — Toma... Coloca este avental e não esquece de tirar o sutiã. A dra. Walker chega daqui a pouco.

— Simone, aquilo foi uma grosseria — meu pai diz assim que a porta se fecha. — Ela não tem culpa por não saber o seu histórico familiar.

Ele fala como se fosse uma coisa tão *formal*. As pessoas ficam confusas a respeito da nossa família, e acho que entendo por quê. Para começar, eu não pareço filha dele. Ele tem a pele cor de areia escura, enquanto a minha é vários tons mais escura. Tenho certeza de que as pessoas imaginam que puxei à minha mãe, ainda mais quando veem a aliança na mão esquerda do meu pai. Ele não se assumiu para todo mundo. Acho que não conta para ninguém sobre o papito, a não ser quando é obrigado. Por outro lado, o papito exibe a aliança para todas as pessoas em um raio de dez quilômetros. Eles são totalmente diferentes. Eu só queria que o mundo não fizesse meu pai sentir que precisa ficar se escondendo.

— Mas ela não devia concluir essas coisas sozinha — eu digo, indo para trás da cortina e tirando a roupa. — É como o papito sempre fala: a gente tem uma boca e dois ouvidos para ouvir o dobro do que fala.

— Sei bem disso. — Ele suspira. — Você já tem alguma pergunta para a médica?

— Eu vou perguntar se posso transar. — Visto o avental por cima da cabeça, me blindando da cara de choque que ele deve estar fazendo neste exato momento. — E sobre o rompimento do hímen. E sobre gravidez.

— Por incrível que pareça, não achei engraçado.

— É porque não é mesmo. — Puxo a barra do avental e abro a cortina, depois mostro o dedo para ele. — Sexo nunca é engraçado, ainda mais quando tem a ver comigo.

A expressão dele fica mais tranquila.

— Simone...

— Ah, a famosa Simone! — Uma mulher branca e alta com o cabelo ruivo brilhante e um jaleco entra na sala. — Seu pai me falou tanto de você. Da última vez que te vi, você era tão pequena que mal tinha começado a andar!

A dra. Walker me conhece, mas eu não me lembro dela nem um pouco. Dou um sorriso tenso. Não sei por que, mas duvido que ela seja tão chegada assim à nossa família. Acho que não importa. Não vim aqui para virar a melhor amiga dela. Só preciso que responda às minhas perguntas.

— Então, Simone... — Ela junta as mãos. — A dra. Khan te indicou para mim porque eu já tive pacientes com o seu diagnóstico, e tenho experiência nessa área. Quero que você saiba que pode me fazer todas as perguntas que quiser, e eu vou respondê-las da melhor maneira possível.

Caramba. Ela vai direto ao ponto.

— Digamos que eu queira fazer sexo. — Tento imitar a pose dela na mesa de exames, posicionando uma perna sobre a outra. Meu avental de papel farfalha com o movimento. — Usar camisinha é o suficiente? Tenho que usar camisinha se for transar com uma menina?

— Bom, existem camisinhas internas e uma coisa chamada "dental dam", se a sua parceira for uma mulher. — Ela se inclina no banquinho. Tenho que admitir que ela se sai bem: não parece nem um pouco desconcertada. — Mas você não pode esquecer que o vírus é transmitido pela troca de certos fluidos corporais, como sangue e sêmen.

— Só um minuto — meu pai interrompe. — Simone, você sabe que a melhor forma de se proteger é continuar praticando a abstinência. Já falamos sobre isso, querida.

Minhas bochechas ficam quentes. Também era por isso que eu não queria que ele viesse — eu deveria ter a chance de fazer minhas perguntas e ouvir as respostas sem nenhum filtro. A pior parte é que eu *sei* que ele tem razão: a abstinência é o único jeito de ter certeza de que estou prevenindo a transmissão do HIV. Essa mensagem tem sido martelada no meu cérebro desde que fiz treze anos. A esta altura, é minha resposta automática.

Mas isso não quer dizer que eu não possa *ter vontade* de fazer sexo. Ultimamente essa ideia começou a se enfiar na minha cabeça sem eu querer. Não estou andando por aí procurando gente pra transar, mas eu *tenho vontade*. Quero olhar para alguém e amar essa pessoa como os outros amam.

Eu queria saber mais.

— Eu *sei* — respondo, mexendo na barra enrugada do avental. — Mas eu não vou ser virgem para sempre. E eu queria pelo menos ter alguma noção de como me proteger, já que meu parceiro não vai saber como isso funciona.

Meu pai balança a cabeça, grunhindo. Eu me volto para a dra. Walker.

— Tentei procurar essas coisas no Google — explico. — Mas cada hora aparece uma resposta diferente.

Eu sei muitas coisas sobre o HIV, inclusive a regra I=I. Se a carga viral de alguém, que é a concentração do vírus no sangue, é "indetectável", o vírus é "intransmissível". Em outras palavras, essa pessoa não pode transmitir o HIV para ninguém. Indetectável = intransmissível. Só que essa regra não está me ajudando muito agora.

— Faz todo o sentido, Simone — a dra. Walker diz, apoiando as mãos nos joelhos. — E eu quero que saiba que fazer sexo é uma possibilidade real para você, quando estiver pronta, tá? Pode falar com seus outros médicos se quiser uma segunda opinião.

Faço que sim com a cabeça. Mas não consigo me imaginar fazendo perguntas sobre sexo para a dra. Khan — frequento o consultório dela desde bebê, então a essa altura ela já é quase parte da família.

— O melhor momento para iniciar a vida sexual seria quando sua carga viral estiver indetectável há no mínimo seis meses — ela explica, olhando meu prontuário. — Não sei se esse é o seu quadro atual. De qualquer forma, é importante que você continue tomando a sua medicação todos os dias nos horários corretos.

Aperto os lábios. A dra. Khan precisou trocar minha medicação por uma nova porque desenvolvi resistência à antiga. Da última vez que me consultei com ela, o vírus ainda estava detectável no meu sangue.

— Também é importante pensar nas diferentes práticas sexuais e nos riscos que cada uma traz. O sexo anal apresenta o maior risco de transmissão do HIV, e o sexo oral, o menor.

Uma olhadinha para o lado revela o rosto do meu pai, que eu nunca tinha visto ficar tão vermelho. Ele tosse e leva o cotovelo à boca, como se tivesse alguma coisa entalada na garganta. Eu até faria uma piadinha, mas não quero que ele pense que estou sendo imatura. Quero que ele *saiba* que já pesquisei sobre o assunto. Nunca esqueço nenhum comprimido e sempre coloco band-aid em qualquer machucado. Sou responsável com a minha situação.

— Como você disse, você usaria camisinha, mas é importante que sempre seja feita de látex ou poliuretano. — Ela me mostra um panfleto. — Acho que pode ser mais fácil se você se relacionar com um parceiro ou parceira que também viva com o HIV, mas mesmo assim você precisa se proteger.

— É, eu ouvi falar disso. — Coço a nuca. Sempre acabo pensando em uma pessoa, uma pessoa de pele negra e sorriso bonito. — Mas e se o meu parceiro não tiver o vírus? E a minha carga viral estiver detectável?

— Simone... — meu pai começa a falar.

— O quê? — retruco, levantando uma sobrancelha. — Você não quer que eu saiba? Ano que vem eu faço dezoito, pai. Como você disse, não tenho mais doze anos.

A medicação contra o HIV é estranha. Às vezes tem efeitos colaterais. Se você deixa de tomar muitos dias seguidos, com o tempo o vírus pode se tornar resistente. Talvez essa não seja a última vez que preciso trocar de medicação e começar tudo de novo. Talvez eu tenha um parceiro que não seja HIV positivo. Estou proibida de transar com ele até que a minha carga viral volte a ficar indetectável? Ou tem algum outro jeito?

A dra. Walker pigarreia e eu volto a olhar para ela. Ela está com uma expressão gentil, como se estivesse falando com os bichos mais inofensivos do jardim zoológico. Imagino que sempre tenha alguma paciente que comparece à consulta com seu pai superprotetor. Ela já deve ter tido uma versão dessa mesma conversa, só que menos intensa.

— Nesse caso seria uma relação sorodiferente — ela diz. — Existem medicamentos que uma pessoa HIV negativa pode tomar para prevenir a transmissão; esse é um assunto sobre o qual você pode falar mais com um especialista em HIV. Estou contente por estarmos conversando sobre isso, mas tenho que reforçar que é muito importante que você revele a sua situação *antes* de qualquer atividade sexual.

— Eu sei. — Abaixo a cabeça e fico olhando para as minhas mãos. — Também já ouvi falar disso.

No estado da Califórnia existia uma lei que dizia que eu poderia acabar na cadeia se transasse sem camisinha sem antes revelar que eu tenho HIV. Hoje é diferente; se o vírus estiver indetectável e eu garantir que a outra pessoa use camisinha, tenho amparo legal. Só que a lei faz tudo parecer *mais real*. E me lembra que sou diferente do restante das pessoas.

Eu e o papito tiramos sarro das formas pelas quais as pessoas pensam que o vírus pode ser transmitido — beijar no rosto, dar um aperto de mão, beber da mesma lata de refrigerante. Mas transar com alguém é real. Todo mundo sabe que fazer sexo pode transmitir ISTs, mas duvido que alguém da minha escola imagine que possa entrar em contato com o HIV. Toda vez que tento pensar em como seria precisar contar isso para alguém de quem eu gosto, a cena termina com a pessoa indo embora.

— Simone?

Olho para a dra. Walker e pisco. Ela está com um sorriso triste, como se já soubesse o que estou pensando. Uma parte de mim quer dar um abraço nela.

— Você tem mais alguma pergunta?

Faço que não e ela me dá uma palmadinha na mão.

— Agora deita um pouco, querida. Vamos começar o exame de mamas.

2

Meus pais desistiram de me levar para a escola há séculos, provavelmente porque eu espero o último segundo para levantar e me arrumar. Hoje é diferente. Se perdesse a hora eu ia decepcionar Lydia.

É estranho ouvir meu pai saindo da garagem para ir ao hospital. O papito está na cozinha fazendo café. Pelo jeito tem muita coisa que eu perco quando estou dormindo.

— Você acordou mais cedo. — Papito mexe sua xícara de café. Ele só toma café preto, sem leite nem açúcar. — As meninas estão aprontando alguma?

Engulo em seco, passando por ele e pela ilha da cozinha. Consigo contar qualquer coisa para o papito, mas fica mais difícil quando são coisas que estão acontecendo com minhas amigas. Se Lydia não quer que os pais dela saibam aonde vamos hoje, duvido que queira que os *meus* saibam.

— A gente precisa sair pra resolver uma coisa — acabo dizendo enquanto abro o armário para pegar uma caneca. — E não dá pra ir depois da aula, porque eu tenho ensaio da peça.

— Vocês todas têm que sair juntas para resolver essa coisa?

Dou de ombros, roubando a cafeteira e me servindo de uma quantia generosa de café. Meus olhos ainda estão meio fechados, mas consigo ver nitidamente a camiseta do De La Soul que ele está usando — e que ele vive usando, embora os únicos alunos que captam a referência sejam negros, como nós. Às vezes eu queria estudar na escola pública onde ele trabalha, mas ela fica a trinta minutos da nossa casa. A Sagrado Coração fica mais perto, não é tão conservadora quanto a minha escola anterior e não exige que os alunos usem uniforme. E o melhor é que ninguém *me conhece* na Sagrado Coração, pelo menos não do jeito que me conheciam na escola anterior.

Na Nossa Senhora de Lourdes só estudavam cem meninas, e todas nós morávamos no mesmo dormitório. Ou seja: éramos mais próximas do que colegas de sala normais. Nunca liguei para isso... até elas descobrirem que sou HIV positiva.

— Simone — o papito diz, colocando a jarra de café sobre o balcão. — Se alguma coisa estivesse acontecendo, você me contaria. Né?

Solto um suspiro.

— É uma coisa que a Lydia não quer contar para os pais dela. Por enquanto não, pelo menos. Vamos só passar num lugar.

Ele fica me olhando por um instante a mais.

— Eu juro. — Apoio minhas mãos nas dele. — Se ela estivesse encrencada, eu te diria.

Ele solta um grunhido dentro da xícara. Eu me viro para o nosso armário de remédios, satisfeita. Para conseguir baixar minha carga viral, tenho que tomar um comprimido gigantesco todo dia de manhã. O alarme que programei no celular deve estar tocando, mas na maior parte dos dias não preciso dele. A esta altura eu tomo meus remédios sem pensar.

Sinto que o papito está me olhando enquanto mando o comprimido para dentro. Antigamente ele e meu pai sempre me davam adesivos nos dias em que eu me lembrava sozinha de tomar o remédio. Se eu passasse um mês inteiro sem esquecer nenhum dia, eles me davam um prêmio. Acho que agora meu prêmio é a minha saúde. Com certeza não é tão divertido quanto sair para comer pizza.

A campainha toca e eu levo um susto, quase derramando o café. Lydia está na varanda, com o cabelo escuro atrás das orelhas e a cara lavada.

— Oi — ela diz enquanto eu abro a porta. — Tá pronta? A Claudia tá esperando no carro.

— Sim. — Fico parada, examinando Lydia de cima a baixo. Ela parece mais pálida que o normal. — Ela fez você vir me buscar?

— Não, não. Fui eu que quis.

Eu a observo, apertando os olhos.

— Você é minha amiga, Simone. — Ela balança a cabeça. — É normal eu querer te ver.

— Mas você está nervosa. — Jogo verde. — Senão você teria esperado lá fora.

— Um pouco — ela responde. — Mas fica mais fácil com vocês.

Como se quisesse provar que isso é verdade, ela me puxa para um abraço.

— Ai, Lydia... — falo, com o rosto encostado no ombro dela. — Você não tem jeito mesmo.

Mas, sério, eu amo a Lydia.

— Só preciso pegar a minha mochila — aviso, me afastando. — Melhor você entrar.

Ela faz que sim, vindo atrás de mim. A mochila dela é toda decorada com bottons — do logotipo da nossa escola, de personagens de *Uma aventura Lego* e outros de "Eu amo Taiwan" que ela comprou quando viajou para visitar a família dela no verão passado.

— Oi, Lydia — o papito diz enquanto pego minha mochila no balcão. — Tudo bem?

— Tudo bem, obrigada. — Ela abre um sorriso. — Pronta pra ir pra aula.

Abafo um grunhido com o braço. Lydia gosta *mesmo* da escola, uma coisa que nunca vou entender.

— E os seus pais?

— Estão ótimos. — Ela parece surpresa. — Ocupados, como sempre.

Os pais dela, o sr. e a sra. Wu, querem que ela tire boas notas, mas não pegam no pé dela como os pais da Claudia. Nunca pintaram tabuada na parede do quarto ou a obrigaram a participar do acampamento de matemática, mesmo assim gostam de ver os relatórios de aproveitamento assim que a escola os envia. O máximo que meus pais já fizeram foi perguntar se eu precisava de um professor particular, e foi quando eu ainda estudava no colégio interno. Não consigo imaginá-los monitorando as horas que passo no computador ou espiando o que faço toda hora, mas cada um é cada um.

O papito me dá um beijinho no rosto e dá tchau para Lydia enquanto ela me arrasta em direção à porta.

— Boa sorte hoje, meninas — ele diz. — Me manda mensagem quando chegar lá.

A porta bate atrás de nós.

Claudia dirige um Ford Bronco azul velho, mas eu nunca sento na frente. Ainda não sei como Lydia tem coragem de ir na frente, ainda mais hoje. Toda vez que ando no carro com ela, Claudia reveza entre dirigir como se fizesse parte do elenco de *Velozes e furiosos* e como se estivesse com um pneu furado.

— Me admira saber que você ainda tem carteira de motorista — digo, escorregando para o meio do banco de trás. — Você não levou um monte de multas?

— Ah, me deixa — ela retruca, com as mãos no volante. — Se você acha que eu dirijo tão mal, dirige *você*. Acredite, não é tão fácil quanto eu faço parecer. Vai lá fazer a prova da autoescola pra você ver.

Eu poderia pensar numa resposta espertinha, mas não penso. Hoje ela está sendo mais legal do que costuma ser com a Lydia, então o sarcasmo tem que acabar indo para *algum outro lugar*. Acho que depois que a gente resolver isso a coisa vai se normalizar.

O carro começa a se mover logo depois de colocarmos os cintos. O balanço suave me faz fechar os olhos. Estou quase dormindo, apesar do café. O silêncio também não ajuda.

— Você só vai buscar um remédio — Claudia diz, se virando para Lydia. — Não é nada de mais, vai...

Abro os olhos à força. Consigo ver o rosto da Claudia — preocupado, mais meigo que o normal —, mas não consigo ver o da Lydia. Não sei por que ela está tão nervosa.

— É que eu estou me sentindo uma mentirosa — ela comenta. — Vocês tinham que ver a minha mãe esses dias. Ela queria conversar sobre *sentimentos* e *mudanças*, e eu disse pra ela que não estou transando. Agora eu estou indo buscar a pílula anticoncepcional sem contar pra ela. Será que eu sou uma pessoa péssima?

— Acho que não. — Dou de ombros. — Você *quer* contar pra ela que está nhanhando com o Ian Waters?

— Antes de mais nada, eca. — Claudia levanta a cabeça e me encara pelo espelho. — Em segundo lugar, ninguém mais fala "nhanhar".

— Eu falo.

Ela solta um grunhido.

A clínica fica a cerca de quinze minutos da minha casa, e passamos o resto do trajeto em silêncio. Os pais da Lydia trabalham no mercado financeiro, então ela não precisa se preocupar em encontrar algum amigo da família que trabalhe lá. Ela só tem que entrar, pagar pelas pílulas e voltar.

Claudia estaciona. Tem uns seis outros carros parados, embora ainda seja muito cedo. O letreiro cor-de-rosa desbotado que fica perto das portas metálicas e pesadas parece saído direto de um filme.

Tiro o cinto de segurança e me debruço para ver a cara da Lydia.

— Você quer que a gente entre com você? — pergunto. É tão estranho ver Lydia sem o olho esfumado que virou sua marca registrada. — Porque a gente pode ir se você quiser. Podemos entrar todas juntas.

Lydia faz que não, tirando o cinto também.

— Não. As pessoas podem até não *me* reconhecer, mas vão reconhecer todas *nós* se entrarmos juntas.

É mais provável que reconheçam Claudia e Lydia. Elas são amigas há séculos, sempre estudaram na mesma escola e frequentaram a casa uma da outra.

— Existem leis de confidencialidade — Claudia diz, desligando o motor.

— Pois é — eu confirmo. — As enfermeiras e médicas não podem contar para ninguém sem a sua permissão. Vai dar tudo certo.

— E se nós chegarmos atrasadas para a aula?

Claudia e eu reviramos os olhos ao mesmo tempo.

— Não importa — respondo. — Se precisar, podemos falar para os seus pais que você estava me ajudando com alguma coisa da minha família. Você pode falar que eu passei mal se quiser.

Ia ser esquisito mentir para a sra. Wu. Eu só tinha ido à casa dela uma vez, para uma festa do pijama, no último mês de setembro, e ela fez panquecas para o café da manhã quando acordamos. Mas pela Lydia eu mentiria sem problemas.

— Credo. — Lydia está esfregando os braços. — Quanta mentira...

— Eu acho que isso faz parte dessa coisa da rebeldia adolescente... — Claudia opina. — E, tipo... uma hora ou outra seus pais vão deduzir que você está tomando pílula, então vocês não vão precisar sentar pra conversar sobre isso. Eles não são os *meus* pais, né?

— Eu sei — Lydia diz. — Tá. Já volto.

Ela sai do carro e bate a porta. Penso que eu poderia ir para o banco da frente, mas fico no de trás e sento com as pernas encostadas no peito.

— Que estranho — começo, para quebrar o silêncio. — Eu nunca pensei que um dia ia vir aqui. Eu pensava que nunca ia ter motivo nem pra *pensar* em sexo.

— Ah, vai — Claudia ironiza. — Das pessoas que eu conheço, você é a que mais pensa em sexo. Como assim?

Aff. Claudia e Lydia são as primeiras — e as melhores — amigas que fiz na Sagrado Coração. Uma parte de mim, uma coisa que eu sinto no fundo do estômago, diz que eu deveria contar para elas que sou HIV positiva.

— Não sei. — Puxo meu cabelo para trás. — Só porque eu *penso* em sexo não quer dizer que vá acontecer. — Deixo meu outro pensamento não dito: *só porque penso num cara específico o tempo todo não quer dizer que alguma coisa vá acontecer.*

Ela se vira e me olha, levantando uma sobrancelha. Ela tem cabelo curto, um corte chanel na altura das orelhas que não cresceu um centímetro desde o dia em que a conheci, e a mesma pele negra clara do meu pai.

— Você está querendo me contar alguma coisa, garota?

Comprimo os lábios. Não quero esconder nada de uma pessoa como Claudia Perez, mas é que isso é *segredo*. O maior segredo que eu tenho na vida. Acho que ela não contaria para ninguém, mas não tenho *certeza*.

— Simone — Claudia insiste —, o que tá rolando?

— É que... — Abaixo a cabeça. Há folhas de trabalhos da escola espalhadas pelo chão do carro, e eu as amasso com os pés. — É que eu não consigo imaginar que alguém queira transar *comigo*.

— Por que não? — ela fala com a voz clara. — Eu transaria com você, se você estivesse a fim. Você é incrível.

Tento não dar risada, mas dou.

— Você percebe que isso que você falou é muito *bizarro*?

— Tá, mas e daí? — Ela se mexe de novo, abrindo um meio sorriso. — Por que alguém não ia querer "nhanhar" com você?

Não sei ao certo o que dizer. Lydia abre a porta do passageiro e entra no carro. Ela está com as bochechas vermelhas e com uma sacolinha branca na mão. Ficamos em silêncio, esperando ela falar alguma coisa.

— Ela era a mulher mais legal do mundo — Lydia diz enfim, deixando escapar um suspiro. — Não sei por que eu fiquei tão preocupada. Ela também foi legal por telefone e respondeu todas as minhas perguntas.

Aperto os ombros dela.

— Que orgulho de você, gata.

— Total. — Claudia bate as mãos no volante como se fosse um tambor. — A Lydia arrasa.

Não sei dizer se Lydia está vermelha de nervoso ou de vergonha. Claudia sai do estacionamento com o carro e segue em direção à nossa escola.

— Acabei de tomar — Lydia diz depois de um tempo. — Então preciso tomar todo dia neste horário. Acho que vai ficar tudo bem.

— Como você está se sentindo? — Claudia pergunta antes de mim.

— Melhor?

— Com certeza — Lydia responde, respirando fundo mais uma vez. — Eu e o Ian estamos começando a... enfim, ir um pouco além, então acho bom estar preparada. Mas eu pensava que ia me sentir pior por ter mentido para os meus pais.

— Acho que é normal — digo, me recostando no banco. A lembrança da minha consulta com a dra. Walker me faz pensar que eu gostaria de mentir mais vezes para os meus pais. — Tem horas que a gente precisa guardar um segredinho.

—Vocês duas são demais — Lydia se derrete. Claudia não tira os olhos do asfalto, mas eu sorrio para ela, apesar de ela não me ver. — E eu amo muito vocês. Eu sei que vocês não precisavam ter acordado tão cedo pra aula...

— Isso é problema da Simone — Claudia interrompe. — Não meu. Eu sempre acordo cedo.

—Tá, mas eu tenho dificuldade pra acordar antes das nove — me defendo. — Não tenho culpa se eu fico mais desperta à noite. A Academia Americana de Pediatria...

— ... diz que crianças e adolescentes não devem acordar tão cedo — Lydia termina a frase, meio rindo. — *A gente sabe*. Você repete isso todo dia de manhã. Acho que já consigo resumir esse estudo de cor.

O estacionamento da escola já está lotado. A escola é um edifício de tijolos bem grande que poderia ser um quartel de bombeiros ou um convento dos anos 50, mas que calhou de ser um local de aprendizado. O Ford Bronco, que já tem dezoito anos, não poderia destoar mais dos carros prateados chiques que estão parados ao lado.

—Vamos, meninas — ela diz, tirando suas chaves do bolso. — Ainda preciso passar no meu armário. Tem um trabalho que eu deixei lá. Lydia, você é muito responsável e eu te amo. Fala pra Simone que um dia ela vai transar com a pessoa certa.

Mostro o dedo do meio para ela. Ela responde com um sorriso. Tento segui-la pelo prédio, passando pelo ventinho de outono da área externa, mas Lydia imediatamente entrelaça o braço no meu.

— Por que vocês estavam falando em transar? — De perto eu vejo que ela não está mais tão suada. — É legal. Você devia tentar.

— Pensei que vocês ainda não tivessem feito.

— É que tem etapas diferentes.

— A questão não é *transar* — Claudia diz, parando na frente de seu armário largo e azul. Eu me apoio nos outros armários enquanto ela tenta acertar a senha do cadeado. — É que ela acha que não vai encontrar ninguém pra transar com ela.

— Quê? — Lydia olha para mim. — Por que não?

— Sabem, acho que eu não preciso passar no meu armário — digo, afastando meu braço do dela. Ela não me solta. — Sério, não estou brincando. Eu deixo as coisas importantes na mochila. Acho que só deixo meu kit de orientação no armário.

— Eu usei meu armário, tipo, só uma vez antes de hoje — Claudia comenta, finalmente abrindo a porta. — Mas é diferente. Você chegou faz, o que, dois meses? Eu estudo aqui há três anos.

— Peraí. — Lydia levanta as mãos. — Quem liga pra essa coisa dos armários? Simone, qualquer pessoa teria sorte de sair com você. Esse papo não tem nada a ver.

Essa sim é a Lydia que eu conheço.

Eu sei que elas estão falando a verdade — eu sou incrível *mesmo*. Até dois meses atrás eu nem ligava para esse papo de arranjar namorado ou transar, nem nada disso. Só queria me concentrar na tarefa de me adaptar a um lugar novo. Agora virei diretora do musical da escola e sei encontrar metade das minhas salas de aula.

— Acho que o patriarcado está matando os meus neurônios. — Batuco no meu quadril com os dedos. — Porque quando eu falo parece que não tenho autoestima nenhuma. Eu sou muito maravilhosa.

— É óbvio — Lydia me ajuda. — Todo mundo sabe disso.

— Não tem motivo pra ninguém ser escroto com você, cara — Claudia diz, segurando as cartolinas contra o peito. — Se alguém se atrever, me fala que eu vou lá e dou uma surra na pessoa.

— Então vai preparando o braço — digo. — Porque todo mundo é escroto. Todos os caras da nossa idade são, pelo menos.

— Assim você me ofende — Lydia diz. — O Ian é legal e ainda por cima é fofo.

Claudia e eu fazemos uma careta para ela. Lydia cruza os braços, bufando.

— Bom, ninguém é perfeito. E aquele menino do grupo de teatro, aquele que você curte? — Lydia, sabiamente, está mudando de assunto.

Não faz sentido nenhum comparar Ian, presidente da equipe de Tribunal Simulado, com *Miles Austin*. Primeiro porque eu tenho quase certeza de que Miles é o único jogador de lacrosse negro que já existiu. De alguma maneira ele dá um jeito de se enturmar com os outros membros do time, todos de roupa de marca tipo J. Crew e Vineyard Vines. Eu sei que as pessoas com quem ele anda dizem muito sobre quem ele é. A situação realmente não é das mais bonitas. Mas o Miles, não sei como, é.

— Bom, ele não é babaca — recito, contando nos dedos. — Ele consegue carregar coisas muito pesadas como se não fosse nada de mais. Ele é bem engraçado. E tem uma bunda bonita.

— Eu fico tão feliz por não gostar de meninos... — Claudia diz, colocando a mochila no ombro. Eu pego as cartolinas enroladas que ela está carregando e as seguro debaixo do braço. — Parece muito cansativo.

— Acho que você devia fazer *alguma coisa* a respeito desse seu crush. Quando a gente gosta de alguém, é melhor falar pra pessoa, Simone.

Reprimo um resmungo. Acho que eu diria alguma coisa se tivesse certeza absoluta de que Miles gosta de meninas. Toda vez que o vejo no ensaio, ele me pergunta sobre algum musical. Nunca conheci nenhum cara hétero que desse bola para musicais.

Eu sei que essas coisas, tipo as roupas que ele usa ou o jeito de falar, não fazem o cara ser gay. Mesmo assim, tenho uma *cisma*. Pode ser por causa dos musicais. Pode ser porque ele é sempre legal com todo mundo. Pode ser porque nunca o vi com uma menina. *Aff*. Se pelo menos eu tivesse ido a um colégio interno misto, saberia lidar com essas merdas.

— Não é tão simples assim. — Baixo o tom de voz. — Vocês fazem tudo parecer fácil.

Quando estou perto da Claudia e da Lydia, me sinto descolada. Mas me sentir descolada não resolve tudo. Miles não tem motivo para trocar mais de meia dúzia de palavras comigo. E eu quase não ligo para isso; minha prioridade não é ficar correndo atrás de um menino. Mas é que eu sinto uma coisa forte quando vejo Miles. Tem algum motivo para todo mundo querer estar perto dele — durante os ensaios, no corredor —, mas não sei direito o que é. Ele existe, e isso é o bastante. Eu também queria ser assim.

3

Depois que o último sinal do dia toca, me dirijo ao auditório para o ensaio. Não sei se curto teatro por causa do Lin-Manuel Miranda, como todo mundo, ou porque gosto de verdade. Deve ser uma mistura das duas coisas. Se não gostasse, acho que eu não ia conseguir passar duas horas depois da aula trabalhando nesse musical todo dia.

— Certo, agora venham todos aqui — a sra. Klein diz. No horário normal da escola ela dá aula de química, então ela não é exatamente uma especialista em artes cênicas, mas não quero ser preconceituosa. Ela continua: — Acho que estamos indo bem na maioria das cenas. *Rent* é um espetáculo difícil para o nível de vocês, e já estou orgulhosa do trabalho que fizemos até agora.

Os membros do elenco e da equipe técnica se reúnem em volta dela num semicírculo estranho. O sr. Palumbo fica em pé ao lado dela com as mãos cruzadas. Ele é um homem baixinho, barrigudo e careca. Sinto que ele tem mais domínio do grupo do que a sra. Klein, apesar de estar em silêncio. Ele percebe que estou olhando e dá uma piscadinha.

Acho que o sr. Palumbo é o professor mais bacana que já tive. Estou na turma de música dele, e, nos meus primeiros dias na escola, ele me deixou ficar na sala dele nos meus horários de orientação. Geralmente os alunos que se tornam diretores são selecionados depois de um tempo fazendo peças da escola, mas ele me escolheu depois de uma discussão acalorada sobre uma possível adaptação cinematográfica de *Wicked*. E aqui estamos nós.

— Não podemos esquecer que está chegando a hora da estreia — a sra. Klein continua falando. Seus olhos se fixam em mim, e eu desvio o olhar. Na minha antiga escola eu era da equipe técnica, mas nunca dirigi nada. Não é só a sra. Klein que percebe que eu não sei o que estou fazendo. — Só temos praticamente cinco semanas para fazer esse espetáculo da melhor maneira possível.

Laila, uma aluna do último ano que interpreta Mimi, se apoia em mim. Ela me abraçou no primeiro dia de ensaio e não ficou me encarando pelas costas do sr. Palumbo como alguns dos outros membros do elenco. Não sei se posso gostar mais de uns do que de outros, mas ela é minha favorita.

— Isso é mais que suficiente para a gente acertar todos os detalhes — o sr. Palumbo diz. — Então não quero que vocês se preocupem.

— Mas temos que lembrar que o público não espera muito de nós. — A sra. Klein sacode as mãos uma na outra. — E queremos deixar todo mundo de queixo caído, certo? Queremos mostrar aos pais que foram contra a escolha dessa peça que vocês dão conta do tema, que somos capazes de fazer muito mais do que eles imaginam.

— Mas sem pressão, ao mesmo tempo — o sr. Palumbo complementa, olhando para a sra. Klein. O auditório, que costuma estar sempre com música, cantoria do palco e sussurros da equipe, está estranhamente silencioso. — A coisa mais importante é que vocês todos aprendam mais sobre o processo teatral, para saber se isso é algo que querem fazer depois do ensino médio. E, se não for, tudo bem! Eu sou professor, mas faço teatro por diversão. Tem gente que ama teatro, e não tem jeito.

A sra. Klein olha para ele de esguelha. Adoro as indiretas de Twitter que ele manda para ela na vida real. Ela nunca foi grossa com ele explicitamente, mas estou esperando a hora em que um dos dois vai estourar.

Não sei como a sra. Klein reagiria se eu dissesse que só faço teatro por diversão. Talvez ela sentisse vontade de me esganar. Mas, sério, o que ela espera? Eu amo musicais, mas querer viver disso é arriscado demais. E nem sei se tenho talento suficiente para isso.

— Também é importante que a gente se esforce ao máximo para ganhar alguma coisa no Prêmio de Teatro Escolar — a sra. Klein continua, com um sorriso sem dentes.

À menção do prêmio, um leve rumor se espalha pelo grupo. Todo mundo cochicha ao mesmo tempo.

Laila suspira do meu lado.

— Juro... ela só sabe falar disso.

— É que — explico, me curvando para falar no ouvido dela — ganhar um prêmio ia fazer bem pra imagem dela.

— Mas vencer não é tudo — o sr. Palumbo rebate, dando um passo à frente. — Quero que vocês todos lembrem que *Rent* é uma peça maravilhosa por muitos motivos, e um deles é o fato de nos conectarmos profundamente com a humanidade desses personagens. Se tem uma coisa que eu quero que vocês tirem dessa experiência é isso.

— Sim — a sra. Klein diz, com os lábios bem apertados. — O musical é muito conhecido pelos temas que aborda, mas é especialmente conhecido pela música. Acho que os personagens também são importantes.

Eles se perdem no silêncio. Alguém tosse.

— Agora a gente pode começar o ensaio? — Eric, outro dos nossos protagonistas, pergunta. Ele tem um cabelo afro ainda maior que o meu, e tenho certo despeito por causa disso. — Porque eu preciso voltar pra casa às cinco, e não posso continuar chegando atrasado.

— E será que a nossa aluna-diretora quer falar alguma coisa para motivar a gente? — o sr. Palumbo pergunta, fazendo um gesto em minha direção. — A Simone se expressa melhor que eu, então tenho certeza de que ela tem alguma coisa incrível para dizer.

Caramba, sem pressão nenhuma, hein? Valeu, cara.

— Ah, claro... — Dou um passo à frente e Laila se afasta. Eu me sinto nua na ausência de uma aliada. Não consigo ver todos os rostos, mas acho que não tenho muitos fãs por aqui. A maioria dos comentários que faço durante os ensaios são negativos, ao contrário do sr. Palumbo, que faz tudo parecer um elogio. — Acho que até agora estamos fazendo um trabalho ótimo. Sei que o cronograma está começando a ficar apertado por conta dos treinos esportivos e outros clubes que vocês têm, mas preciso agradecer por se dedicarem tanto.

A única resposta que recebo são olhares perdidos. Eric cochicha alguma coisa no ouvido de Claire, que faz parte do elenco secundário. Ela solta uma risadinha. Eu tusso.

— A peça não vai estar perfeita na noite de estreia — digo, coçando a nuca. — Acho que nem os espetáculos da Broadway são perfeitos. Eles apresentam centenas de peças e fazem anotações depois de todas as exibições. Então, não pensem em atingir a perfeição. Só tentem fazer todo mundo na plateia cair no choro.

Algumas risadas ecoam contra as paredes do auditório. Na minha antiga escola, todas as peças eram apresentadas no refeitório. Aqui, o auditório é exclusivamente dedicado ao grupo de teatro. Eu amo tudo neste auditório — a escada que leva ao palco e as cortinas vermelhas pesadas que o emolduram. O cheiro forte e antigo de naftalina, as lascas frescas de madeira e as latas de tinta dos bastidores. A amplitude, o fato de o salão quase não ter fim, como se as paredes não fossem capazes de impedi-lo. Toda vez que Laila ou Eric cantam, sinto a voz deles ecoando no meu peito.

— Pode crer — Rocco, que interpreta Angel, grita. — Bora lá!

— Certo, dez minutos para o elenco repassar as falas — a sra. Klein anuncia. — Dez minutos *contados*. Vamos ensaiar a peça inteira, então eu quero que vocês vejam quantas vezes estão consultando o roteiro.

O sr. Palumbo olha para ela de relance, mas, em vez de falar alguma coisa, volta sua atenção ao restante dos alunos.

— Todos que são do coro, venham comigo para a sala do coral — ele diz. — Vamos focar em dominar os primeiros números musicais.

Eu reprimo um suspiro. Isso quer dizer que vou ficar sozinha com a sra. Klein. Tento não fazer cara de emburrada enquanto ele guia boa parte do grupo para fora do auditório. E eu nem posso trabalhar com o elenco da forma que eu bem entender, já que a sra. Klein acabou de passar uma tarefa para eles. Talvez eu assista às performances e tente passar algumas orientações.

Enquanto os atores se posicionam, mando para o papito uma imagem da D.W., do desenho *Arthur*, sem nenhum contexto. Ele adora essas coisas, mesmo quando eu acho que ele não entendeu direito. Ele não responde na mesma hora, então deve estar fazendo alguma coisa importante — talvez corrigindo provas. Passo rapidinho pelos meus outros aplicativos — Facebook, Instagram —, mas está tudo igual ao que vi no almoço. Esses algoritmos são uma merda. Parece que eu fico o dia inteiro andando em círculos.

Às vezes o Twitter pode ser bem interessante. Ninguém dava muita bola na minha escola antiga, mas aqui parece que todo mundo tem um perfil. É ótimo para ter notícias — términos de relacionamento, comunicados de universidades e polêmicas em geral. A equipe técnica cuida da conta do Departamento Teatral, o que é bem bacana por causa de um certo alguém para quem estou tentando não olhar.

— E a equipe técnica? — uma caloura chamada Lily fala do palco. — O que é que *a gente* faz?

— O Jesse está responsável por vocês — respondo, enfiando o celular no bolso. — Pergunta pra ele do que estão precisando. Se não conseguir encontrá-lo, eu tento arranjar alguma coisa pra você fazer.

Lily faz que sim com a cabeça e em seguida corre para os bastidores. Eu me volto ao restante da equipe técnica. Quase todos estão se dedicando à pintura de peças do cenário, como mesas e cadeiras, para parecer que vieram todas do mesmo lugar. Não demora muito para que meus olhos focalizem um garoto em especial.

Miles está debruçado sobre uma estrutura de madeira maior que eu, mas consigo ver tudo: os tendões dos braços dele, os vincos dos músculos nas pernas, a curva da bunda. Eu sei, eu sei... Acho que não devia ficar olhando isso. É que é muito difícil *não* olhar. Não estou acostumada a ver meninos por todo lado. Era diferente na minha outra escola. Lá tinha um monte de meninas lindas, mas fazia séculos que a gente se conhecia e nem me passava pela cabeça olhar para elas de outro jeito.

Aqui? Não sei direito para onde olhar. É estímulo demais ver todas as meninas *e* meninos sem uniforme. Só sei que a bunda do Miles é um lugar bem legal para descansar os olhos.

— Oi, Simone. Qual é a peça do dia?

Eu pisco. Agora ele está me olhando com um sorriso no rosto. Talvez não tenha notado que eu não parava de olhar para ele.

— São musicais, não peças. — Cruzo os braços por cima do peito. — Já faz um mês que a gente está falando sobre isso, Miles. Para. Não me diz que a minha palestrinha sobre musicais não fez diferença nenhuma.

— Beleza, qual é o *musical* do dia? — ele corrige a frase, se virando na minha direção. Esqueço de respirar por um segundo, mas é coisa rápida, então não conta. — Qual foi o da última vez? *Cats*?

— *Credo*, claro que não — resmungo, subindo no palco e me jogando no chão, perto dele. Ele desliza para se sentar ao meu lado. O joelho dele, bem maior que o meu, fica apoiado em mim. Levanto a cabeça e o olho no rosto, mas ele não parece notar. Não é que o toque dele seja uma surpresa, exatamente. É o calor de outro ser humano, que com essa proximidade pode ser compartilhado, que me impressiona. — Não fala de *Cats* comigo. Aquilo dá medo.

Ele abre um sorriso ainda maior, mostrando por um segundo os dentes brancos. Eu pisco mais rápido que o normal.

— Você não pode ter *medo* de *Cats*. Eu não acredito nessa. — Ele balança a cabeça. — Seu musical favorito conta a história de um cara que corta as pessoas e faz torta com elas.

— Porque é um musical incrível, é claro. — Reviro os olhos. — Os atores de *Cats* são a coisa mais medonha do mundo, sabe? Eles ficam rolando pelo palco com aquelas fantasias bizarras e tentam se arrastar pela plateia e trepar na perna das pessoas. Eu não curto essas coisas. Lugar de ator é no palco.

— Sei lá. — Ele dá de ombros. A pele dele encosta na minha mais uma vez. É uma coisa mínima, mas eu percebo. Não consigo não perceber. — Até que isso parece bacana. O público acaba fazendo parte da arte.

— Tá, mas não é. — Estremeço, me lembrando da vez que meu pai e o papito me levaram para assistir ao musical. Vemos alguma coisa na Broadway todo verão, quando visitamos meu meio-irmão, Dave, mas aquela vez foi uma decepção, para dizer o mínimo. — Vai por mim. Se os atores precisam *mesmo* interagir com a plateia, tem que ser que nem em O *Rei Leão*. É mil vezes melhor.

— Você está falando mal de uma coisa que aquele tal de Webber* escreveu? — Ele finge que leva um susto. — Peraí, peraí... Será que a gente acabou de entrar num universo paralelo?

— Ai, cala a boca — eu digo enquanto ele cai na gargalhada. — Não me interprete mal; a música de *Cats* é toda incrível. É que eu prefiro prestar atenção no que está acontecendo no palco sem ser distraída por um marmanjo querendo se esfregar na minha perna.

Ele está olhando bem na minha cara, sorrindo. Das pessoas que eu conheço, o Miles é a mais sorridente. Eu não diria que o rosto dele se ilumina, exatamente, porque ele está sempre alegre. Assim fica fácil demais fingir que ele está a fim de mim.

Talvez tudo isso fosse mais fácil se ele fosse um babaca. No começo pensei que ele fosse me encher o saco, mas ele não fez nada de horrível desde que entrou para a equipe. Ele não fica de pegação no armário do acervo e vive procurando trabalho para fazer. Acho que a única mancada que ele deu foi andar por aí sendo uma pessoa normal, em vez de me encostar na parede e me dar uns beijos.

— Mas e aí... — Ele chegou ainda mais perto de mim enquanto eu não estava prestando atenção. Quando ele fala, sinto sua respiração no meu rosto. — Se *Cats* não é o musical do dia, qual é?

— Certo. — Eu me afasto um pouco. A boca dele se contorce. — Humm, eu adoro *Aida*. É a história de uma princesa núbia que é escravizada e depois se apaixona pelo Radamés, o capitão do exército egípcio.

— Caramba. — Ele arregala os olhos. — É do Webber?

— *Não*. É do Elton John, na verdade.

— Só do Elton John? — Ele levanta uma sobrancelha. — Tem certeza?

— Bom... tem o Tim Rice também. — Tento não sorrir. — E ele já trabalhou com o Webber em umas coisas, tipo *Evita*.

— Claro. — Ele balança a cabeça. — Você é *apaixonada* pelo Webber.

---

* Andrew Lloyd Webber, compositor e produtor britânico famoso pelos musicais. (N. da T.)

— *Não é do Webber!* — Cutuco o ombro dele. — O Webber e o Tim Rice são duas pessoas *totalmente* diferentes! — Ele continua balançando a cabeça, mas eu não paro de falar. — Essa não conta. Fora que eu adoro *Sweeney Todd* e esse musical é do Sondheim.

— *Tá certo*, beleza. — Ele bate a mão na calça jeans, sacudindo a cabeça que nem um velhinho. — Vai, Simone... Pode falar o que quiser, eu já te conheço.

Sinto um frio na barriga ridículo. Só consigo pensar em beijar Miles, e que isso não vai acontecer caso ele não goste de meninas.

Reprimo o impulso de passar a mão pelo cabelo. Lydia ia saber o que falar. O que ela *falaria*?

— *Enfim...* — Engulo em seco. — Eu estava pensando... Minhas amigas são copresidentes da AGH. Você vai participar da reunião hoje mais tarde?

— Humm... — Ele arqueia as sobrancelhas. — Eu deveria participar?

— Bom, não sei... — Minha voz se perde. — Acho esse papo de *se colocar no lugar do outro* e *ter empatia* muito exagerado. — Eu já fui a algumas reuniões. É muito bacana conhecer outras pessoas que são como você. É que eu pensei que você poderia querer...

— Peraí — ele diz. — Como assim "pessoas como eu"?

Ai, meu Deus. Ele vai mesmo me fazer desenhar.

— Ah, você sabe... É a Aliança Gay-Hétero. Outros caras gays participam. Tipo, pessoas hétero também vão, mas juro que as pessoas *queer* são representadas de forma justa e...

— Simone. — A mão dele, muito delicada, se apoia no meu ombro. Olho para a cara dele. Parece que está se segurando para não dar um sorrisinho maroto. Por que ele está rindo? — Eu... eu acho que você entendeu errado.

Demoro um segundo para registrar o que ele disse.

— Ah — eu digo. — Você... *não* é gay.

Ele balança a cabeça.

— Eu não sou gay.

Mas os *musicais*... Miles *sempre* quer falar de musicais. Todo ensaio ele dá um jeito de me encontrar e perguntar o musical do dia e me fazer explicar...

Espera. Ele sempre *pergunta*, mas ele nem sabia quem escreveu *Aida*. Eu tive que falar para ele. Assim como tive que falar de *Rent*, *Cabaré* e *Um violinista no telhado*.

Ah...

Tudo fica em silêncio. A única coisa que consigo ouvir é a risadinha abafada do Miles no meu ouvido. Fico vermelha. Como pude pensar que ele era gay? Meus pais são gays, ou pelo menos queer. Eu devia entender dessas coisas. É um saco quando as pessoas tiram conclusões sobre mim sem me conhecer, e eu acabei fazendo exatamente a mesma coisa com Miles.

Mas isso não é ruim. Não é *nem um pouco* ruim. Antes que eu possa me conter, abro um sorriso. E não é um sorriso normal. É um daqueles sorrisos de boca bem aberta que mostram todos os dentes. Eu me afasto e me levanto.

— *Ah...* — eu repito. — Que... cara, que demais. Maravilha. Quer dizer, eu adoro gays, não pense que não. Mas é que... fico feliz que você não seja. Que não seja gay e tal. Não que eu seja homofóbica.

— Meu Deus. — Miles solta o ar pelo nariz, passando a mão pelo rosto. Os ombros dele se sacodem com um riso silencioso. — *Meu Deus*, Simone.

Eu me obrigo a parar de sorrir, juntando os lábios à força. Não ajuda muito. Os cantos da minha boca não param quietos, e minhas bochechas queimam. Tenho certeza de que os amigos dele vão ouvir essa história depois, já que eu fiz o maior papel de trouxa da história. Se eu der sorte, só eles vão rir da minha cara.

— É, é que, humm... — Agora não tenho mais nada a perder, então me jogo. — Você, humm, tipo, você, tipo... sei lá, você sai à noite?

Ele fica sem expressão. Talvez esteja começando a ficar *preocupado* comigo.

Ai, Deus. Não faço ideia de como as pessoas normais chamam as outras para sair, mas desconfio que não precise ser assim tão humilhante. Em minha defesa, eu nunca tinha feito isso antes. E, se continuar assim, nunca mais vai acontecer.

— Certo, pessoal — a sra. Klein diz, batendo palmas. — Vamos começar!

Graças a *Deus*. Saio do palco num pulo e corro para uma poltrona. Já sei que depois disso não tem mais volta.

4

Já faz trinta minutos e ainda não acredito que fiz aquilo. Eu poderia só ter pedido desculpas por ter tirado conclusões precipitadas sobre a sexualidade dele. Eu poderia só ter me afastado e dado tchau, saindo de cena como uma pessoa normal. Caramba, se era para fazer papel de trouxa, eu poderia ter escolhido outra hora. Agora eu preciso continuar no ensaio até as cinco e tentar evitá-lo ao mesmo tempo. Está bem difícil me concentrar em *qualquer* outra coisa, porque a cena fica se repetindo sem parar na minha cabeça.

O sr. Palumbo, que agora voltou da sala do coral, bate palmas e me arranca do meu replay eterno da vergonha.

— Foi incrível, pessoal. Acho que as sugestões da Simone estão ajudando vocês a dar vida à cena.

— Será que ela não tem mais nenhum *comentário*? — Eric pergunta, me olhando fixamente. — Ela sempre tem algum.

Alguns dos membros do coro se viram para nos observar. Eu reprimo um grunhido. Será que ele não podia deixar para qualquer outro dia?

— Poxa, Eric... Fazer comentários é o trabalho da Simone. Não é nada pessoal, lembra? — O sr. Palumbo se vira em minha direção. — Você tem algum comentário para fazer, *aliás*?

— Humm, não. — Estou tentando não ficar vermelha, mas acho que não está funcionando. Valeu, Eric, por acabar comigo na frente de todo mundo. — Agora não.

Rocco vai saindo do palco e Eric vai atrás dele. Não estou tão perto, mas vejo que Eric está revirando os olhos. Uma parte de mim até concorda com ele. Tenho certeza de que ele percebeu que eu não estava prestando atenção. Jesus, agora estou deixando um *garoto* desviar minha atenção do musical. Pessoas normais ficam a fim das outras sem deixar isso subir à cabeça, ou pelo menos conseguem *fingir* que as coisas continuam normais.

Eu nunca soube fingir nem atuar.

— Ei — o sr. Palumbo aperta meu ombro. — Tudo bem, campeã?

— Claro — digo, descruzando os braços. — Só não estou no meu melhor dia.

Esse é o eufemismo do ano, mas, se percebe, ele não diz nada. Eu nunca tinha ficado tão contente com o fato de a sra. Klein ter ido embora mais cedo.

— Vamos lá, pessoal — chamo, encaixando minha prancheta debaixo do braço. Alguns dos alunos que estão no palco olham para mim, mas não todos. — Vamos repassar o primeiro ato inteiro, com cenário e tudo. Esperem a equipe técnica estar pronta. Quero passar alguns comentários para vocês, para termos tudo no sábado.

O sr. Palumbo sorri para mim.

— Essa é a Simone que eu conheço.

— Ela não sumiu nem nada.

Jesse sai de trás da cortina com um fone de ouvido em volta do pescoço. Ele tem o cabelo castanho curto e armado e a pele marrom-clara. Costuma usar só roupas pretas para os ensaios, tentando dar o exemplo para os outros membros da equipe. Eis o nosso chefe da equipe técnica: é o cara que leva tudo mais a sério do que todos os outros juntos.

Miles aparece ao lado dele e eu fico paralisada. Ele olha na minha direção e nossos olhares se encontram por um instante. Não consigo decifrar sua expressão. Nem preciso. Ele deve estar contando tudo o que aconteceu para o Jesse. Eu me viro, para não precisar ver a cara dele. Eu *gosto* de verdade de trabalhar com o Jesse. Se ele souber o que aconteceu, nunca mais vai me levar a sério.

Vai, Simone, *pensa*. Eu poderia falar para Miles que tive uma leve reação alérgica depois de comer a barra de cereais da máquina de lanches. Ou eu poderia botar a culpa na TPM, mas falar isso é tipo quebrar as regras do feminismo. Eu acho.

— Oi, Simone.

Fico tensa e viro a cabeça levemente. É só o Jesse vindo por trás. *Graças a Deus*. Nem sinal do Miles.

— Oi — digo, soltando o ar. Fico contente que ele esteja aqui, já que pensar na peça é o que eu *deveria* estar fazendo. — Não sei se você soube, mas nós vamos ensaiar o primeiro ato inteiro. Se você estiver com o roteiro, pode ser uma boa ideia fazer marcações.

Ele faz que sim, mas continua olhando para o meu rosto.

Eu cruzo os braços.

— O que foi?

— Nada não — ele diz, mas tem um sorrisinho no rosto. — É que você parece um pouco estressada.

Caralho. Miles contou pra ele. Fico sem saber o que fazer por um instante, depois gesticulo loucamente em direção ao palco. Acabei de dar uma orientação, mas as pessoas continuam paradas, como se não tivessem nada para fazer. Gosto de deixar a parte de gritar para a sra. Klein, mas, vendo todo mundo se arrastar, começo a entender por que ela grita.

— Boa ideia. — Ele fica olhando para as minhas mãos. — Tem certeza que não tem mais nada... tipo... problemas com garotos?

Minhas bochechas voltam a pegar fogo. Jesse é legal e tudo mais, mas não falamos sobre nenhum outro assunto além das peças. Esse parece um momento bizarro para virarmos amigos do nada.

— *Aff* — solto um grunhido, passando a mão pelo cabelo. — Ele te contou? Mas *já*? Olha, não foi assim tão ruim...

— Me contou o quê? — Ele balança a cabeça. — O Miles só disse que você está tendo um dia difícil. Você está com aquela cara... Aquela cara de quem está sofrendo por algum garoto. Eu sei, porque sempre vejo essa cara no espelho.

— Ah. — Miles não contou para ele. Eu me pego sorrindo. — Gostar de menino é um saco, né?

— Concordo — Jesse diz. — Vai saber por que a gente continua gostando deles. É a vida.

Posso estar enganada, mas me parece que os olhos dele se demoram em Rocco um pouco mais do que o normal. Não é que Rocco seja um cara péssimo. É que... parece que eles não combinam. Mas, até aí, acho que eu também não combino com o Miles. Ele é popular e sabe falar com as pessoas. Já eu sou profissional em fazer papel de trouxa. É bom saber que não sou a única pessoa que não se dá bem nessas coisas de paquera.

— Quando isso terminar a gente vai estar com oitenta anos — Jesse diz, olhando para o palco. — Acho que o pessoal vai ficando pior a cada ano. No meu primeiro ano, tudo ficava pronto bem antes da estreia.

A maior parte do cenário é pintada de cinza-escuro com umas pichações coloridas nas laterais. Ainda falta muito trabalho, mas não está um desastre completo.

— Ah, vai... — Cutuco o ombro dele e ele levanta uma sobrancelha. — Não está *tão* ruim assim, cara. Aposto que vocês vão conseguir terminar.

— Vamos torcer. — Ele cruza os braços. — Senão estamos ferrados.

— Esse seu otimismo é impressionante. — Balanço a cabeça, colocando as mãos nos bolsos. — A gente podia conversar mais uma hora dessas. No almoço, quem sabe? Além de mim, você é o único outro aluno que tem, tipo, um papel de liderança.

— Claro. A gente pode ler os seus comentários. — Ele comprime os lábios num sorriso. — Mas pode demorar mais de um almoço pra ler todos.

— Não é minha *intenção* fazer tantos — digo. Meu Deus, espero que não esteja corando. — É que o Palumbo disse para eu fazer o que eu achasse certo, então eu anoto tudo o que penso, e aí acabo com muitas páginas de anotações. Mas nem sempre espero que o Palumbo concorde com elas. Eu sempre acho que qualquer hora ele vai me mandar calar a boca.

— Simone, está tudo bem. — Jesse dá risada, com as mãos no fone. — Só estou te enchendo o saco.

Talvez seja isso, mas não parece. Tenho certeza de que Jesse não foi o único que percebeu que sou nova nessa função.

— Gente!

Jesse e eu nos viramos ao ouvir a voz. Quase dou um pulo para trás quando vejo Miles em pé na soleira da porta. Minhas mãos ficam retesadas rente ao corpo.

— E aí? — Jesse pergunta. Não consigo mover os lábios.

— A diretora Decker quer falar com a Simone. — Ele me olha por um milésimo de segundo. — Ela disse que tem que ser agora. Acho que deve ser importante.

Jesse me olha com uma expressão de curiosidade. Eu dou de ombros. Só vi a diretora uma vez, e foi no dia anterior ao início das minhas aulas aqui. Até que ela é legal. Não consigo pensar em nenhum motivo para ela querer falar comigo agora.

— Palumbo, eu já volto — aviso, correndo em direção à porta. — Jesse, me faz um favor? Apronta o cenário para a próxima cena enquanto eu vou lá?

Saio e deixo a porta bater.

— Ela te disse o que queria? — pergunto a Miles, trocando a prancheta de mão. — Porque, se for demorar um pouco mais, vou precisar falar para o Palumbo...

— Simone. — Há um sorriso na voz dele, e meus olhos voltam a procurá-lo. Ele morde o lábio por um instante, algo tão rápido que não sei ao certo se foi mesmo o que vi. — A diretora não precisa falar com você de verdade. Eu só queria te falar uma coisa.

— O quê? — Volto a sentir aquele frio na barriga. Consigo dar conta da diretora, mas do Miles sozinho? São outros quinhentos. — O que foi?

Ele dá um passo à frente, e eu pressiono as costas contra a parede. Pode ser que eu esteja esmagando a arte de alguém. Ele faz um barulho, uma espécie de suspiro muito suave que sai pelo nariz.

— Você fugiu.

Engulo em seco.

— Não sei do que você está falando.

Eu sei *exatamente* do que ele está falando. Fiquei repassando cada mínimo detalhe na minha cabeça desde que aconteceu.

— Você fez uma pergunta — ele diz, levantando meu queixo. — E foi embora sem me deixar responder.

Ele está com a mão no meu queixo. *Os dedos dele estão encostados no meu queixo*, tipo nos filmes de que eu curto falar mal com as minhas amigas. Não estou rindo agora, disso não há dúvida. Os dedos dele são macios, nem parece que ele passa todo o tempo livre armando cenários e segurando um bastão de lacrosse. Meu coração bate forte.

— Sério? — Não sei como minha voz ainda funciona. — Eu pensei... sei lá... que você não ia querer.

— Como é que você pode... — Ele se segura, engolindo em seco. — Eu quero. Eu quero de verdade.

Ou estou sonhando ou pirei. Ou as duas coisas.

Passo um braço pelo pescoço dele e o puxo para perto. Ele encosta a boca na minha.

Se não tivesse uma parede para me segurar, eu estaria no chão.

5

Miles me beijou ontem. Ontem Miles me disse que queria sair comigo e depois me beijou de novo. Miles me beijou, me disse que queria sair comigo, me beijou de novo, e agora estamos andando juntos pelo corredor. Acho que essa não é a vida real. Deve ser isso que a Tracy de *Hairspray* sentiu quando finalmente conquistou o cara que ela queria. É surreal.

É claro que não estamos de mãos dadas nem nada disso, mas estamos tão perto um do outro que nossos ombros acabam se encostando. E talvez as pessoas consigam perceber que a gente se beijou, mas isso não importa. Não consigo parar de sorrir. Não estamos nem falando nada — não sei direito o que eu poderia falar sem ficar sorrindo feito uma doida —, mas eu não ligo. Ficar perto dele já é o bastante.

— Tenho aula de inglês — digo, diminuindo o passo. — E a sala fica no primeiro andar.

Ele faz uma careta e fica parecendo um menininho. Eu com certeza estou parecendo um palhaço bizarro que não consegue tirar o sorriso do rosto.

— Não se preocupa. — Dou uma palmadinha no ombro dele. Jesus, quem faz isso? Quem eu penso que eu sou? Uma psicóloga? — A gente se vê no ensaio mais tarde, né?

— É, não vejo a hora de saber qual é o musical do dia. — Ele se curva e dá um beijinho no meu rosto. Eu *tenho que ir*, mas ele não se apressa. Beijar Miles na boca é melhor, mas acho gostoso sentir minha bochecha formigando quando ele se afasta. — Até mais tarde, Simone.

Digamos que talvez eu fique olhando para a bunda dele enquanto ele atravessa o corredor. Olho até ele se perder na multidão e, por fim, se virar para subir a escada. Faltam só alguns minutos antes de o sinal tocar.

Lá na minha escola antiga, eu não podia andar pelo corredor sem ver pelo menos umas cinco carinhas conhecidas. Aqui é bem raro eu ver alguém que conheço. Mas hoje Eric está em pé ao lado da escada, falando com alguém. Ele levanta os olhos quando eu passo, e faço questão de acenar para ele. O menino faz uma cara tão feia que parece que está debochando de mim.

Arregalo os olhos e me obrigo a continuar subindo. Eric deve detestar *mesmo* meus comentários.

* * *

— Ai, meu Deus do céu, Simone, eu preciso saber de *tudo*. Ele beija bem? Ele simplesmente te pegou no meio do corredor e começou a te beijar? Assim, do nada?

Lydia está praticamente gritando enquanto andamos pelo corredor no fim do dia. Claudia revira os olhos, mas não diz nada. Abaixo a cabeça para esconder o sorriso. Foi ontem, mas ainda sinto a boca dele na minha.

— É que ele me chamou durante o ensaio para falar com a diretora — explico.

Essa é a coisa mais clichê do mundo — minhas amigas e eu suspirando por causa de um garoto —, mas eu não ligo.

— Eu juro pela Cate Blanchett que pensei que ia derreter ali mesmo.

— Quanto drama! — Claudia resmunga, se apoiando nos armários que tomam a parede inteira. — Não dou conta de você *nem* daquele menino. Por que você não sai com uma cara que detesta lacrosse, que nem uma pessoa normal? Acho que o meu irmão está solteiro.

Meu armário fica no mesmo corredor que o da Claudia, e acho que só consegui encontrá-lo na minha primeira semana no Sagrado Coração por isso.

— Parece que você está fazendo um comercial dele — eu digo. — E o Julio não é, sei lá, cinco anos mais velho que a gente?

— Será que você não devia ir atrás do seu kit de boas-vindas? — ela imita. — Como você esqueceu quem é seu orientador vocacional?

— *Não sei.* — Como era mesmo que eu abria o meu armário? Giro o segredo para a esquerda, direita, esquerda de novo. O cadeado se abre na primeira tentativa. Claudia não parece impressionada. — Minha escola anterior listava os alunos pelo sobrenome. Aqui é tudo bagunçado.

— Não é tão complicado assim — Claudia diz. — Deixa que eu faço.

— Não dá bola pra ela — Lydia se irrita. — Me conta o que mais aconteceu!

— Pra falar a verdade, ele me assustou um pouco com a história da diretora — digo, jogando um monte de anotações no lixo. Comecei a estudar aqui há poucos meses, mas meu armário já está uma zona. — Pensei que tinha acontecido alguma coisa, que meus pais estavam precisando de mim, sei lá.

— Você falou pra ele que ele te assustou? — Claudia pergunta, cruzando os braços. — Porque eu teria falado.

— Falei — respondo, mas sinto vontade de rir. O beijo durou um ou dois minutos, e olha eu aqui, pensando nele. — Mas foi muito bom, Lydia. Você tinha razão... É diferente quando é com alguém de quem você gosta. É melhor. Mas, olha, vocês têm que prometer que não vão falar disso no jantar do sábado à noite. Meus pais iam querer saber de tudo.

— Não me diga — Claudia parece surpresa. — Você não está contando isso só pra gente comprar a sua pauta heteronormativa?

— *Não* — protesto, olhando debaixo de um livro didático. — É que eu... eu *tento* não ser tão hétero o tempo todo.

Até hoje só contei para elas que estou a fim do Miles. Ia ser estranho falar da Sarah agora, ia parecer que estou voltando atrás e tentando mostrar que sou uma pessoa totalmente diferente. Fora que a Claudia gosta demais de tirar sarro de mim. A base da nossa amizade é tirar sarro uma da outra. Se ela debochasse do que eu sentia pela Sarah, acho que eu não ia levar numa boa.

— Ah, Mony. Não fica triste. Eu também gosto de garotos — Lydia diz. — De repente você pode pensar nas outras opções.

Mordo o lábio. Ela já gostou de várias meninas *e* vários meninos ao mesmo tempo. Não é assim que funciona para mim. Eu acho as meninas — ou pessoas com aparência de meninas — bonitas, mas nem sempre isso quer dizer que estou a fim. Além do mais, a maior parte das pessoas por quem me sinto atraída é famosa, e, como Claudia disse, aí não conta.

A única pessoa de quem tive certeza foi Sarah. Só que isso não parece o suficiente para que eu me considere bissexual, como Lydia.

— Homem é uma merda — Lydia prossegue. — E o Ian não sabe fazer um monte de coisas, tipo...

— Eita — Claudia diz. — Era brincadeira. Coitado do Ian. Se serve de consolo, eu não sou muito boa na hora de chupar a Emma, mas eu tento, porque sou louca por ela.

Eu arqueio as sobrancelhas. Lydia inclina a cabeça.

— O quê? — Claudia se defende. — Não que eu seja incapaz de transar. Eu só não sinto aquela vontade, mas não ligo de transar quando ela quer... Olha, é complicado, tá?

Depois do beijo vem o sexo, né? Não sei como nada disso funciona, nada mesmo, já que o máximo que fiz até hoje foi sair algumas vezes com alguém. Do jeito que a Lydia fala, imagino que ela e os namorados tenham começado a transar logo de cara. Até a Claudia e a namorada fazem *umas coisas*. Talvez eu esteja me precipitando, mas eu sei que quero beijar Miles de novo. Ele não pode contrair o vírus pelo beijo, mas já sei que *eu* quero mais. E se ele também quiser?

— Gente. — Agarro a porta do meu armário, virando o corpo até ficar de frente para elas. — O que eu faço se a gente se beijar de novo?

— Aproveita? — Lydia diz, franzindo o cenho. — Não entendi. Você não *gostou* de beijar o Miles?

— Claro que gostei — respondo, tentando reprimir um suspiro. Seria mais fácil se elas soubessem por que eu estou pirando. — Mas e se ele quiser transar?

Lydia entorta a cabeça. Claudia levanta as sobrancelhas. As duas se entreolham com uma cara estranha.

— Vocês se beijaram *uma vez*, Simone — Claudia fala devagar, como se eu não fosse entender. — Não quer dizer que vocês vão se casar.

— Mas e se...

— Eu sei como é — Lydia diz, cuidadosa. — O beijo aconteceu tão rápido que agora você está preocupada com o que vai acontecer depois. Mas transar é um passo mais sério. Acho que você não precisa se preocupar tanto com isso até descobrir o que vocês dois querem. Faz sentido?

Essa é a solução? Não pensar no assunto? Talvez eu esteja *mesmo* me precipitando. Talvez nada vá acontecer depois daquele beijo, mesmo que eu ainda sinta um pouco dele na minha boca. Uma parte muito grande de mim *torce* para que algo mais aconteça depois — mesmo que para isso eu precise contar a verdade para ele, e correr o risco de sofrer as consequências.

— Meu Deus, olha a cara dela. — Claudia me traz de volta para a Terra. — Ela acha mesmo que eles vão se casar.

— Não acho!

— Simone — Lydia diz. — Está parecendo um pouco.

— Não consigo saber se você gosta muito dele ou se você está só com *muito* tesão — Claudia avalia. — De qualquer forma, ia ser bom você ter um vibrador bacana. A gente podia dar um pulo num sex shop. Preciso comprar um para a Emma.

— Mas eles não pedem a identidade? — Lydia pergunta. — Somos menores de idade.

— A gente leva uma identidade falsa. — Claudia dá de ombros. — Sábado?

— Mas *gente*... — resmungo. — Vocês não estão me ajudando.

— Confia em mim. — Claudia sorri. — Um vibrador faz *milagres*.

Eu suspiro, voltando a olhar para o meu armário. Continua uma bagunça, e as pilhas de papéis parecem estar prestes a cair no chão. No meu primeiro dia, senti que *todo mundo* tinha alguma coisa para me entregar: cronogramas, listas de material, regras, planos de estudo das aulas. Virou uma montanha branca tão grande que parece que eu só jogo as coisas aqui, sem pensar. Passo os olhos pelo espaço apertado, procurando uma pasta azul. No meio dessa confusão, duvido muito que eu vá encontrar alguma coisa de que preciso. Alguns papéis soltos voam e caem no chão, e eu me agacho para recolhê-los.

— Vamos, Simone. — Claudia fica de cócoras e pega alguns papéis. — A gente quer te ajudar. Não quero parecer sacana. É que... Bom, a gente sabe que você não tem tanta experiência nessa área.

— Nossa, valeu — resmungo, recolhendo os últimos papéis do chão.

— Até depois — Lydia diz, encostando no meu braço. — Tá?

— Tá — respondo. Um pedaço de papel amarelo dobrado se destaca da pilha. Acho esquisito.

Lydia e Claudia seguem pelo corredor. Eu pego meu kit de boas-vindas com uma das mãos e abro o bilhete com a outra.

Demoro alguns segundos para ler o que está escrito. Depois leio de novo. As palavras rodopiam na minha cabeça uma, duas, três vezes, mas ainda não fazem sentido. Só fico segurando o bilhete nas mãos, trêmula, piscando e encarando a mensagem escrita a mão:

Eu sei que você é HIV positiva. Você tem até o Dia de Ação de Graças pra parar de andar com o Miles. Senão todo mundo vai saber.

6

—Simone, você vai pegar uma infecção se continuar roendo as unhas desse jeito. A gente já falou sobre isso, querida.

Tiro a mão da boca na hora, mas não olho para o papito. Com certeza ele já percebeu que tem alguma coisa errada. Não olhei na cara dele desde que entramos no carro para ir ao Hospital St. Mary's. Se eu olhar, não duvido de que ele adivinhe o que estou pensando. Claro que o papito não ia achar ruim que eu esteja a fim de um garoto, mas aquele *bilhete*? Ele e meu pai iam dar um escândalo na escola.

Talvez seja *melhor* que eles se envolvam. Quem quer que tenha escrito aquela carta é uma pessoa que andou me observando. Como ela ia saber onde fica o meu armário? A pergunta é: há quanto tempo isso está acontecendo? Desde que comecei a estudar na Sagrado Coração, há alguns meses? Desde que Miles começou a trabalhar na peça? Desde que a gente se beijou ontem?

E se todo mundo descobrir? Sem chance. Não vou conseguir encarar isso de novo.

Mas, se meus pais forem falar com a diretora, ela não vai ser a única que vai saber que sou HIV positiva. Tenho certeza de que outros funcionários vão acabar ouvindo — a secretária, um dos guardas, talvez até uma professora. E às vezes alunos trabalham na diretoria para ganhar créditos extras. Um *deles* poderia ouvir, e depois sair contando para um monte de gente. Se falassem com a diretora, meus pais poderiam acabar me expondo para todo mundo.

E se isso for só uma pegadinha bizarra e eu estiver fazendo tempestade em copo d'água? Não, não posso falar disso com meus pais. Vou precisar resolver essa situação sozinha.

Nem sei o que estou sentindo a respeito dessa história toda. Pensei que fosse ficar brava ou chateada, mas estou só anestesiada. Como se o que aconteceu na Nossa Senhora de Lourdes fosse acontecer de novo e eu não pudesse fazer nada para impedir. Mas tenho que fazer *alguma coisa*. Se todo mundo descobrir que eu tenho HIV, me sentir anestesiada vai ser o menor dos meus problemas.

— Em que você está pensando? — O papito faz uma curva. — Animada para rever seus amigos?

— Eles não são meus amigos — digo, bufando.

— Não é verdade — ele retruca, mas não me olha nos olhos. — Seu pai e eu achamos que é importante que você tenha outras pessoas da sua idade para conversar.

— Outras pessoas como *eu*.

— Sim, sim. — Ele me olha. — Você não é diferente de ninguém, querida, e você sabe disso. Mas tem coisas que a Claudia e a Lydia não entendem, que seu pai e eu não entendemos. Você sabe do que eu estou falando.

— Eu não fico pensando muito nessas coisas — rebato, e não chega a ser mentira. — E ninguém se fala *de verdade*. A gente só fica sentado e dá respostas monossilábicas até acabar.

O papito faz um barulho que vem do fundo da garganta enquanto entra numa vaga do estacionamento. O hospital não fica tão longe da nossa casa, o que facilita a vida do meu pai de manhã. Pelo menos fico tranquila em saber que ninguém da minha antiga escola vem aqui; é muito longe para ser uma boa opção. As consultas médicas eram um pé no saco quando eu ainda estudava no colégio interno, mas pelo menos assim eu fugia do grupo de apoio.

Eu nunca tinha pensado na chance de encontrar alguém da minha nova escola aqui, mas deveria ter pensado nisso. Isso explicaria como alguém conseguiu descobrir que vivo com HIV. Eu queria não precisar pensar nisso. Graças ao emprego do meu pai, ao trabalho voluntário do papito e às minhas reuniões do grupo, o St. Mary s parece o *nosso* espaço. Um stalker maluco não deveria ter acesso a ele.

— Você parece mal-humorada hoje. — O papito fica me olhando. — Tem certeza de que não quer conversar sobre nada?

— Tenho certeza — digo. Em vez de olhar para a cara dele, fico olhando para a camiseta. Prince me encara em toda a sua beleza roxa. — É que eu odeio vir aqui.

— Ah, Mone... — Ele coloca uma mão no meu ombro. — Não é tão ruim assim.

É tão ruim assim, sim. Toda quarta, o grupo de apoio se reúne em uma das salas de conferência dos fundos do edifício do hospital. Acho que é nelas que os médicos falam as coisas que não podem falar nos corredores. Apesar de ficarmos separados do resto do hospital, o cheiro de antisséptico domina o ambiente. Somos mais ou menos dez pessoas, sentadas em cadeiras de plástico posicionadas em círculo.

Julie, que acabou de terminar a faculdade e organiza as reuniões, se aproxima sentada numa cadeira de rodinhas. Ela não é HIV positiva, e isso torna as mensagens dela ainda mais irritantes, já que ela não pode exatamente *se colocar no nosso lugar*. Mas hoje ela trouxe donuts, então talvez eu seja mais tolerante do que o normal.

— Oi, gente — ela diz, passando a caixa para o menino ao lado. — Como vocês estão?

Todo mundo responde ao mesmo tempo, mas é mais um resmungo meio sem vontade. Eu sei que Julie se esforça — posso apostar que ela comprou os donuts de chocolate com dinheiro do próprio bolso —, mas nunca falei do que sinto aqui e não é agora que vou começar.

Julie junta as mãos.

— Certo. Então, hoje eu trouxe uma amiga.

Ela aponta para a menina que está sentada na cadeira ao lado dela. Ela é negra, tem o cabelo cheio de cachinhos curtos e bem-arrumados e, pela cara dela, parece que vive sorrindo o tempo todo. Penso que a conheço de algum lugar, mas devo estar confundindo com outra pessoa.

—Talvez quem vem às reuniões há mais tempo se lembre da Alicia — ela diz, dando uma palmadinha na mão da Alicia. — Ela participou do grupo até *passar da idade*.

As pessoas ao meu lado dão uma risadinha desanimada, então faço o mesmo. Acho que Alicia fez dezoito anos quando eu tinha treze ou talvez catorze, mas pensei que nunca mais a veria de novo. Acho que as pessoas se formam e resolvem fazer alguma coisa *superlegal* que não seja voltar ao grupo de apoio.

— Oi — Alicia cumprimenta, acenando. Agora que estou olhando para ela com atenção, ela parece mesmo um pouco mais velha. Ela tem bolsinhas embaixo dos olhos, rugas onde antes não havia. Mesmo assim, ela ainda parece feliz. — Não acredito que tem tantas carinhas conhecidas aqui... E tantas carinhas novas!

Imagino que ela esteja falando sobre Jack e Brie. Eles são as pessoas que eu mais vejo nas reuniões, porque devem ser obrigados a vir toda semana, que nem eu. É difícil ser uma pessoa pessimista perto do Jack, que exibe covinhas e dentes branquíssimos quando sorri, então eu tento não olhar muito para ele. Brie, por outro lado, sempre fica curvada na cadeira. Acho que a franja dela é tão comprida porque ela usa o cabelo para se esconder. Sei algumas informações aleatórias sobre eles — Brie faz parte de uma equipe de dança ou algo do tipo, e Jack joga golfe que nem um velhinho —, mas não somos amigos.

— Acho que vou começar falando um pouco sobre mim para vocês — Alicia diz, colocando uma mecha de cabelo atrás da orelha. — Bom, eu tenho vinte e poucos anos. Eu e o meu marido tivemos nosso primeiro filho no ano passado, e ele é o bebê mais fofo do mundo. Eu também estou quase concluindo meu mestrado em educação.

Há algumas palmas preguiçosas vindas do grupo, mas minhas mãos estão doendo de tanto aplaudir. Pode parecer horrível, mas não espero muita coisa da galera que participa deste grupo de apoio. Nunca encontrei ninguém fora das reuniões, então *nem sei* o que eles fazem, se é que fazem alguma coisa. Mas eu sei que Alicia tem feito muita coisa, e tem vivido. E ainda *mais* interessante é ela ter um marido — e um bebê.

Meus pais não chegaram a me chamar para conversar e me falar que essas coisas nunca vão acontecer comigo. É só uma coisa que eu entendi por conta própria. Penso se eu poderia perguntar para Alicia como é isso de saber que uma pessoa quer tanto ficar com ela que *não liga* para o vírus. Acho que é uma pergunta meio sem noção, mas fico pensando mesmo assim.

Não sei quem ia querer namorar comigo depois de saber disso. Acho que seria mais fácil namorar alguém que também seja positivo, mas já sei que não é *aqui* que vou conhecer essa pessoa.

O único cara bonitinho do grupo é o Ralph, mas saí só *uma* vez com ele e percebi que ele é a pessoa mais irritante que já conheci. Ele tinha necessidade de explicar *tudo* para mim — como funciona um conexão wi-fi, os comerciais de TV, a biblioteca —, como se eu não fosse uma pessoa capaz de fazer uma busca no Google. Como se isso não bastasse, ele beijava babando que nem um cachorro. Hoje ele está sentado de frente para Alicia, com os braços cruzados e um ar carrancudo. Quê, ele está pensando que o papel dele é julgar a performance da Alicia? *Aff*, eu não suporto esse cara.

— Chamei a Alicia para voltar aqui porque queria mostrar como a vida de vocês pode ser boa — Julie diz, se inclinando para a frente daquele jeito simpático dela. — Eu sei que falo isso toda semana, mas o HIV não é uma sentença de morte. Vocês só...

— ... precisam tomar a medicação — nós completamos, quase em uníssono.

— Não quero parecer uma mãezona — Alicia diz, com um tom bem-humorado. — Mas é realmente muito importante. Eu quase nem penso nisso. A gente só toma os comprimidos todo dia, como qualquer outro remédio, sabe?

Eu só consigo pensar na pílula anticoncepcional que Lydia acabou de começar a tomar.

— Eu tinha um amigo que conheci no grupo de apoio. — Sua expressão se entristece um pouco. — Quando fizemos dezoito anos, ele decidiu que não ia mais tomar a medicação. Disse que estava ótimo e não precisava mais.

A sala fica em silêncio. Todos nós sabemos o que vem depois.

— Ele teve pneumonia, e não conseguia mais respirar sem um tubo na boca — ela relata, olhando para o chão. — Aconteceu alguma coisa com os olhos dele quando começou a faltar oxigênio. Ele estava cercado de pessoas que amava, mas não conseguia saber disso. Levou oito meses para ele morrer.

Odeio ouvir essas histórias. Sei que o assunto é sério, mas nunca deixo de tomar a medicação. Será que preciso mesmo passar pelo suplício de ouvir essas coisas um milhão de vezes?

— Às vezes acontecem coisas horríveis — Alicia diz. — Mas tem coisas incríveis e empolgantes que acontecem toda hora. Eu faço o que amo todos os dias e vivo com duas pessoas que eu amo. Tenho meu marido e meu filho e um trabalho que eu adoro. Acho que estou tentando dizer que nem tudo é tristeza. Estou aqui para provar isso... E vocês podem me perguntar o que quiserem.

Minhas mãos se levantam antes que eu me lembre de disfarçar o desespero. Julie faz um sinal com a cabeça.

— Então, tipo... — eu começo. — Isso vai parecer meio estranho.

— Tudo bem. — Alicia sorri. — Não tenho nada contra coisas estranhas.

— Tá — continuo. — Humm, foi difícil, tipo... humm, engravidar do seu filho?

A única pessoa que está me olhando como se eu fosse estranha é Ralph. Levo isso como um elogio.

— Ah, não — Alicia responde, se recostando na cadeira. — Você sabe que I é igual a I, né?

Faço que sim. Imagino que todo mundo aqui saiba disso. Pena que a parte do "indetectável" não valha mais para mim.

— Então, na verdade, a gente engravidou da forma natural — ela conta. — Minha carga viral estava, e está até hoje, indetectável, e meu marido se sentia mais tranquilo tentando dessa forma.

— Peraí — eu digo. — Sério mesmo? Sem, tipo, tratamentos pra engravidar nem nada?

— Nadinha. — Ela balança a cabeça. — Foi bem fácil.

Caramba. Minhas costas vão de encontro à cadeira. Sempre deduzi que ia precisar de ajuda profissional se quisesse ter filhos. Eu não tinha entendido que a regra I=I também se estendia à gravidez. É oficial: estou de queixo caído.

— Bom — Julie diz —, sei que todo mundo aqui deve ter mais perguntas, mas podemos falar delas daqui a pouco. Acho que a pergunta da Simone é uma ótima maneira de entrarmos no nosso tema de hoje: relacionamentos.

Mais silêncio. Não consigo decifrar a expressão da Brie, por causa dos olhos escondidos atrás da franja. Jack está olhando para baixo. Ralph está estalando os joelhos. Alguns dos garotos de treze anos encaram Alicia com os olhos arregalados, mas não sei dizer o que estão pensando. Será que eles se preocupam com as mesmas coisas que eu?

— Quero que vocês saibam que é completamente possível ter um relacionamento — Julie prossegue. — Pode haver alguns desafios. Talvez alguns de vocês já tenham vivenciado tudo isso.

— Ah, *total* — Brie esclarece, jogando o cabelo para trás. Quase levo um susto ao ver os olhos dela, brilhantes e castanho-esverdeados. — Seja um beijo ou uma transa, você se ferrou. Se você conta pra pessoa *antes*, ela pode simplesmente cair fora e sair contando pra todo mundo.

Eu me encolho toda. Ela tem razão, mas...

— E, se a pessoa some, o processo recomeça do zero com outra pessoa — ela prossegue, contando cada passo no dedo. — Então, se eu quiser transar com cinco caras e contar pra todos eles que eu tenho HIV, são mais cinco pessoas que ficaram sabendo e não sabiam antes, e eu nem fui pra cama com ninguém.

Eu *nunca* fui pra cama com ninguém, e ainda tem um idiota que resolveu deixar um bilhete para me ameaçar.

— Nem me fale. — A voz do Jack me pega de surpresa. Ele não está exatamente gritando, mas nunca o ouvi falar tão alto. — E, se você espera pra contar depois, a pessoa pode até resolver te linchar.

Brie dá risada, abaixando o rosto como se estivesse com vergonha. As bochechas do Jack estão tingidas de cor-de-rosa. Ralph revira os olhos.

— Bom, essas reações e sentimentos também são um direito das pessoas — Julie argumenta. — É importante que façamos questão de informar nossa situação antes de *qualquer* atividade sexual, mesmo que seja um assunto difícil. É normal que as outras pessoas fiquem confusas. Essa notícia pode ser um choque.

— Não devia ser — eu resmungo, olhando para baixo. O donut continua na minha mão, intocado. — Não é nada de mais. Não são eles que convivem com isso. E a chance de contraírem o vírus é ínfima.

— Mas o risco de exposição ainda existe — Julie diz. — Não é tão simples.

— Que risco? — Eu me debruço na cadeira. — Se o vírus está indetectável, é intransmissível. Não foi justamente isso que falamos na semana passada?

— Simone...

— Tipo, se eu sei que pode rolar sexo, eu levo cinco camisinhas, se assim a outra pessoa vai se sentir melhor — eu continuo. — E garanto que a minha carga viral esteja indetectável. Se isso não for o suficiente, a pessoa pode tomar aquele remédio também.

— Para de fazer drama — Ralph se irrita, estalando os joelhos com cara de tédio. — Se uma pessoa não quer transar com você, não adianta tentar convencer. Vira uma coisa ridícula.

— O que eu disse não tem nada a ver com isso. — Tenho quase certeza de que meu olho está tremendo. — Só estou falando que vou me preparar se quiser transar. Não quer dizer que vou implorar.

Ralph me encara com os olhos apertados. Eu queria poder dizer que ele está agindo assim porque acordou de mau humor, mas a babaquice é o principal traço da personalidade dele.

— Ela tem razão. — Brie me tira da nossa competição de quem encarava o outro por mais tempo. — A gente se prepara porque tem que se preparar.

Para minha surpresa, Alicia ri.

— Adorei essa turma. Vocês são ótimos. Tão *inteligentes*. Eu queria ter sido assim na idade de vocês.

Julie pigarreia. Ela está com o rosto vermelho, mas não me sinto mal como normalmente me sentiria. Nada do que eu disse é *errado*. Dou uma mordida no donut.

— Tudo bem — ela diz, com a voz firme. — Agora vamos falar sobre sexo seguro. Tudo bem?

Eu me recosto na cadeira, de braços cruzados. Essa deve ser a melhor reunião do grupo a que já fui, e isso porque Julie não dominou a conversa. Acho legal que ela se esforce, mas ela simplesmente não sabe como é viver com o HIV. O resto da galera sabe. Mesmo que não sejam meus amigos, eles *sabem como é*. Talvez o papito tenha razão — mas eu nunca vou admitir.

Quando a reunião chega ao fim, a maior parte do grupo fica na sala mexendo no celular ou esperando os pais chegarem. Só alguns poucos sortudos podem ir para casa dirigindo.

— E aí... você ainda curte uns musicais?

Ainda nem me virei, mas a voz do Ralph já me dá agonia. Ele está com os braços cruzados e uma postura meio tensa, como se ele fosse um professor prestes a me dar uma bronca por não estar de uniforme.

— Curto. — Coloco as mãos nos bolsos. Espero que respostas de uma palavra só o façam sair de perto.

— A gente podia sair qualquer hora.

— Não.

— Por que não? — Ele contorce a boca. — Aquela vez foi bem legal.

— Ter pneumonia foi mais legal do que ficar escutando você comentar *Mad Max*. — Pego o celular. Meus pais precisam chegar *agora*. — Não vai rolar, Ralph.

— Por que você tem que ser tão grossa? — Ele chega mais perto, quase me botando contra a parede. — Foi só uma pergunta. Não ia ser tão difícil encontrar alguém pra transar se você aprendesse a ser mais simpática.

— Do que você está falando? — digo, perdendo a paciência. Se Julie ainda estivesse por perto, iria tentar acalmar os ânimos, mas somos só nós e alguns meninos de olhos arregalados. — Eu só sou grossa porque *você* me obriga a ser.

Meu telefone vibra. Nem chego a ler a mensagem. Assim que vejo o nome do meu pai, dou meia-volta e me dirijo à porta.

7

Tenho alguns segredos que não conto para ninguém, ninguém mesmo. Um deles é o fato de eu ter HIV, óbvio. Mas outro segredo é que eu não sabia me masturbar até uma amiga minha me ensinar. Ela me levou para o quarto dela, e Sarah foi atrás. Trancamos a porta — indo contra as regras do Nossa Senhora de Lourdes — e ela baixou umas fotos dos caras de *The Vampire Diaries* no Tumblr. Aí eu deitei na cama dela, me cobri com um cobertor, e ela me explicou o passo a passo.

Dá muita vergonha disso, mas eu estava na oitava série, sabe? Quem pode me julgar?

Hoje em dia é um pouco diferente, mais no quesito material de estímulo visual. Claudia deu risada quando contei para ela, mas eu gosto de olhar fotos de caras brancos e velhos quando estavam no auge da beleza. Podem me criticar à vontade, mas o Bruce Willis, o Harrison Ford e o Richard Gere não eram nem um pouco feios. Às vezes a Cate Blanchett acaba entrando no meio, mas a Claudia disse que não conta.

— É a *Cate Blanchett* — Claudia disse, de forma bastante enfática. E essa foi a última vez que falei com *ela* sobre a possibilidade de gostar de meninas.

Dessa vez, quando termino, fico olhando para o teto. Nossa casa não é tão larga, mas é alta e estreita, e meu quarto fica bem no topo. Como fico muito longe, meus pais não conseguem me ouvir. Pelo menos eu acho que não conseguem. Se *conseguirem*, fico feliz por nunca terem comentado nada. Depois que termino, minha cabeça costuma ficar vazia. É igual acontece logo antes de eu cair no sono, nenhuma preocupação. Só que agora não consigo parar de pensar. Pode ser horrível, mas estou com inveja das minhas amigas.

Claudia é assexual, e eu sei que ela não passa a manhã inteira pensando em sexo como eu. Por outro lado, Lydia fica de pegação com o namorado quando os pais não estão em casa. Eu não tenho nenhuma das duas situações.

Na semana passada, minha professora de saúde fez um longo discurso sobre como as meninas deveriam passar seus anos de formação se descobrindo e fazendo amizades profundas. Uma amizade, segundo ela, é tão valiosa quanto uma relação romântica. E acho que ela tem razão. Sou tão grata por ter encontrado Lydia e Claudia. Amo as duas *um tantão*, mas não de um jeito romântico. Ficar sem elas me deixa tão *sozinha* que nem sei descrever.

Eu me esforço para ficar sentada. É sábado, e isso significa que preciso ir para o ensaio em uma hora, e lá eu vou ver Miles. Eu tinha pensado que a sensação de solidão fosse embora depois que você dá seu primeiro beijo, mas ela só se transformou em outra coisa: uma vontade. Saber que há *alguma* chance de transarmos quase piora tudo, porque eu não consigo deixar de ter vontade. Mesmo que isso signifique que preciso contar para ele.

A maioria das pessoas tem medo de contrair o vírus. Se eu contasse para Claudia e Lydia, elas não precisariam se preocupar com isso, já que não pretendemos trocar *"fluidos"* tão cedo. Mas com Miles é diferente.

Não ajuda em nada o fato de eu agora ter que descobrir quem escreveu aquele bilhete idiota. Não sei nem por onde começar. Pelos calouros do grupo de teatro? Ah, duvido muito que algum deles tenha a paciência necessária para deixar um bilhete no meu armário e esperar que eu leia. A sra. Klein? Duvido. Ela é um pé no saco, mas não uma pessoa *do mal*. Quem mais poderia ter sido?

— Por que isso tem que ser tão difícil? — pergunto em voz alta. O pôster de *Aida* colado na minha parede só me encara sem dizer nada.

Qualquer coisa que eu esteja sentindo — frustração, tesão — piora durante os ensaios. Parece que é uma coceira que eu sinto por dentro, fico incomodada. *Rent* é um ótimo musical, mas assisti-lo todos os dias me faz pensar nos amigos de quem meus pais só falam de vez em quando, os amigos que morreram e eu nem conheci. E morreram ignorados porque eram gays que tinham aids.

A epidemia é tão assustadora que nem consigo pensar direito nisso. Parece um filme de terror que não sai da minha cabeça mesmo depois de horas, e faz meu estômago virar do avesso e meus joelhos tremerem. Não parece real. O fato de *ser* real, de ter acontecido, me faz querer agarrar os alunos da peça, chacoalhá-los e perguntar: "Sabia que isso é muito sério? Não estamos falando de uma coisa que alguém inventou para um musical, estamos falando de *vidas* reais".

A sra. Klein está obcecada em aperfeiçoar a performance de "Seasons of Love" hoje, parando e começando de novo mil vezes, e isso também não ajuda muito. O sr. Palumbo observa com a boca transformada em uma linha reta. Resolvo dar uma volta pelos bastidores. Poderia fingir que estou de olho na equipe técnica, mas seria perda de tempo. Meus olhos buscam Miles assim que passo pela cortina.

Ele está usando uma camisa preta de manga curta e uma calça jeans escura. Quando cruza os braços, as veias do pulso se destacam. Eu engulo em seco. Se não houvesse ninguém por perto, eu ia deixar esse menino zonzo de tanto beijar.

Ele está empurrando uma peça imensa do cenário, uma coisa ainda mais alta que ele, até o palco. Quando termina, pega dois bancos, um em cada braço. Pedaços de fita azul-clara sinalizam onde ele deve deixá-los. Os alunos correm para todo lado, desviando dele. Os objetos do cenário não costumam ser assim *tão* pesados, já que a equipe os constrói com compensado barato e outros materiais leves, mas pesam o suficiente para que os alunos só consigam carregá-los em dupla. Miles é o único que carrega tudo sozinho. É um tesão, mas acho que eu devia falar com ele sobre isso. Todo mundo sabe que ele já sofreu uma fratura. Não quero que piore.

Eu pigarreio.

— Não acredito que o Jesse deixa você carregar tudo isso sozinho.

Ele coloca os bancos no chão e levanta a cabeça para me olhar, sorrindo. Quero arrancar esse sorriso com um beijo aqui mesmo, na frente de todo mundo.

— Não é tão difícil — ele diz, limpando as mãos na calça jeans. — É bem mais fácil que decorar as falas.

— É porque a pessoa tem que ser inteligente para lembrar de detalhes importantes.

— Você está dizendo que eu não sou inteligente?

Olho para ele com uma cara antipática. Dura só alguns segundos, já que não consigo não sorrir.

— Fiquei magoado. — Ele leva a mão ao peito. — Eu posso não ser inteligente, mas sei fazer muitas coisas. Sabe o que eu fazia no time de lacrosse?

— Empurrava as pessoas — retruco, dando de ombros. — Acho que você contou algumas vezes...

— Bom, pois é, porque é importante.

Ele se afasta do cenário e fica ao meu lado. O que quer que ele esteja falando sobre o lacrosse desaparece quando olho para baixo e vejo a mão dele. Está a poucos centímetros da minha. Ele fez de propósito, né? A gente já se beijou. Pegar na mão é, tipo, menos sério do que beijar. Eu posso ficar de mãos dadas com ele.

— Simone? — A voz dele está perto do meu ouvido. — Você ainda está aqui?

Pego na mão dele bem rápido. Acho que a minha deve estar suada e ruim de pegar, mas ele não tira a dele. Os dedos dele se entrelaçam nos meus. Mordo o lábio para não deixar o sorriso dividir meu rosto ao meio.

Estou *bem longe* de me afastar do Miles. Para ser sincera, não sei se consigo. Olho para cima, mas não para Miles. Procuro os bastidores. Os alunos estão varrendo a serragem do chão ou pintando a parede dos fundos. Ninguém está prestando atenção na gente. Se a pessoa que mandou o bilhete estivesse aqui, tenho certeza de que estaria de olhos colados em nós. Acho que isso deve significar que não está.

— Sabe... — Miles começa a falar baixinho. — Não falamos do musical do dia ontem *nem* antes de ontem.

Foi porque a gente *se beijou* antes de ontem.

— Eu não pensei que fosse durar tanto — admito, observando enquanto ele chacoalha nossas mãos para a frente e para trás. Se eu visse outra pessoa fazendo isso, daria risada. Estou com um pouco de vontade de rir, mas não só porque estamos ridículos. — Não é como se você curtisse teatro *de verdade*.

— Sei lá... — Miles faz uma pausa. — Não é que eu *não* me interesse.

— Nem vem, Miles — digo, apertando a mão dele. — Você nem sabe a diferença entre *Hairspray* e *Hair*.

— Isso é verdade. — Miles olha para as nossas mãos. — Mas... não sei. Eu nunca tinha conhecido alguém que levasse isso tão a sério.

Não espero que ele seja um especialista nem nada. Só porque eu sou louca por musicais e peças e tudo o que acontece em cima de um palco, não quer dizer que ele também precisa ser. Esse é o meu *lance*. É como se os musicais fossem uma língua diferente, uma língua mais fácil de falar que o inglês. A única desvantagem é que acaba sendo mais difícil me comunicar com a turma que não é dos musicais.

Quando eu era pequena e estava sempre no hospital, meu pai e o papito assistiram a O *mágico inesquecível* comigo até eu decorar todas as músicas. Na semana antes do meu primeiro dia aqui, ouvi o álbum de *Querido Evan Hansen* no repeat. São os musicais que me motivam a continuar quando parece que nada mais faz sentido. Todo mundo precisa ter alguma coisa assim.

— Pois é. — Olho ao redor como se quisesse comprovar minha teoria. — É isso que dá entrar para o grupo de teatro.

— Não, digo, eu gosto do jeito como *você* fala dos musicais. — A intensidade do olhar dele faz com que eu me sinta colada no meu lugar no palco. — O Jesse também gosta muito de musicais, mas ele não fala como você. Você fica tão empolgada. Seus olhos chegam a brilhar e tudo. Eu nem sei do que você está falando a maior parte do tempo, mas eu quero escutar, porque é você quem está falando.

Minha boca se abre, trêmula, mas nada sai dela. Eu sempre achei que ele prestasse atenção porque era uma pessoa legal. E ele é *mesmo* — mas é que isso parece algo mais.

— Isso foi estranho? — Ele lambe os lábios. — Você...

Ele não chega a terminar a pergunta, porque os passos pesados do Jesse o interrompem.

— Miles — Jesse começa a falar, sem fôlego —, preciso que você pegue o... Ah, oi, Simone. Pensei que você estivesse na sala do coral com o Palumbo.

A questão é que é impossível ficar brava com Jesse. Nunca o ouvi falando merda de ninguém, e isso nem parece verdade, porque tem horas que *todo mundo* fala mal dos outros. Se fosse qualquer outra pessoa, eu o botaria pra correr. Em vez disso, afasto minha mão da mão do Miles, ignorando a cara com que ele me olha.

— Pois é, a gente estava... — Minha voz se perde enquanto coloco as mãos nos bolsos. O que a gente estava fazendo, *afinal*? Conversando?

Miles se vira para Jesse.

— Você precisa mudar o cenário do apartamento de lugar de novo?

— Preciso. — Jesse faz que sim. — Você é a única pessoa que consegue.

Os dois andam em direção à cortina, e eu me apoio na parede. Não consigo falar nada que se compare ao discursinho do Miles. O que eu posso dizer depois daquilo? *Adoro a sua bunda?* Às vezes ele é todo meigo e meloso, e eu só penso em beijar na boca o tempo todo.

Respiro fundo, criando coragem, e corro atrás deles.

Miles se vira no último segundo.

— Simone? O que...

Agarro a camisa dele. Meu plano é dar um beijo especial, um beijo em que ele se incline para a frente e comece a tocar uma música ao fundo. Como não estamos num filme, ele não inclina a cabeça e eu acabo com a cara enfiada na camisa dele.

— Eu estava tentando... — Gesticulo de leve com a outra mão. — Humm, enfim... criar um clima.

Miles abaixa a cabeça. Por um instante parece que está bravo, mas aí vejo os ombros dele se sacudindo numa risada silenciosa.

— *Não ri*. — Solto a camisa dele, dando um passo para trás. — Eu não sei fazer direito.

— Não se sinta mal. — A expressão dele fica mais doce. — A gente pode se ver depois, se você quiser. E aí a gente cria um clima *de verdade*.

Isso poderia significar um milhão de coisas — meu cérebro sempre volta para a ideia do sexo, e esse pensamento leva ao *bilhete*, e meu estômago revira —, mas eu mando tudo isso embora.

— Eu queria, mas não posso — digo, voltando para perto. — Tenho que fazer uma coisa com as minhas amigas. A gente vai... Enfim, a gente vai fazer uma coisa. Juro que não estou inventando.

Mesmo que Miles pareça muito tranquilo, não pretendo contar para ele que vou passar a tarde de sábado num sex shop com as minhas amigas. Talvez ele ficasse com medo. Mas, para falar a verdade, estou precisando de um tempo sozinha para tentar entender como é que eu vou resolver essa merda de situação do bilhete.

— Miles? — Jesse chama.

— *Acho* que acredito em você. — Miles se vira em direção à voz de Jesse. — Da próxima vez, então?

Eu sorrio. Não consigo evitar.

— Claro.

8

Mesmo em um trem em alta velocidade, ainda é difícil esquecer o bilhete. Não consigo parar de pensar nisso. Estou esmagada entre Claudia e Lydia, mas não consigo prestar atenção no que elas estão dizendo. Estou olhando pela janela. Quem poderia ter escrito o bilhete? Quem poderia *saber* que eu tenho HIV? Essa pessoa precisaria ter me visto no hospital, e não consigo imaginar nenhum aluno que esteja disposto a perder tempo para me seguir até lá. Talvez a pessoa já estivesse no St. Mary's visitando um parente doente ou algo assim.

— Ei, Simone. Planeta Terra chamando Simooooone.

O trem diminui a velocidade e para, e Lydia aperta meu braço.

— Tudo bem com você? — ela pergunta. — Você parece muito distraída.

— Ela deve estar pensando no Baú do Prazer — Claudia diz, cutucando meu ombro. — Está empolgada?

— Demais. — Eu topo pensar em outra coisa. — Então, já que isso foi ideia sua, você não devia me comprar o que eu quiser?

— Lógico que não — ela diz, rindo, quando a gente sai do trem. — Estamos aqui para comprar um vibrador para você e outro para a minha namorada, porque só assim vocês duas vão dar um jeito nesse tesão todo e *sossegar o facho*.

Como o Nossa Senhora de Lourdes ficava a duas horas de San Francisco, nunca tive muita chance de explorar a cidade com minhas amigas de lá. Nunca estive aqui com tempo para ver todos os lugares bacanas, e nos feriados costumava ir para Nova York com meus pais. Agora estou indo com as meninas para um lugar chamado Baú do Prazer, que fica no coração de uma cidade que parece um mundo novo. Nunca estive tão animada.

— Mas e se eu não quiser sossegar o facho? — provoco. — E se eu quiser transar?

— Ai, cara. — Claudia sacode a cabeça. — Infelizmente não vou poder te ajudar com isso.

— Meu Deus *do céu* — Lydia reclama. — Vocês duas estão uma coisa.

— Como assim? — Olho para ela de cara feia. — A gente vive falando de sexo.

— Dessa vez é diferente. — Ela veio de sobretudo, apesar de não estar nem perto de chover. — Estamos indo a uma loja que vende dildos. Por que a gente não pode simplesmente comprar um vibrador na internet, que nem as pessoas normais? Talvez nem deixem a gente entrar!

— Por isso a gente trouxe documentos falsos, Lydia. — Bato meu ombro no dela. — Não são para votar nem para beber, e sim para comprar vibradores para as nossas amigas.

Claudia faz que sim.

— Melhor jeito de usar um documento falso.

Lydia bufa.

— Não posso levar vocês duas pra qualquer lugar.

Claudia leva um dedo à boca quando nos aproximamos da loja, passando por um grupo de gente branca com dreads, casas geminadas muito coloridas e um restaurante chinês. O Baú do Prazer não tem uma vitrine de lingerie, o que me deixa um pouquinho decepcionada, mas consigo ver os funcionários parados perto da porta. Sempre pensei que só mulheres trabalhassem em sex shops, mas parece que também tem homens. Acho que eles também devem precisar de *brinquedinhos*.

Pensar nisso me faz soltar uma risada baixinha. Lydia me olha como se estivesse lendo meu pensamento. Claudia abre a porta.

— Olá! — Uma moça loira muito simpática se materializa na nossa frente. — Vocês poderiam mostrar seus documentos?

Tá, foi meio do nada. Eu pensei que Claudia estivesse exagerando em insistir que devíamos trazer as carteiras de motorista falsas. Não sei como ela as conseguiu e não perguntei. Claudia sempre dá um jeito nas coisas. Não preciso saber *como* ela consegue.

Lydia me encara com pânico nos olhos. Dou uma palmadinha no bolso dela, para lembrá-la do documento que está ali dentro, e em seguida mostro o meu.

Um silêncio constrangedor toma conta do ambiente enquanto a mulher loira olha nossos documentos, devolvendo-os um por um. Se percebe que são falsos, ela não diz. Talvez ela entenda que garotas menores de idade também precisam se satisfazer.

— Prontinho! — Ela sorri. — Se precisarem de ajuda, me procurem. Meu nome é Ashley. Ou também podem falar com qualquer pessoa com um crachá da loja.

Na mesma hora Lydia agarra os nossos braços e nos guia em direção aos fundos.

— Por acaso você sabe para onde estamos indo? — pergunto, com uma risada presa na garganta.

Não sei por que ela está tão assustada. Não estamos no calabouço fetichista de *Cinquenta tons* nem nada. Na verdade parece uma loja normal, talvez até uma farmácia, até que você repara nos dildos gigantescos espalhados pelas paredes. São coloridos — amarelo, verde, roxo, azul — e estão organizados de acordo com as cores do arco-íris.

— Eu nunca mais vou fazer isso — Lydia diz, irritada. — Então nunca mais me chamem para vir aqui.

— Beleza. — Claudia dá de ombros, abaixando a cabeça para olhar uma prateleira de metal abarrotada de sabonetes para usar na intimidade. — Eu e a Simone vamos nos divertir sozinhas, então. Que tamanho de vibrador você acha melhor, Simone? Prefere recarregável ou com pilha?

— Acho que poder recarregar seria ótimo — respondo, olhando para os cartazes que estão acima da minha cabeça. Eles mostram listas dos diferentes horários em que aulas de educação sexual são oferecidas aqui na loja. — Olha, acho que a gente podia voltar aqui para participar de uma das próximas oficinas deles e aprender o "beabá da bundinha". Eu sempre tive dúvidas sobre as bundinhas.

— Gente — Lydia choraminga. — Por que a gente não pode pesquisar essas coisas no Google, lá no meu quarto?

— Não é tão legal — eu digo. — Você só tem que mudar de postura. — Eu viro no corredor seguinte, que está cheio de cartazes coloridos. — Olha! Este aqui diz "É dando que se recebe". Tenho quase certeza de que isso é da Bíblia. Você não fica sem graça com a *palavra de Deus*, né, Lyd?

Claudia gargalha, e andamos de braços dados. Nós nos aproximamos da mesa cor-de-rosa do canto. Um manequim negro veste um traje de couro vermelho. Há várias peças de lingerie espalhadas ao redor. Quando chego mais perto, vejo os mamilos do manequim, que estão enfeitados de joias. Não consigo imaginar alguém comprando essas coisas para usar a sério. Eu nunca usaria nada disso na frente de ninguém, a não ser Claudia e Lydia, talvez, mas só de brincadeira.

— Por que estamos na seção de BDSM? — Lydia pergunta. — Era pra gente estar procurando um vibrador. Não deveria demorar tanto pra encontrar um vibrador em um sex shop.

— De repente a gente pode procurar na seção queer. — Claudia pega minha mão. Eu arregalo os olhos, surpresa, enquanto ela me arrasta para outro corredor. — Puta merda, olha só. Um livro de receitas afrodisíacas! De repente isso pode ajudar você com o seu namoradinho, Simone.

— *Ei* — eu protesto. — Cozinhar mal é feminista. Para desconstruir os papéis de gênero e tal.

— Não. — Claudia me encara com o olhar vazio. — Uma coisa não tem nada a ver com a outra.

— Gente, olha só. — Lydia está mostrando um livro chamado *A puta virtuosa*. Preciso me esforçar muito para não cuspir de tanto rir, ainda mais porque Ashley está observando nós três como se precisássemos de ajuda. — Isso parece um presente que a Miranda Crossland me daria.

— Nunca mais fala o nome dela na minha frente — Claudia diz, dando as costas. — Não quero pensar naquela vaca.

— Mas foi por causa dela que a gente conheceu a Simone. — Lydia envolve meu ombro com um braço. — Eu deixaria ela me chamar de puta de novo se depois você viesse me salvar.

— Ai, que fofo, Lydia. — Apoio a cabeça no ombro dela. — Fiquei emocionada.

— Não esquece quem ia socar a cara dela pra te defender! — Claudia grita. — Eu ia fazer de verdade.

Também aposto que ela teria feito. Eu mal as conhecia no dia em que Miranda Crossland chamou Lydia de puta no refeitório da escola. Tinha muita gente em volta, e a Miranda simplesmente *gritou*. Já é péssimo chamar alguém de puta, mas, se você vai mesmo chamar, pelo menos tenta fazer isso reservadamente. *Até eu* sabia disso.

Eu nem sei por que ela achava a Lydia uma puta — talvez pelo fato de ela sair com vários caras? Não ligo para isso, mas percebi que ela não estava falando de um jeito engraçado. Ela estava falando com maldade.

Até hoje não sei o que me fez intervir. Ainda era minha primeira semana na Sagrado Coração, e eu estava tentando não chamar muita atenção. Mas, sério, certas coisas são muito erradas, e eu sabia muito bem como era ser alvo do deboche dos outros. Ter dado uma resposta para Miranda não a fez desistir — só a fez *me* chamar de vaca —, mas tanto faz. Isso me trouxe minhas duas melhores amigas.

— Por que existem tantos tipos de camisinha? — Claudia pergunta, me arrancando dos meus devaneios. As camisinhas ficam todas empilhadas em caixas transparentes diferentes, como as balas ficam organizadas numa loja de doces. — Eu pensei que só existissem marcas diferentes.

Faço uma careta.

— Por que diabos elas têm sabores?

— Não sei. — Lydia dá de ombros. — Acho que por causa do sexo oral.

— Quê? Como assim? — Minha cabeça se vira na direção da Lydia. — É para as pessoas usarem camisinha na hora de fazer boquete?

— Humm, *é, sim*. — Lydia consegue erguer as sobrancelhas e me olhar com aquela cara de mãezona, mesmo estando com as bochechas vermelhas. — Todo mundo tem que usar camisinha o tempo inteiro, até durante o sexo oral.

— Tá... — Minha testa fica franzida. — Eu nunca tinha ouvido isso na minha vida. Parece mentira.

— Não é mentira — ela diz, balançando a cabeça. — Simone, você está me assustando, sério.

A dra. Walker com certeza *não* me falou sobre isso. Como ela pode ter esquecido? É nessas horas que eu queria poder falar com minha médica sem meus pais por perto.

— Eu tenho que usar alguma coisa? — pergunto, coçando a nuca. — Tipo... se alguém quisesse me chupar?

— Tem umas coisas de plástico. — Claudia gesticula, sacudindo a mão. — Eu esqueço como chama. Você coloca em cima da sua...

— Dental dam — Lydia interrompe. — Eles devem ter aqui.

— Não precisa comprar — Claudia esclarece, já voltando a perambular pela loja. — Faz assim: pega uma camisinha, corta o anel e a ponta. Faz um corte horizontal. Virou um dental dam. Pronto.

— Caramba, Claudia. Você é uma gênia.

— Pois é — ela diz, já distraída por uma nova gôndola de produtos. — A Emma me ensinou. Hein, vocês acham que eu devia comprar uma cinta peniana?

— Achei os vibradores! — comunico, indo para outra seção. — Nossa, tem muitos tipos...

Fico de boca aberta olhando para a variedade deles enquanto as meninas se aproximam para olhar.

— Ponto G, casais... — leio, apertando os olhos diante das embalagens. — Ah, *estímulo duplo*. Cara, eu recomendaria esse, com certeza.

Claudia segura a caixa contra a luz. O vibrador é cor-de-rosa e meio brilhante.

— E aí? — Lydia bate o pé. — Vai ser esse?

— Com certeza. — Claudia sorri. — Esse é perfeito. Ela vai amar.

Escolho um vibrador tipo bullet. É roxo, pequeno e barato. As duas notas de vinte que estão no bolso da minha calça serão suficientes.

Claudia se vira para o caixa, pronta para pagar a conta, mas eu agarro o braço dela.

— Espera, gente — digo, olhando para as duas. — Acho que eu nem preciso avisar, mas vocês têm que me *prometer* que não vão falar nada sobre isso quando forem lá em casa depois. Meus pais nunca iam deixar isso passar batido.

Acho que não se importam que eu compre um vibrador, já que se masturbar não coloca ninguém em risco. Mas não é uma informação que eu queira *compartilhar* com eles. De qualquer forma, é pouco provável que eles ouçam "sex shop" e pensem que eu comprei um vibrador. Eles vão pensar que comecei a transar e vão querer me trancar no quarto pelo resto da vida.

— Confia em mim. — Lydia levanta as mãos. — Eu também não quero que meus pais fiquem sabendo.

— Mas por quê? — Claudia pergunta, olhando para mim. — Pensei que seus pais fossem super, tipo, cabeça aberta. Sei lá.

Ela não está errada. Não tenho problemas para falar com meus pais sobre a maioria das coisas. Maconha? Claro. Bebida alcoólica antes da maioridade? Eu ia ouvir um sermão, mas pelo menos íamos dar risada. Mas falar sobre sexo não faz nenhum dos meus pais dar risada. Eu detesto quando vejo que eles ficam desanimados quando esse assunto vem à tona, como se ficassem deprimidos.

Tipo, eu entendo que a maioria dos pais não quer pensar nos filhos se envolvendo em atos sexuais. Mas, quando se trata da minha família, a abertura que eles têm para conversar sobre todos os outros assuntos faz essa estranheza a respeito do sexo parecer ainda pior. Se eles tivessem outra filha, uma filha que não tem HIV, aposto que deixariam camisinhas no banheiro. Saber que eles não podem — *e não querem* — fazer a mesma coisa comigo é uma merda.

— É, eles *são* muito abertos — digo, coçando a nuca. — Mas não deixam de ser pais.

* * *

Lydia nos mostra um café descolado qualquer, que fica no fim da rua do Baú do Prazer. Eu não conhecia o lugar, mas parece ser barato, então acho ótimo.

— Mas como funciona isso de fantasia sexual? — eu pergunto, roubando um golinho do copo da Lydia. O Baú do Prazer despertou minha curiosidade. — Tipo, tem gente casada que compra brinquedo junto? As pessoas falam o que dá tesão nelas já na primeira transa? E se você não transar antes do casamento e só na lua de mel descobrir que o seu cônjuge gosta de usar plug anal?

— Acho que por isso é importante falar sobre sexo antes de casar — Claudia responde, mexendo o canudo. — Para os dois saberem se têm afinidade e tudo mais. Ninguém quer casar com alguém que, tipo, quer se fantasiar de cachorro pra transar. Acaba sendo um filtro na hora de conhecer as pessoas.

— Não é legal julgar o fetiche dos outros — Lydia diz, sem olhar para mim, enquanto pega de volta o copo.

— Peraí, e se você estiver transando com o Ian e ele parar no meio e pedir para você usar uma máscara de cachorro? — pergunto, me debruçando sobre a mesa. — Você está dizendo que toparia?

— Deus me livre! — Lydia tira sarro. — Só estou dizendo que não podemos julgar os outros. Esperamos que o Miles não te julgue quando descobrir que você tem fetiche por homens brancos e velhos.

— Não é *tão* bizarro assim — protesto, enquanto Claudia dá risada. — E eu também não saio falando do nada: "Pois é, eu adoro olhar fotos do Harrison Ford na hora da siririca".

— Vai saber... — Claudia se recosta na cadeira. — Os meninos não escutam nada mesmo. Você poderia dizer para ele que é o Assassino do Zodíaco, sei lá, e ele não ia ouvir.

— Não é verdade...

— Mas com certeza ele não vai ouvir nada depois de transar — Lydia concorda, apontando um dedo para mim. — Então você pode fazer um oral nele, algo assim, e logo depois contar todos os seus piores segredos.

— Quê? — Balanço a cabeça, e meus ombros vibram a cada gargalhada. — Lydia, às vezes eu fico me perguntando se você *ouviu* o que disse!

Eu me viro para Claudia, mas o rosto dela está roxo de tanto rir. Quem sou eu pra criticar? Se Lydia está falando sério ou não, não faz diferença. Uma hora ela fica sem graça no sex shop, e na outra começa a dar conselhos explícitos como se fossem a coisa mais normal do mundo. Eu amo demais a Lydia.

— Espera, espera — Claudia diz, finalmente recuperando o fôlego. — Se você vai chupar o cara, ele tem que fazer alguma coisa pra você. Tem que ser justo.

— Eu não tomo anticoncepcional — comento. É verdade, mas não é o principal motivo para eu estar em dúvida.

— E daí? — Ela remexe as sobrancelhas. — Você não precisa ter, tipo, uma relação sexual com penetração.

— Claudia. Você está falando que nem a minha médica.

— Só estou dizendo que você pode ir vendo aos poucos. Quem sabe? De repente o Miles vai querer retribuir.

Fico olhando para ela.

— Você se acha a mais esperta, né?

Ela sorri.

— Vocês também podem se masturbar juntos — Lydia sugere. — Até que é legal.

Uma mulher passa nos encarando. Não tem muita gente por perto — a maioria são idosos que não devem conseguir ouvir o que estamos dizendo. Mesmo assim, dá uma sensação ruim. Falar desse assunto na frente de pessoas que me lembram os meus avós é diferente de fazer piada entre as quatro paredes do Baú do Prazer.

— *Gente* — eu digo baixinho. — Estamos num espaço público.

— Idosos também transam — Claudia rebate. — Não tem limite de idade pra gozar.

Quase engasgo com o meu chocolate quente.

É impossível estar com minhas amigas e ficar sem graça. Eu as conheci este ano, mas sinto que combino com elas. Comprei um vibrador com

Claudia. Lydia me chamou para dormir na casa dela uma semana depois de termos nos conhecido. Elas falam como se pudessem me contar qualquer coisa. Isso significa que eu posso contar qualquer coisa para elas, não?

Não quero mais pisar em ovos. Quero contar para elas sobre a carta ridícula que recebi, e pedir conselhos para elas. Quero reclamar que meus pais não conversam sobre sexo sem precisar botar a culpa na religião. Quero *falar* com elas sem medo, como nós falamos sobre todos os outros assuntos.

Passo os olhos pelo café. Não é como se os colegas da escola estivessem por perto. Eu me obrigo a respirar fundo.

— Eu preciso contar uma coisa pra vocês. — Passo a mão numa parte do meu cabelo. Minha mão fica presa entre os cachinhos curtos. — Mas vocês precisam prometer que não vão contar pra mais ninguém. Nunca.

— Humm — Claudia balbucia.

— Estou preocupada — Lydia diz. — Devo ficar preocupada?

— Não — respondo, embora *eu* esteja preocupada. — É só... uma coisa importante.

— Tudo bem, desde que você não esteja grávida. — Claudia gesticula.

— Prometo que não vou contar pra ninguém.

— Eu sou a melhor pessoa pra guardar segredo — Lydia adiciona. — Você sabe disso.

— Certo. — Esfrego as mãos na calça jeans. — Bom... Eu tenho HIV.

Cubro os olhos com uma mão para não precisar olhar para elas. Minha voz se tornou um sussurro, e uma parte de mim se pergunta se elas estão conseguindo me ouvir.

— E — eu prossigo — eu queria que vocês soubessem porque vocês são minhas melhores amigas e são muito importantes pra mim.

Silêncio. Afasto a mão bem devagar. As sobrancelhas da Claudia estão levantadas. Parece que Lydia vai chorar.

— Então você está doente? — Lydia pergunta, deixando o garfo no prato. — Você... você... vai ficar bem?

— Vou, vou, claro — digo, com a voz rouca. Ela pega minha mão e aperta um pouco. — Eu tomo a medicação e sempre vou ao médico. É bem normal. Tipo, não vou morrer tão cedo, se é isso que você quer saber.

— Que bom. — Claudia me olha de cima a baixo. — Você não parece ter isso.

Meu cérebro quase entra em curto-circuito.

— Como assim?

— Não, não era para ser, tipo, um insulto — ela tenta consertar, arregalando os olhos. — Só estou dizendo... que você não parece doente. Você parece normal. Não sei.

— É. — Reviro os olhos. — Dá pra ver que você não sabe.

Não sei o que eu esperava. Não esperava que as duas tivessem uma reação de ódio, mas também não esperava que ela dissesse algo tão ridículo. Claudia é inteligente. Parte de mim sente que ela disse isso para me chatear, mas não é justo. Eu vivo com isso desde sempre, e ela nunca deve ter precisado lidar com esse problema até hoje. Ela tem o direito de não saber. Ainda assim, eu me contorço na cadeira. O ar ao nosso redor está parado.

— Bom — Claudia diz logo depois —, fiquei contente que você tenha nos contado, Simone.

— Com certeza. — Lydia aperta minha mão de novo. — Como... como você contraiu?

— Por que você quer saber? — rebato, quase perdendo a paciência. As palavras saem por impulso. Lydia só fez uma pergunta, mas só consigo pensar no que Sarah perguntou quando contei a ela: "Como você contraiu?" Como se ela estivesse procurando um jeito de botar a culpa em mim. Como se quisesse descobrir que eu usava drogas ou transava com todo mundo.

— Ah, eu só... — A voz da Lydia vai ficando mais fraca. — Deixa pra lá.

— Seus pais sabem?

— Claro que sabem. — Franzo o cenho. — Como não saberiam?

— Bom — Lydia diz, enrugando a boca —, é que no Baú do Prazer você meio que deu a entender que eles são um pouco rígidos quando se trata de sexo. Então, se você falasse sobre uma coisa assim com eles...

— *Ah, tá* — eu digo. — Não. Não, não, não. Não é isso.

Balanço a cabeça, me obrigando a engolir a saliva. Acho que eu deveria ter esclarecido melhor essa questão.

Lydia pisca os olhos, encarando Claudia. Parece que elas estão conversando sem falar nada. Detesto ver isso. Eu queria que a gente voltasse a ser como era antes, quando nós três conversávamos juntas.

— A minha mãe biológica tinha o vírus, então eu nasci com ele — explico. — E eu quis contar para vocês antes, mas é que eu contei para uma das minhas amigas na escola antiga e não foi tão legal.

— Como assim? — Lydia pergunta. — Ela ficou brava?

— Ela ficou estranha. — Dou de ombros, pensando em quando contei meu segredo para Sarah. Ela se encolheu toda, como se eu tivesse cuspido nela. Me chamou de egoísta por não ter contado antes. Eu soube que tudo ia mudar na hora, antes mesmo de ela ir embora. — Ela contou para um monte de gente, enfim... Acabei ficando com medo de me abrir.

— Que vaca. — Claudia se recosta na cadeira. — Que *vaca*!

— Pois é — falo, cutucando a mesa. — Enfim, é por isso que meus pais não sabem falar de sexo. Eles não querem que eu exponha ninguém a riscos.

— Ah... — Claudia diz. — Isso é uma coisa... boa, né?

— Acho que sim — respondo. — Mas é que eles levam muito... a ferro e fogo. Tipo, se eu não fosse positiva, acho que eles seriam o tipo de pais que deixam camisinhas no banheiro.

— Mas, tipo — ela arrisca —, você não...

Ela fica em silêncio enquanto eu a observo. Ela conhece os meus pais. *Eu* conheço os meus pais. Não adianta tentar discutir comigo.

— Me desculpa por essas perguntas todas — Lydia diz, passando a mão na testa. — É que eu... eu não sei nada mesmo sobre esse assunto.

— Pois é — Claudia complementa. — E fico feliz que ninguém tenha passado para você. Quer dizer, sua mãe passou, mas eu estava com medo, tipo, de que você tivesse sido estuprada ou algo assim.

— Não. — Balanço a cabeça. — Nada desse tipo.

Ficamos em silêncio. Eu conheço Claudia e Lydia desde o início do ano letivo, e entre nós nunca tinha acontecido um silêncio tão incômodo. Acho que elas não reagiram *mal*, mas ainda assim é difícil.

— Bom — eu digo, limpando a garganta —, acho que agora eu preciso contar sobre o bilhete.

Elas se entreolham com uma expressão confusa.

— Alguém deixou um bilhete no meu armário. — Bato os dedos nos meus joelhos. — No bilhete a pessoa diz que ia contar pra todo mundo que eu tenho HIV se eu não parasse de andar com o Miles.

— Que porra é essa? — Claudia fala de um jeito direto e reto. — Ninguém decide quem você pode ou não pode ver. Foda-se essa pessoa.

— Você não entende, Claudia — eu argumento. — Você não sabe o que ia acontecer se a pessoa decidisse contar.

Não consigo pensar no que aconteceu na minha antiga escola. Não quero pensar na notícia se espalhando pelo Facebook, nas mães reclamando que suas filhas usavam o mesmo banheiro e frequentavam o mesmo refeitório que eu. Pensando agora, o que mais me lembro é de que eu estava totalmente despreparada para ver todo mundo se virando contra mim. Eu me sinto despreparada *agora*, numa outra escola a duas horas de distância.

— A gente devia contar pra alguém. — Lydia olha para nós duas. — Talvez algum professor. Ele poderia ajudar, né?

Faço uma careta.

— Escuta... — Claudia junta as duas mãos. — Estou pouco me fodendo pra essa pessoa. Pode até ser o presidente, beleza? Mas não pode controlar as suas decisões. E, mesmo que você não queira contar pra um professor, acho que você devia simplesmente ignorar.

— Eu não posso só ignorar a pessoa — replico. — Ainda mais se ela estiver me seguindo por aí.

— Então por que você não *conta para a diretora?* — Lydia pergunta.

— É pra esse tipo de coisa que ela existe.

— Não — eu digo, suspirando, passando a mão no rosto. — Se eu contar para a diretora, tenho que contar que sou positiva e todo o meu histórico. Até onde sei, a diretora também pode ficar morrendo de medo do vírus. Não vou correr esse risco se não for absolutamente necessário.

Lydia balança a cabeça.

— Se você não quer contar pra nenhum adulto, não sei direito o que fazer. — Ela morde o dedão. — Eu queria saber.

— Eu posso ir atrás e matar essa pessoa, se você quiser — Claudia sugere. — Não seria nenhum problema.

— Não, você não pode matar ninguém. — Eu me recosto na cadeira, exausta com essa situação toda. — Só estou com medo de que todo mundo descubra, principalmente o Miles. Eu sei que vou precisar contar pra ele. Estou com medo, só isso.

— De quê? — Lydia pergunta, virando a cabeça de lado. — De que ele não queira mais falar com você?

— É, isso. — Mordo o lábio, olhando para a mesa. — E *também* de que ele não queira transar comigo.

Meus olhos saltam e vejo Claudia e Lydia se entreolhando.

— Não quero parecer seus pais falando, mas sexo não é tudo — Claudia diz. — Eu posso me divertir muito com a Emma sem transar. É clichê falar isso, mas sexo não é tudo num relacionamento.

— Eu *sei*, mas eu *quero* transar mesmo assim. Só não quero que ele se arrependa. — Minha voz está tão baixa, fazia tempo que não ficava assim. — A gente se beija e ele não pensa em nada, porque ele não sabe. Tenho medo de ele não querer nem encostar em mim quando descobrir. Por que ele ia querer?

— Não fala isso — Claudia me corta. Levanto a cabeça para ver que os olhos dela estão muito sérios. — Nunca mais fala isso, tá?

— Mas é *verdade*.

— *Não é* — ela rebate. Lydia fica olhando para nós duas, ambas com os olhos arregalados. — Tem... Poxa, Simone, você não é a única pessoa que vive com HIV. Tem muita gente que vive. Vocês são pessoas, que nem todo mundo.

— Eu sei disso. — Minha voz se ergue. Claudia fala como se ela fosse positiva, mas sou eu que vivo com HIV. Sou eu que sofro toda vez que alguém faz um comentário idiota sem perceber. — É que é diferente, Claudia. As pessoas são fúteis, e não acho que ninguém ia querer ficar perto de mim se soubesse.

— Nós sabemos e ainda estamos aqui — Lydia diz, apertando meu ombro. — Estou tão feliz que você contou pra gente.

Fico com lágrimas nos olhos, e pisco para não deixar que caiam.

— É. — Enxugo os olhos. — Nossa, eu odeio tudo isso. Queria ser assexual.

— Olha, isso é um problema à parte. — Claudia faz um estalo com a boca. — Você não imagina *quantas* conversas eu e a Emma temos sobre isso. Eu sinto que a gente fala sobre isso toda semana, sem falta. "Não, amor, eu não sinto prazer quando você me chupa, mas tenho certeza de que você chupa muito bem."

Uma risadinha escapa da minha boca.

— *Cara...*

— É *verdade*.

Uma parte de mim quer dar risada, mas ainda estou pensando no que ela disse antes. Não sou a única pessoa que tem HIV. Tem muita gente que vai ao Hospital St. Mary's fazer exames todo mês, como eu. Não podemos ser membros solitários e indesejados da sociedade. E eu nem ia *querer* ficar com alguém que pensa mal de mim por causa do vírus.

— Quer dizer, eu entendo por que uma pessoa seria, sei lá, um pouco mais *cautelosa* — Claudia agora está falando mais baixo. — Mas, se você contar para o Miles e ele for um babaca, ele não merece você.

— Eu sei. — Olho para baixo, para a mão que está segurando a mão da Lydia. — É que eu gosto muito dele. Eu queria não precisar contar nada e não me preocupar com a reação dele. Eu fico apavorada.

— Não é justo. — Lydia me puxa para perto. — Eu sinto muito.

Dessa vez não consigo controlar as lágrimas. Apoio a cabeça no ombro da Lydia. Claudia chega mais perto e coloca a mão nas minhas costas. Embora eu esteja chorando, e enxugando o rosto para a garçonete não perceber, não me arrependo de ter contado para elas. Não me arrependo nem por conta dos comentários estranhos ou do silêncio constrangedor. É oficial: elas são um milhão de vezes melhores que a Sarah. Eu já tinha pensado nisso, mas o dia de hoje provou que é a mais pura verdade.

9

Meu novo vibrador é pequeno mas poderoso.
　　Escolhi o estilo *bullet* porque imaginei que seria simples — com o formato de um taco de beisebol bem pequeno, feito de silicone, sem funções rebuscadas —, mas me enganei. São *vinte* velocidades e modos diferentes. Não sei nem por onde começar. Ele veio com um manual de instruções, mas, depois de ler coisas como "não poroso", "multivelocidade" e "padrões de vibração", resolvo testá-lo eu mesma.
　　Ligo o aparelho e observo a vibração ficar mais intensa a cada nível. Não vejo muita graça quando encosto o dedo. A boa notícia é que não faz tanto barulho. Pelo menos eu sei que meus pais não vão ouvir nada e que não corro o risco de ser pega no flagra.
　　Tá. Eu vou conseguir. Tenho tempo, privacidade e o equipamento necessário. Vai ser legal. Acho. Só preciso terminar até Claudia e Lydia chegarem, daqui a mais ou menos uma hora. Respiro fundo e me jogo na cama, e em seguida volto a ligar o vibrador na velocidade mais baixa.
　　— *Caramba* — eu digo, sozinha no quarto vazio. Minha voz fica ofegante que nem a de uma atriz pornô, e tenho certeza de que meus olhos estão arregalados que nem os de um personagem de desenho animado.
　　É diferente de quando eu uso a mão, isso é certo. Tenho a impressão de que termino em cinco minutos, gemendo com a boca no travesseiro.
　　— Caralho. — A palavra sai abafada. — Graças a Deus o Baú do Prazer existe.
　　Ainda estou nas nuvens quando tomo banho e desço a escada. Claudia e Lydia têm vindo jantar aqui em casa faz tipo uns dois meses. Meu

pai faz toda a comida praticamente sozinho, o que é curioso, já que geralmente ele sai para atender pacientes ou trabalha até tarde. Hoje ele está fazendo uns franguinhos minúsculos e estranhos que são muito fofos e ao mesmo tempo estão mortinhos da Silva.

— Fiz com crosta de alecrim — ele explica quando faço esses comentários. — Então vão ficar uma delícia.

— Ah... — eu digo, olhando por cima do ombro dele. — Que beleza você cozinhando.

A campainha toca, mas o papito atende a porta antes de mim. Faz poucas horas que nos encontramos, mas minhas amigas estão totalmente recuperadas: Claudia está segurando um buquê de flores e Lydia está se escondendo atrás delas. Meus pais estão tão felizes que eu tenha amigas que não pediram para elas trazerem nada. Elas trouxeram mesmo assim. Eu sou filha única, e mesmo assim sempre preciso competir para ser a favorita.

Na verdade, é injusto dizer isso. Meu meio-irmão ainda mora em Nova York com o resto da nossa família, e nós nos mudamos para cá quando eu tinha cinco ou seis anos. Teoricamente não posso chamá-lo de meio-irmão, mas é isso que ele é. Ele quase não fala comigo *nem* com meu pai durante o ano letivo e, ultimamente, quando o visitamos no verão, ele parece entediado.

— Espero que não estejamos atrasadas — Lydia diz, olhando para Claudia. — *Tem gente* que não sabe dirigir.

— A Lydia gosta de reclamar. — Os cantos da boca da Claudia se levantam. — Enfim, a gente trouxe flores.

— Minha mãe mandou as flores — Lydia informa, entrando pela porta. — Ela queria agradecer por me receberem tantas vezes.

— Que amor. — O papito olha para o buquê e sorri. — Falem muito obrigado pra ela.

Eu me apoio na Claudia. Tudo parece mais normal do que estava hoje à tarde.

— Então — ela diz, me cutucando —, você acabou não contando pra gente se aconteceu alguma coisa especial durante o ensaio de hoje.

Um sorriso brota no meu rosto antes que eu consiga impedir.

— A Simone pode contar para todos nós à mesa — meu pai diz. — Não quero que nossas galinhas esfriem. Oi, meninas.

Elas acenam. Eu reviro os olhos, escondendo o rosto no ombro da Claudia. Não vou falar sobre Miles na frente dos meus pais de jeito nenhum. Parece até que meu pai adivinhou antes mesmo da Claudia perguntar. Juro, meus pais devem ter algum radar que detecta a presença de meninos, sei lá.

Claudia me cutuca de novo enquanto andamos até a mesa.

— Seus pais são muito legais — ela elogia, com a voz baixa. — Você não tem do que reclamar.

Eu seguro um grunhido. Não é justo quando ela faz isso.

— Não estou *reclamando* — eu digo. — Nunca falei nada.

Ela dá de ombros.

— Poderia ser muito pior. Você poderia morar na minha casa.

Os pais da Claudia são muito controladores, e ficaram ainda mais rígidos desde que ela se assumiu lésbica e assexual. Uma vez o pai dela a mandou para um hospital psiquiátrico — sem brincadeira. Que bom que ninguém me convida para jantar lá, porque eu ia dar um soco no cara.

Assim que nos sentamos, o papito se vira para mim.

— O que aconteceu hoje no ensaio, Simone?

Tento pensar numa forma de driblar a pergunta. Qualquer coisa que tenha acontecido no ensaio, fora o Miles: as cenas que ensaiamos, novos cenários, *qualquer coisa*, mas só consigo pensar em como Miles e eu ficamos de mãos dadas como se fôssemos as únicas pessoas em cima do palco.

Jesus, espero não estar toda vermelha. Enfio o garfo num franguinho bebê — ou galinha, sei lá como chama. Acho que vou falar alguma coisa para eles darem risada.

— Ah, aconteceu uma coisa engraçada na escola na sexta-feira. Era para todo mundo compartilhar alguma coisa com a psicóloga. Não sei por que eu ainda falo disso, porque o pessoal é tão burro — começo a falar, tentando fazer a comida escorregar até o meu prato. — Um menino não parava de perguntar como eu chamo meus pais, já que tenho dois. E eu ignorei, porque pra mim essa é uma pergunta autoexplicativa.

— Mone, não é tão autoexplicativa assim — meu pai diz, cortando a própria comida. — Eu consigo entender por que o menino ficou confuso...

— Acho que ele estava sendo homofóbico — Lydia explica. — Em defesa da Simone.

— Entendi. — Meu pai aperta os lábios. — Então eu concordo.

Claudia solta uma risadinha.

— *Enfim...* — eu prossigo. — Até que eu falei: "Eu chamo meus pais de Ébano e Marfim". E ele me disse que eu era racista.

O papito quase cospe a comida. Ele olha para o meu pai:

— Não acredito que a *gente* não pensou nessa.

— Vocês perderam a oportunidade! — Lydia brinca. — Claudia, você tinha que estar lá.

— Acho que sim. — Claudia me dá uma piscadinha. — Mas tenho certeza de que o ensaio de hoje foi melhor.

Meu Deus, como ela é escrota. Eu finalmente tinha conseguido pensar em alguma coisa que não fosse o Miles pela primeira vez em horas. Meu pai e o papito reparam em *tudo*, então eu bebo água para esconder minha reação. Não preciso de mais um sermão para que eu continue praticando a abstinência. Os que já ouvi valem pela vida toda.

— Ah, sim — meu pai diz, me olhando do outro lado da mesa. — O que aconteceu hoje no ensaio?

— Dr. Garcia, sabia que a Simone disse que quer ter cinco filhos? — Lydia pergunta, mudando de assunto. Obrigada, Deus, pela existência da Lydia. — Absurdo, né?

— *Cinco?* — Meu pai acha graça. — Nunca vi a Simone dizendo isso.

— As crianças são fofas e mágicas — eu protesto. — Eu não vivi a experiência de ter irmãos, então por que não ter um monte de filhos e mostrar para todo mundo?

— Não é assim que funciona — Claudia diz. — Sério, cara. Não é por isso que as pessoas têm filhos.

Eu a ignoro.

— E ninguém adota os bebês negros, então eu posso ser a "louca dos gatos" dos bebês.

Sinto meu celular vibrar, mas nem preciso olhar a tela para saber quem é. Responder uma mensagem do Miles durante o jantar seria uma decisão péssima.

Mesmo assim, seria grosseria ignorar o Miles.

— Bebês negros fofinhos viram adolescentes negros mal-humorados — o papito pondera. — Confia em mim... a gente sabe como é.

— Beleza — eu me rendo. — Eu mando todos eles para o colégio interno quando fizerem quatro anos.

O celular vibra mais uma vez e eu me encolho toda. O papito arqueia uma sobrancelha. Claudia e Lydia são as únicas pessoas com quem eu falo, e as duas estão aqui. Consigo vê-lo ligando os pontos em pensamento.

— Eu paro de escutar toda vez que você toca nesse assunto — Claudia resmunga. — Porque, toda vez que você fala que quer ter dez filhos...

— Cinco.

— Eu penso naquela vez que fomos ver o novo filme dos *Vingadores*...

— Não é justo — retruco. — Eu tinha, tipo, *quinze anos*.

— Mas isso faz um *mês*, sério. Eu nem te *conhecia* quando você tinha quinze anos.

— *Ah*, eu lembro disso — Lydia diz, e sua voz se transforma num sorriso. — Se você não aguenta os meus irmãos mais novos tagarelando durante um filme, duvido que vá aguentar cinco crianças correndo por aí todo santo dia. O que você vai fazer se quiser ver um filme? Não dá para gritar com eles que nem você fez com o Matt.

— Eu estava num dia ruim — respondo, cutucando minha galinha no prato. — E eu os levaria para fora. Tenho certeza de que eles iam aguentar por alguns minutos sem morrer.

— Me lembra disso da próxima vez que você me pedir alguma coisa para você — meu pai diz, descontraidamente. — No Curso de Pais nunca nos contaram que trancar a porta era uma opção.

Tiro o celular do bolso, e a tela brilha porque mais mensagens chegaram. Teoricamente não temos nenhuma regra sobre o uso de celular durante o jantar. Isso não impede que eu o esconda embaixo da mesa como se estivesse na escola.

Estou vendo Sweeney Todd *e não entendi por que ele está fazendo uma competição de barbearia com um cara italiano. Quando ele vai começar a degolar as pessoas?*

Engulo uma risadinha. A adaptação que Tim Burton fez do musical não é ruim, mas ainda sofro porque ele cortou o número de abertura. Mas não sei por que Miles está assistindo isso. Não é exatamente o tipo de filme que você assiste sozinho num sábado à noite.

— Tem alguma coisa que você queira compartilhar com a turma, amiguinha? — Parece que o papito está brincando, mas eu sei que ele está jogando verde

— Eu estava pensando no menino que colocou um saco de pum na escola — respondo, apoiando o celular no meu colo. Pela primeira vez acho bom que o papito não dê aula na minha escola. — Ele já foi suspenso?

— Acho que ainda não descobriram quem foi — Claudia diz, me olhando de canto de olho. — E espero que não descubram. Quem conseguiu fazer aquilo merece continuar livre.

Dou um jeito de digitar uma mensagem rápida sem olhar para baixo:

Te ligo daqui a uma hora mais ou menos.

Falar com ele sobre um filme não vai fazer mal, né? E não estou ignorando todo mundo, porque ele é a única pessoa que vai falar de *Sweeney Todd* comigo.

— E aí — eu digo, respirando fundo —, o que tem de sobremesa?

10

Eu nunca tinha saído tão rápido da mesa do jantar, mas, assim que Claudia e Lydia vão embora, eu corro para o andar de cima. Mas, até aí, eu também nunca tinha tido um cara gatinho enchendo a minha caixa de mensagens.

— Cara, você *tem que* parar de me contar a sua vida em tempo real por mensagem. — Seguro o celular com uma mão e me tranco no meu quarto com a outra. — Começa a fazer um blog, faz um perfil no Twitter que nem todo mundo, sei lá. Mas você não pode ficar me mandando tanto spam. Meus pais vão pensar que tem alguma coisa rolando.

— *Tem* alguma coisa rolando?

— Sei lá — eu digo —, a gente se beijou e tal.

— Pois é. Mas isso é... — Ele faz uma pausa. — Ruim? Você retribuiu o beijo, então eu pensei...

— Não, foi legal. Foi ótimo. Mas é que... — Minha voz se perde. O que vou dizer para ele? Que a situação é complicada? É verdade, mas parece mentira. Não vou contar toda a minha vida para ele, disso eu tenho certeza. — Olha, é que isso envolve muita coisa. Tá?

— Você tem namorado, algo assim?

Quase dou risada ao ouvir isso.

— Não é nada disso. — Eu me sento na cama. — É que tem muita coisa acontecendo, sabe?

Ele fica em silêncio por um instante, e ouço alguma coisa se mexendo do outro lado. Me esforço para não tentar adivinhar onde ele deve estar neste exato momento — talvez na sala de jantar da casa dele, ou no quarto. É tão bizarro imaginar a outra pessoa no quarto dela.

— Então vamos falar só sobre o filme — ele diz. — Beleza?

Eu quero beijar Miles de novo — de um jeito platônico. Peraí, isso não faz sentido. *Aff.*

— Não é tão bom quanto o musical original — eu argumento, me deitando nos meus travesseiros. — O Tim Burton cortou um *monte* de músicas. É mais um filme normal do que um musical, mas perdeu a graça. Não dá nem pra cantar junto.

— Ah, *não* — ele diz. Eu o imagino sorrindo. Ele não facilita também. — Não acredito que eu vou perder o remix da Simone. Pra que continuar assistindo *depois disso*?

Dou uma risadinha cínica.

— Até que o filme é legal... Tem muito sangue e gente morta, tipo *Game of Thrones*. Mas, enfim, eu canto mal *pra caralho*, cara. Você devia ficar feliz por nunca ter precisado me ouvir cantando.

— Não acredito. De repente você só não encontrou a música certa.

— Acho que não é assim que funciona — eu digo, me levantando da cama. — Bom, na verdade, até que eu consigo me virar em *Chicago*.

— A gente tem que assistir qualquer hora dessas — ele comenta. — Eu nunca vi.

— Eu vi na Broadway e depois vi o filme um milhão de vezes.

— Imaginei que você soubesse tudo de cor. — Ouço alguma coisa se mexendo de novo. — Só um minuto. Tem na Netflix. Você podia assistir comigo.

— Pensei que era para eu ser a fã número um. — Pego meu laptop, que está em cima da mesa de cabeceira. — Peraí, era isso que você estava fazendo desde que o ensaio acabou?

— Não exatamente — ele responde. — Eu vi *Grease*, mas não ia te contar, porque odiei o filme.

— *Como assim?* — Puxo o laptop para o meu colo e procuro meus fones. — *Grease* é um clássico.

— Me arrependo de ter assistido. Parecia que todo mundo tinha quarenta anos. Fiquei deprimido.

— Ai, que drama — eu digo, me logando na Netflix. — Tá, se a gente vai mesmo assistir, temos que fazer um trato. Você tem que ficar no telefone o tempo *todo*. Entendeu?

— Claro. No três. Um, dois...

— Três. — Dou play e ouço o filme começando do outro lado. Parece um robô desarticulado. — Se quiser que eu explique alguma coisa, é só me avisar.

— Por favor — ele diz, cínico. — O aprendiz está se tornando o mestre.

— Vai *sonhando*.

* * *

Quando abro os olhos, a luz que estava vindo das janelas se foi há muito tempo. A única coisa que ouço é o ruído distante da cafeteira no andar de baixo. Meu laptop continua no meu colo, quentinho como um cobertor. O filme acabou, a tela ficou preta. Ainda estou com um dos fones no ouvido, mas não consigo encontrar o celular.

Eu me viro na cama. O relógio na mesa de cabeceira me diz que são cinco da manhã. *Cinco*. Não acordo tão cedo assim durante a semana. Cinco quer dizer que já é domingo, e eu desperdicei uma manhã ótima para dormir até mais tarde. *Aff*.

— Miles?

Ele não dizia nada fazia um tempo. Pelo menos era isso que eu pensava. Eu poderia estar sonhando. Eu *sem dúvida* perdi a noção do tempo, já que consegui a proeza de cair no sono. Procuro meu celular na cama e em seguida o levo ao ouvido. Ouço uma respiração leve no outro lado da linha. Sinto um aperto no peito quando penso nele sentado na cama, como eu, com o computador no colo. Aperto o botão para encerrar a chamada.

Não vou mais conseguir voltar a dormir, então desço a escada a passos leves, seguindo o brilho fraco de uma lâmpada. É difícil dizer qual dos meus pais poderia estar acordado a esta hora da manhã, porque, até onde eu sei, os dois amam acordar cedo. Chega a dar nojo.

É o papito quem está no balcão da cozinha, lendo o jornal e bebericando café de uma caneca em que se lê LÁGRIMAS DE GENTE BRANCA. Ele sorri quando eu me aproximo.

— Oi, papi — eu digo, chegando mais perto. — O que foi?

— Eu não estava conseguindo dormir direito. Quer café?

Faço que sim. Nunca gostei de café, mas o papito sabe disso e faz do jeito que eu gosto. Eu bebo qualquer coisa se tiver creme e açúcar até a borda. Fora que o cheiro me faz lembrar de ser criança, de ficar sentada no colo dele enquanto ele lia um livro de figuras para mim e fazia vozes engraçadas. Eu me instalo na banqueta ao lado dele enquanto ele prepara meu café. Suas mãos são vagarosas mas firmes.

— Não sei por que eu acordei tão cedo — digo, tentando reprimir um bocejo. — Já odeio acordar a esta hora num dia *normal*. Será que o café ajuda mesmo a acordar?

— Ajuda, mas só quem já é viciado. — Ele me entrega uma caneca. Eu a levo aos lábios, assoprando o vapor. Ele está me observando com uma cara de convencido, como se esperasse alguma coisa. — É claro que eu também estaria cansado se tivesse passado a noite toda dando telefonemas estranhos no meu quarto.

Cuspo um pouco de café e queimo a língua. Ficou muito óbvio que eu estava trocando mensagens durante o jantar, eu sei, mas não pensei que estivesse falando tão alto quando a gente ficou curtindo a Netflix, mas sem a parte de usar isso como desculpa para convidar alguém para transar na sua casa. Não posso dizer que eu estava falando com Lydia ou com Claudia, porque elas tinham *acabado* de ir embora quando Miles e eu começamos a falar. O papito me conhece bem demais. A cara dele já diz tudo. Quase fico chateada com ele por isso.

Apoio minha caneca no balcão, já me preparando para ouvir um sermão. Esse pode vir de várias formas — ele pode começar a falar de abstinência, ou de eu esconder coisas dele, ou até de falar no celular até tarde.

— Humm — começo, olhando para meu celular em cima do balcão. O papito também olha para o celular, arqueando uma sobrancelha e voltando a olhar para mim. — Humm, pois é... Enfim...

— Com quem você estava falando, Simone?

Fico olhando para o vapor que sai da caneca de café.

— Bom, a gente não estava falando de nenhum assunto bizarro — explico, coçando a nuca. Acabei não conseguindo texturizar meu cabelo ontem à noite, então agora ele está embaraçado e sem brilho. — A gente só estava vendo *Chicago*. Nada de mais.

— Por que você precisa de alguém para ficar no celular enquanto você vê um musical?

— Não sei. — Dou de ombros. — Por que a Elphaba foi ficar com o Fiyero se ela já tinha a Glinda?

Não sei se o papito está bravo ou não. Ele faz uma cara estranha, com os olhos apertados e os lábios comprimidos. Eu batuco com os dedos no balcão, esperando ele dizer alguma coisa, mas ele continua em silêncio. Ele bebe um longo gole de café. Eu queria que ele dissesse *alguma coisa*. A última vez que levei bronca foi quando... Bom, não consigo lembrar.

— Você passou a noite toda acordada, falando com um menino? — ele pergunta. Nunca o vi na escola com seus alunos, mas imagino que ele fale assim o tempo todo. — Eu estava começando a pensar que você não se interessava por meninos.

— Ah, não é verdade. — Faço uma careta. — Eu gosto de meninos, papi.

— Eu não disse que tem algo de *errado* nisso.

— A Lydia também gosta de meninos, sabia? — eu digo, alongando os dedos. — Não sou só eu que gosto de meninos. É uma coisa bem normal.

Estou na defensiva, mas não consigo evitar. Não sei se um dia vou chegar a ficar confortável o suficiente para falar *disso*. Sarah dizia que meninas bi são só meninas hétero que querem chamar a atenção. Não quero que o papito pense isso sobre mim.

— Você tem razão — ele diz, fazendo uma pausa.

— Papito? — Levanto uma sobrancelha. Ele nunca fala de como era *antes* do meu pai. Eu sei que ele não fala sobre a família dele porque são todos homofóbicos. Fico me sentindo ainda pior com toda essa história de "talvez eu seja bi". Se o papito sai com o meu pai, as pessoas sabem que ele é queer. Se a Claudia sai com a Emma, as pessoas sabem que ela é queer. Se você é bi, que nem a Lydia, você pode sair com um namorado e os desconhecidos vão deduzir que você é hétero. Não parece justo.

— Você não devia ficar esse tempo todo no celular. — O papito apoia a caneca no balcão, interrompendo meu devaneio. — Não é certo.

— Não era dia de aula — argumento, mexendo o café com a colher. — Pelo menos eu tive esse cuidado.

Parece que ele vai dizer alguma outra coisa, mas o celular vibra e o interrompe. Eu me assusto, como uma corça diante de um carro, mas não me movo para atendê-lo. Miles ainda não é um contato salvo no meu celular, então só aparece um número qualquer na tela inicial. Mas, a julgar pela expressão do papito, ele sabe o que está rolando. Ele fica me encarando, mas eu só retribuo o olhar

O celular para de vibrar, e em seguida começa de novo.

— Você devia atender — o papito diz, parecendo... Ele está *achando graça?* — É falta de educação ignorar os outros.

Meu rosto fica vermelho. Falar com Miles na frente do papito só pode ser o pior castigo de todos os tempos.

— É muito cedo pra atender o telefone — eu digo, sorrindo para o papito. — Ainda mais quando estou com *você*. O resto pode esperar.

— Quanta gentileza — ele diz. — Mas são quase seis horas. A esta hora você já acordou para a aula. Ah, vai, por que você não coloca no viva-voz? Quero conhecer o menino que não deixa você dormir à noite.

— Credo, papi.

Com um suspiro, eu aceito a chamada e ligo o viva-voz.

— Oi — eu digo, olhando de esguelha para o papito. — Antes de falar, você precisa saber que está no viva-voz e que um dos meus pais está no mesmo cômodo.

— *Um?*

— Eu tenho dois pais — anuncio. — Eles são gays que querem repovoar o planeta Terra com mais pessoas como eles. Acho que o papito está bravo porque eu acabei sendo hétero.

Quase espero que ele desligue depois disso. Acho que qualquer outra pessoa desligaria, já que essa coisa ridícula é o que eu chamo de piada. Mas o Miles só dá risada. Não é uma risada muito alta, acho que porque ele talvez esteja meio dormindo. O sol acabou de acordar, e ele deve estar na mesma.

— Eu pensei que você estivesse se descobrindo — o papito diz. — Era mentira?

— Papito — eu reclamo. — *Sério?*

Ainda nem contei para as minhas amigas sobre isso de estar *experimentando*. Miles não precisa ouvir nada disso, ainda mais do meu pai.

— Oi, é... senhor Hampton? Ou senhor Garcia?

— Hampton. O Garcia é o médico — o papito diz, usando sua voz de professor. Faço uma careta. Ele nunca fala assim perto dos meus amigos, e agora o Miles é um deles. — Qualé? É assim que vocês, jovens, falam hoje em dia?

Cubro o rosto de tanta vergonha.

— Você *trabalha* numa *escola* — eu digo, passando a mão na testa. — Você sabe como a gente fala. Meu Deus, desculpa, Miles. Ele é... o maior palhaço. Que vergonha.

— É isso que acontece quando você liga para alguém antes de o sol terminar de nascer — o papito diz, chegando mais perto de mim. — *Miiilless*.

— Ai, meu...

— Ai, meu coração? — o papito me interrompe. Ele está muito perto de mim. Preciso de *espaço*.

— Hum... Miles? — eu digo, me afastando do meu pai. — Será que não é melhor você me mandar mensagem?

— Sei lá, já estou falando com você, então está tudo bem — ele diz. Nem parece incomodado, o que sem dúvida me chama a atenção. *Eu* estou mais incomodada com esse cara, e eu moro com ele. — Só queria saber se você vai fazer alguma coisa mais tarde.

Sinto frio na barriga como se estivesse no alto de uma montanha-russa. O papito me olha e levanta uma sobrancelha, mas eu tento ignorá-lo. Ele é pior que a Claudia e a Lydia *juntas*.

— Ah, acho que não — eu digo. — Mas acho que eu não posso sair. Acho que tenho uma coisa de família. Ou alguma coisa assim.

Olho para o papito e faço bico. Ele entende tudo; ele devia entender. Estou ficando muito próxima do Miles — primeiro foi o beijo, depois vimos um musical juntos, e agora um encontro? Depois dos encontros vêm mais beijos, e depois vem o sexo. Tenho quase certeza de que é assim que funciona. Não estou preparada para que uma coisa leve e divertida se transforme em algo que pode me fazer me sentir uma merda.

— Na verdade, essa coisa da *família* é só bem mais tarde — o papito alfineta, me cutucando. — Bem, bem mais tarde. Vocês dois passaram a noite toda conversando, afinal de contas. Saiam pra se divertir um pouco.

— Mas... — Viro meu cérebro do avesso para encontrar outra desculpa. — A lição. Eu sempre faço a lição no domingo.

Tento fazer o melhor olhar de cachorro perdido que já existiu. "Por favor, vê se me ajuda aqui."

O papito sorri.

— Você pode fazer depois.

— Tá bom — Miles diz. — Então eu vou tomar um banho, depois te ligo de novo e a gente resolve aonde ir, combinado?

— Acho que sim.

Fico olhando para o papito enquanto desligo o telefone.

— Você é o pior — reclamo. — Eu nunca te peço *nada*.

— Essa é a maior mentira que já ouvi na minha vida — ele diz, pegando a caneca. — Mas acho que você aprendeu sua lição. Já concluí o meu trabalho.

Solto um grunhido. Não posso confiar nele *de jeito nenhum*.

11

Miles deu a ideia de eu escolher um lugar para a gente se encontrar, então eu escolhi o parque. Todo mundo ama o Golden Gate Park, mas o Dolores Park é o meu preferido. Ele tem todas as coisas normais de parque, tipo quadras de tênis e um campo de futebol. É grande o suficiente para que eu nunca encontre alguém da escola, e fica tão perto que parece parte do meu bairro.

Às vezes, quando não temos nada para fazer, eu e as meninas vamos lá olhar os cachorros correndo de um lado para o outro. A parte sul do parque é a melhor, porque você consegue ver *tudo* — o centro, o Mission District e a East Bay. Não é um lugar ruim para encontrar o menino que eu gosto. Pena que o bonde demora uma eternidade para chegar e eu acabo quinze minutos atrasada.

Passo correndo pela entrada do parque, mas não o vejo logo de cara. Minhas mãos voam para meu cabelo. Quando fico nervosa desse jeito, penso que seria bom se eu ainda usasse trancinhas. Eu ia desfazer e refazer as tranças mil vezes para ter alguma coisa para fazer com os dedos. Desde que eu cortei toda a parte que tinha química, antes de começar as aulas, em setembro, não consigo fazer quase nada. Apesar de dormir com *twists* bem pequenos no cabelo para dar textura, meu cabelo nunca fica com os cachos bem definidos que vejo nas outras mulheres na rua. Isso sem falar no problema da neblina, que faz ele murchar em questão de segundos. Eu devia ter trazido um chapéu.

— Mas, afinal, o que é que a peça da escola tem de mais?

Arregalo os olhos. Miles está parado na minha frente, vestindo um moletom azul e branco com capuz. Eu achava que as pessoas só usassem as cores da escola de brincadeira, mas parece que não. Ele está com um sorvete de baunilha de casquinha na mão, mas, em vez de lamber o sorvete que nem uma pessoa normal, ele chupa como se fosse um pirulito. O rosa escuro da boca dele está pintado de branco. Ele passa a língua na boca para se limpar.

— Como assim? Se chama *Rent*. Você sabe disso — eu digo. Nós nos sentamos num banco, e sinto o calor que emana do corpo dele. — Então, a peça fala de um monte de pessoas que moram em Nova York e têm aids e se relacionam e tal, mas também cantam.

— Eu sei — ele responde, e os cantos da boca dele se levantam. — Eu li o roteiro.

— Tá. Então você sabe o que a peça tem "de mais".

— Nem tanto. Não entendo por que a sra. Klein vive dando chilique.

Levanto a cabeça e olho para ele. Agora que estou perto, consigo ver o comecinho de um bigode em cima dos lábios dele. Às vezes, quando me olho no espelho, vejo as sardas que estão começando a aparecer nas minhas bochechas, mas Miles não tem nada. A pele dele é escura e lisinha, sem nenhuma mancha.

— Porque é a primeira vez que ela está dirigindo alguma coisa e os pais dos alunos estavam surtando por causa da peça, então ela quer provar que é capaz.

— Peraí — ele diz. — Mas como foi isso? Tinha gente surtando?

— Isso virou uma polêmica no começo do ano. — Solto um suspiro. — Muita gente no grupo de Facebook da Associação de Pais e Professores ficou falando que era contra a peça porque "falava sobre prostituição" e "os personagens usavam drogas", alguma coisa nessa linha.

— Sério?

— Por que a surpresa? A Associação de Pais e Professores é uma loucura. Sabe a mãe do Mike Davidson?

Miles faz que sim.

— Ela é a presidente. Ela cuida de todos os projetos de arrecadação de fundos — ele contextualiza.

— Pois é, e ela foi ao ensaio uma vez e chegou a dar um sermão no Palumbo por causa disso. — É difícil não ficar irritada quando lembro. — Ela passou tipo vinte minutos falando que a peça não era adequada e que não dava um bom exemplo para alunos do ensino médio.

— Mas nem estamos apresentando a versão real — Miles diz. — Tem... O Jesse estava falando sobre todas as falas que foram adaptadas.

— Pois é, não estamos nem fazendo a experiência *Rent* completa, e mesmo assim não é o suficiente para a sra. Davidson. — Dou de ombros. — Enfim, acho que é por isso que a sra. Klein quer que a gente ganhe o Prêmio de Teatro Escolar. Ela vai ficar bem na fita, sei lá. E não é um musical fácil de fazer, aliás. *Rent* é um clássico moderno. Ela deve estar com medo de não conseguir.

— Você conhece um monte de musicais clássicos — ele diz, cutucando meu ombro. Ele encosta um dedo na minha testa. — Você tem uma biblioteca de musicais aqui?

— Tenho. — Eu sorrio. — Tive que usar todo esse espaço *com alguma coisa*.

Ele dá uma risadinha, e o dedo contorna minha bochecha. Sinto que minha pele está quase pegando fogo.

— Quando você viu *Sweeney Todd* pela primeira vez?

— Mano, eu não vi o *filme*. — Arqueio as sobrancelhas. — Eu vi o musical na Broadway.

— Claro. — Ele dá risada. — Esqueci com quem eu estava falando. Você deve ter visto com o elenco original e tudo mais.

— Não sou *tão* ruim assim — eu digo, me recostando no banco. — O papito me levou quando eu tinha dez ou onze anos. Acho que meu pai ficou meio preocupado por causa das cenas de violência, mas não era tão assustador. Quer dizer, o assassino tinha que parar de vez em quando para cantar.

— Espera, espera — Miles diz, tirando o sorvete da boca. — Qual deles quis falar comigo hoje cedo?

— Ah, o papito. Cara, ele é muito *destrambelhado* — explico, e meu coração se enche de alegria quando ele ri. — Ele não gosta de me deixar de castigo, acho, então ele me dá essas lições de vida bizarras. Acho que é porque ele é professor de inglês. Ele sempre quer encontrar momentos que tragam um ensinamento.

— Seus pais não te dão nenhum castigo? Será que sua família é *negra* mesmo?

Eu o empurro, e ele passa o sorvete para a outra mão.

— O castigo não faz parte da cultura negra — eu digo. — Tem coisas que fazem parte, tipo trançar o cabelo, talvez, mas não os castigos.

— Você sabe melhor que eu. Pelo menos meus pais não ligam se eu falo no celular.

— Isso porque você caiu no sono — falo em tom de deboche. — Não conta se você desmaiou na linha.

— Você também caiu no sono!

— Mas você apagou primeiro — retruco, apesar de não me lembrar. — Não eu. Aposto que você nem tem horário para dormir, porque seus pais já sabem que às sete e meia você já está roncando.

— Ah, cala a boca. — Ele joga o braço por cima do meu ombro. — Quando eu ainda tinha os treinos de lacrosse, tinha várias noites em que só ia dormir às onze.

— Onze? — Eu brinco que estou muito surpresa. — Como você conseguia continuar funcionando?

Ele tenta fazer uma careta, mas os cantos da boca não param de subir.

— E o que te fez escolher o lacrosse? É tão *violento*. — Eu me encolho toda. — Melhor jogar futebol americano de uma vez.

— Não. *Não mesmo*. Futebol americano e lacrosse são completamente diferentes. — Ele sacode a cabeça. — Que ofensa.

— Qual é a diferença? — Para mim, todos os esportes que não envolvem a Serena Williams são a mesma coisa. — Os dois têm uns caras correndo por um campo, jogando uma bola e se empurrando.

— Lacrosse é *divertido* de verdade — ele diz, como se fosse a coisa mais óbvia do mundo. — E meus melhores amigos estão no time. A gente joga desde a terceira série, sabe? E sinto que é a única coisa na qual eu sou bom.

Passo os olhos pelo rosto dele. Ele disse que eu fico diferente quando falo de musicais, e estou tentando entender se é a mesma coisa quando ele fala do lacrosse. Será que os olhos dele brilham? Será que consigo *ver* o amor que ele sente pelo jogo? Mas aí eu percebo que Miles sempre parece animado desse mesmo jeito. A boca dele se curva, ele inclina o corpo para a frente e consegue chamar a atenção de qualquer pessoa.

E pode ser que eu não entenda o amor que ele sente pelo lacrosse, mas ainda assim eu ouviria Miles falar sobre qualquer coisa. Ele poderia ler meu livro de física em voz alta e seria interessante pra caramba. Acho que a diferença entre nós é que ele parece curtir *tudo* e eu não ligo para nada que não tenha alguém cantando.

— Eu sou péssima em esportes — admito, enfim, passando a mão pelo cabelo. Meus dedos ficam presos, então eu os afasto, tentando disfarçar meu gemido de dor. — Acho que eu ia levar um soco na cara toda vez que entrasse em campo.

Ele ri, lambendo o sorvete. Agora começou a pingar em sua mão.

— Todo mundo leva soco em algum momento. Faz parte da diversão, Simone.

Adoro a forma como ele fala meu nome. Parece que ele nunca ouviu nada parecido. Meu Deus, se ele nunca ouviu falar na Nina Simone, não sei se a gente pode continuar.

— Prefiro continuar com os meus musicais, obrigada.

— E quantos clássicos *existem*?

Eu me recosto no banco. Uma mulher com halteres azuis nas mãos passa correndo por nós. Me ocorre que o que estamos fazendo pode ser considerado um encontro. É surreal pensar que estou num encontro de verdade com Miles. Não é um encontro dramático de adulto, com velas, flores e jantar chique. Mas estamos juntos num lugar que não é a escola. Sinto um nó na garganta. Passei muito tempo com Miles desde que recebi o bilhete, na escola e agora fora dela. Será que o bilhete é só uma ameaça gratuita? Por mais que eu torça para que seja, não tenho como saber.

A opção mais fácil seria ir embora. Eu poderia dizer para ele que não estou me sentindo bem, talvez ignorar as ligações dele até segunda-feira.

Mas eu *gosto* do Miles. Eu gosto de ver Miles sorrindo e tomando sorvete todo desajeitado. Parece que tudo se encaixa. Só vou abrir mão dele se for obrigada.

— Bom, *Hamilton* provavelmente vai virar um clássico, mas acho que a regra é esperar alguns anos — eu digo, juntando as mãos. — Tem O *fantasma da ópera*, que é o primeiro musical que todo mundo vê na Broadway. Ah, nossa, e *Amor, sublime amor*, com certeza. Estreou em 1957 e influenciou muito a forma como os musicais eram coreografados e encenados e *tudo*. E com certeza *Les misérables*. Eles fazem tantas novas versões que todo mundo acaba vendo, mas é totalmente incrível. E *Eles e elas*! É bem engraçado. Ah, e *A Chorus Line*. É sobre um monte de dançarinos que estão se preparando para uma audição, e esse musical ganhou tipo *um milhão* de Tonys antes de *Hamilton* ganhar. Foi um musical revolucionário.

Ele está me encarando com as sobrancelhas arqueadas.

— O quê? — Mordo o lábio. — Você não tem nada a dizer?

Ele faz questão de passar mais um tempo tomando o sorvete de um jeito irritante. Ele sabe o que está fazendo — eu consigo ver o sorriso nos olhos dele. Me faz pensar em todas as outras coisas que ele poderia estar fazendo com a boca.

— Bom — ele diz, enfim —, estou tentando descobrir quantos desses são produções do Webber.

— Ai, meu *Deus*, Miles.

Ele solta uma risadinha, e eu não consigo não rir com ele. Parece que o verão chegou, porque o sol está batendo no meu rosto enquanto falo com esse cara sobre *musicais*. Até os meus pais já teriam me cortado a esta altura. Nunca pensei que um dia poderia fazer uma coisa assim com um garoto como Miles.

O sorvete piora tudo. É difícil ignorar que ele está lambendo o sorvete da própria mão.

— Quer um guardanapo?

— Não, tudo bem.

— Não está um pouco cedo para tomar sorvete?

— Nunca é cedo demais para ser feliz.

Não sei se estou envergonhada ou... Bom, ia ser muito inadequado ficar com tesão no meio de um parque. Mas com certeza vou pensar nisso quando estiver no meu quarto.

Miles aperta os lábios, como se estivesse pensando em alguma coisa. Ele estica a mão que segura o sorvete para o lado, bem longe de mim. Abro a boca, mas não consigo dizer nada, porque ele me beija.

Os lábios dele têm gosto de baunilha e são macios, *tão* macios... Se eu tinha pensado que a gente só deu sorte nos primeiros beijos, me enganei. Pego na mão dele, mas esqueço da droga do sorvete. A casquinha se despedaça na minha mão, e o sorvete grudento começa a espumar entre os meus dedos. Eu me afasto, olhando para baixo, horrorizada. Ele não está com nenhum guardanapo, *até parece* que ia estar.

— Bom — ele diz, olhando para minha mão. — Acho que *é mesmo* cedo demais para tomar sorvete.

Eu me esforço para não rir.

— Meu Deus, Miles — eu digo, pegando meu casaco. — Todo mundo sabe comer uma casquinha de sorvete *do jeito normal*. Você é quase um adulto.

Começo a limpar minhas mãos no meu casaco. Ele coloca a mão no bolso e tira guardanapos dali. Eu aperto os olhos.

— Você estava com isso no bolso *o tempo todo*?

Ele não responde, só pega minha mão. Solta uma risada alta enquanto limpa o sorvete com delicadeza.

— Eu não ia precisar fazer isso se você não estivesse tão distraída — ele diz, sem olhar para mim. — Eu fui previsível demais, caralho.

Engulo em seco.

— Do que você está falando?

— Das duas vezes fui eu que comecei. Seria justo que você me procurasse dessa vez.

— Bom, eu tentei ontem durante o ensaio. — Coloco a mão na nuca dele, e ele fica um pouco retesado. — Não dá pra dizer que funcionou. Você devia ter dito alguma coisa.

— Você gosta quando eu faço coisas com a boca. — Não é uma pergunta. O sorriso dele é muito safado. — Não mente. Estou de olho em você. Você *gosta*.

Minhas bochechas ficam vermelhas.

— Não sei o que você quer dizer — eu digo.

— Tá bom. Da próxima vez que eu tomar sorvete...

— Você é *horrível*. Horrível demais.

Aí eu o beijo para ele não poder reclamar.

12

Cometo o erro de pegar a correspondência de ontem da caixa de correio quando entro em casa. Um dos envelopes tem meu nome e sobrenome escritos a tinta vermelha, mas sem endereço ou endereço de devolução. Rasgo o papel para abri-lo e sinto o estômago revirar.

O Miles não vai querer sair com você se descobrir a verdade. E ele vai descobrir.

Que caralho a pessoa dos bilhetes fez para descobrir onde eu moro? Fico olhando para o envelope como se ele pudesse revelar o segredo. Caralho, caralho, caralho. Isso é um milhão de vezes pior do que ter encontrado o primeiro bilhete no meu armário. Quem quer que tenha escrito isso não só sabe onde eu moro: essa pessoa esteve *aqui*. Sinto um arrepio na espinha.

— Como foi, meu bem? — Levanto a cabeça e vejo o papito e o meu pai parados na porta. — Você se divertiu?

Minha boca se abre, mas nada sai.

— O que aconteceu? — Meu pai franze o cenho. — Ele te machucou?

Faço que não, com medo de falar, e em seguida passo por eles. O bilhete tinha que chegar justo *agora*? Quando meus pais não vão querer me deixar em paz? Nem sei como fingir que está tudo normal. Parte de mim quer contar para eles, para que eles resolvam tudo como sempre faziam quando eu era pequena, mas eu desisto dessa ideia. Eles nunca me deixariam continuar nessa escola se descobrissem. Prefiro lidar com *isso* a mudar de escola de novo. Não no segundo ano do ensino médio.

Não quando estou dirigindo o musical, não quando acabei de conhecer Claudia e Lydia no começo do ano. Não agora.

— Vai, meu bem. — O papito me segue até a cozinha. — Você pode contar pra gente se não se sentiu à vontade. Às vezes acontece.

— Não — eu digo, sacudindo a cabeça. — Foi muito legal, na verdade.

Levanto a cabeça e vejo os dois se entreolhando. Meu pai ainda está com o jaleco do hospital, o que significa que está gastando o intervalo do trabalho para me interrogar sobre o encontro. *Aff.*

— O quê? — pergunto, enfim. O silêncio deles não vai me ajudar a desfazer o nó que eu tenho na garganta. — Aconteceu alguma coisa?

— Tem uma coisa no seu pescoço — meu pai diz, passando a mão no próprio pescoço para mostrar onde é. — Acho que você não vai conseguir limpar isso.

Minha mão voa para o lugar, mas é tarde demais. *Caralho.* Acho que pode ter havido um momento em que Miles estava beijando meu pescoço, mas durou só um segundo. Encosto na marca, mas não dói.

— Ah... — tento falar, com as bochechas queimando. — Humm... *Sobre* isso...

Nenhum deles diz nada. Engulo em seco, me virando para a despensa e atacando a caixa de Oreo. O fato de ambos estarem quietos é pior do que levar um sermão. Em geral eu não *ligo* de contar as coisas, mas essa é uma área completamente diferente. Não sei falar sobre meninos sem deixar os dois em pânico. Porra, até *eu* estou em pânico. Se eles perceberam, imagino que a pessoa dos bilhetes também vá perceber, já que ela tem me observado tão de perto. E vai saber se essa pessoa bizarra não estava no parque hoje? Parece que não tenho mais liberdade para fazer nada do que eu quero, nada do que me faria bem. Respiro fundo. Minhas mãos estão tremendo.

— Então é oficial? — Meu pai cruza os braços. — Você está namorando esse menino?

— Não sei se estamos *namorando*, exatamente — tento responder, e é a verdade. Eu me viro para olhar para eles, mas nenhum dos dois parece surpreso. — Mas eu gosto de beijar ele. E a gente conversa sobre musicais. Vimos um juntos na Netflix.

Eles se entreolham mais uma vez. Meu pai pigarreia.

— Vocês de fato *assistiram* ao musical, ou...

— A gente assiste às coisas, pai. — Me esforço para não revirar os olhos. — Ele nunca veio aqui nem nada, então é a *única* coisa que a gente pode fazer.

O papito faz uma cara estranha.

— Bom...

— Eca. Ai, meu Deus, não, eu não consigo — eu digo, tapando os ouvidos. — Se vocês vão falar coisas bizarras sobre sexo, eu não vou conseguir escutar. Já me traumatizei demais nessa vida.

— Não faz drama. — O papito dá um passo à frente, mexendo nas minhas mãos. — Se você vai começar a namorar, precisamos falar abertamente sobre isso, como fazemos com todos os outros assuntos. Transar é uma decisão séria, Simone. Ainda mais porque...

— Porque eu tenho HIV.

— Bom... — O papito olha para o meu pai. — É isso mesmo. Isso complica as coisas.

Eu sei o que vem depois: "Quando você vai contar para ele?" E essa é a pergunta mais difícil de todas. Vou precisar contar mais cedo ou mais tarde, se nós continuarmos *saindo*, ainda mais se a pessoa dos bilhetes já souber de tudo. Eu só queria não precisar me preocupar com isso. Eu queria poder pensar só em sorvete e na equipe técnica e na cara que o Miles faz quando sorri. Não é justo.

— Certo — meu pai quebra o silêncio. Eu consigo ver que ele está tentando segurar a vontade de me dar um sermão. — Não estamos dizendo que você não pode namorar esse menino, Simone. Você só precisa ser responsável. Talvez conversar com ele sobre continuarem abstinentes. É importante que vocês se comuniquem.

— Eu sei — eu digo, batendo os dedos na mesa. — Mas não é tão importante assim. Eu não... Eu ainda não contei para ele. A gente não...

Ele não precisa saber por enquanto. E, quando eu contar, duvido que ele continue por perto para conversar sobre *abstinência*.

— Bom, as coisas não podem evoluir se você não contar para ele — o papito diz. — Aconteceu alguma coisa?

— Não aconteceu nada. — Dou um suspiro. — O que acontece é que, se eu contar pra ele, *aí sim* nada vai acontecer... E eu preciso contar. No fim das contas, vocês dois não têm nenhum motivo pra se preocupar, porque nós não vamos nos aproximar o suficiente pra isso acontecer. Só chegamos até aqui porque ele não sabe.

Fico de cabeça baixa, olhando para a mesa, e, para a minha surpresa, me vejo piscando para segurar as lágrimas. Não costumo pensar o tempo inteiro no HIV. Tomo a medicação toda manhã no piloto automático, e vou do mesmo jeito às consultas médicas. Antes de ter começado a pensar em garotos, em sexo e nessas merdas, o único momento em que eu pensava nisso *de verdade* era no grupo de apoio.

— *Cariño*. — Meu pai parece chocado. — Você é inteligente, engraçada e dedicada a tudo que faz. Você é uma amiga incrível, uma filha incrível. Qualquer pessoa teria sorte de namorar você. Seu sangue não muda nada disso.

— Eu sei. — Pisco um pouco mais rápido. Eu *não* vou chorar. — Mas as outras pessoas não sabem disso.

— Então você vai encontrar as pessoas inteligentes que sabem — o papito diz. — Tenho certeza de que a Claudia e a Lydia sabem.

Levanto a cabeça. O papito está com uma expressão doce. Não sei como ele descobriu que eu contei para elas. Teoricamente, eu quebrei uma das nossas principais regras quando contei. Da última vez que fiz isso, precisei mudar de escola. De repente foi por isso que eles não me deram uma dura: eles acharam que já aprendi minha lição.

— Sabe — o papito começa —, eu tive medo de adotar uma bebê HIV positiva.

— Papito...

— Estou falando *sério*. Eu tive medo de não conseguir te abraçar ou te beijar. Não porque eu pensava que *eu* fosse ficar doente. Eu pensava que ia precisar ver você sofrendo sozinha.

Sinto que tem alguma coisa presa na minha garganta. Já ouvi essa história um milhão de vezes. Ela me acalma, como uma música que você reconhece já nas primeiras notas.

— Acho que de certa forma é simbólico o fato de você viver com HIV e ter sido adotada por nós — o papito diz, com a voz baixa. — Nós perdemos tantas pessoas que amávamos para a aids. Eu sei que eu vivo contando isso, mas a primeira pessoa pra quem eu me assumi, meu melhor amigo... Eu o vi morrer. E eu pensei que não ia conseguir ver minha filha passar por isso.

— O medo é poderoso. — Meu pai balança a cabeça. — E acho que é por isso que tantas pessoas são ignorantes. Elas têm medo de que alguma coisa horrível aconteça.

— Mas nem por isso elas podem *projetar* esse medo em mim — eu digo, fechando os olhos. É difícil não pensar naqueles bilhetes de merda. Eu nem sei *quem* os escreveu, mas, seja lá quem for, essa pessoa pensa que me conhece. — Eu não... não estou tentando matar ninguém. E não é minha *culpa*. Eu não sou diferente de ninguém, sabe?

O papito aperta meu ombro.

— Claro que a gente sabe.

— Nós quisemos você antes mesmo de te conhecer, mas, depois que descobri como você era forte, eu quis mais ainda — meu pai diz. — Você era uma coisinha tão corajosa. E você sempre foi resiliente. Toda vez que levamos você para aquele hospital, vemos jovens como você vivendo suas vidas e indo cada vez mais longe. A gente sabia que você podia viver bem.

— Mas...

— Eu sei por que você está chateada, Mone — o papito me interrompe. — Mas você não pode controlar as pessoas ignorantes. São tantos fatores que contribuem para isso. Tem gente que não entende, e tem gente que simplesmente tem preconceito e ódio. Algumas pessoas odeiam o HIV por conta das pessoas que elas imaginam que têm o vírus. Pessoas como nós.

— Eu queria que elas não existissem.

— Não podemos viver de acordo com a vontade delas — meu pai rebate, com a voz firme. — Vamos continuar vivendo a nossa vida e lutando. Você não pode deixar ninguém te controlar com esse ódio. Continua vivendo, Simone.

Eu pego as mãos dos dois. Com meus pais, não preciso me preocupar em revelar nada, nem pensar nas pessoas que têm medo ou raiva de mim. Aqui, eu sou só parte da família, e nós somos só amor.

13

Olha, não é que eu *odeie* ir ao St. Mary's a cada três meses. Eu vou ao consultório da dra. Khan fazer meu check-up periódico desde pequena, e ela é praticamente meu terceiro pai.

Eu gosto de passar esse tempo com os meus pais, e o hospital não é o pior lugar do mundo, e eu posso faltar à aula o dia todo. Mas hoje eu preferia me jogar para fora do carro a ter que ouvir meu pai cantarolar — muito mal — "Changes", do David Bowie. Estou assim em parte porque é segunda-feira, e eu *odeio* segundas. Mas também tem outra parte: eu quero falar sobre sexo com a dra. Khan, mesmo que o clima fique muito esquisito.

Só para piorar as coisas, meu pai canta uma nota bem aguda. Eu me encolho de agonia.

— Papito, se eu fosse você, largava o meu pai — eu digo, com uma mão encostada no queixo. — Ele não canta nadinha. Você merece alguém mais talentoso.

O papito me olha pelo retrovisor e abre um sorriso.

— Ah, não, eu nunca largaria o seu paizinho. — O papito lança um olhar brincalhão para o meu pai. — Eu não trocaria ele por ninguém. Tá, talvez pelo Idris Elba, se ele quisesse me conhecer.

Meu pai olha para ele com uma cara de surpresa. Eu abafo uma risadinha com a mão.

— E aquele papo de "até que a morte nos separe"? — ele pergunta. — O Idris não vai prometer isso, ainda mais com *tanta* gente correndo atrás dele. Ele não vai te dar...

— Se isso vai virar um papo estranho de sexo, *por favor*, não contem comigo — eu digo, enrolando o fio do fone de ouvido ao redor do dedo. — Eu não preciso saber mais do que já sei.

O rosto do meu pai fica um pouco vermelho, mas o papito só faz um gesto com a mão.

— Chega de drama — ele diz, debochado. — É a coisa mais normal do mundo que seus pais se amem.

Reviro os olhos enquanto ele para o carro no imenso estacionamento do hospital.

— Vamos, vocês dois — meu pai chama, saindo do banco da frente. — Vamos alegrar a dra. Khan com a nossa presença.

Nós entramos no hospital como se fôssemos os donos do lugar — e, para falar a verdade, nós meio que somos.

O Centro de Doenças Infecciosas (ou CDI) fica no piso principal, atrás de uma porta cinza coberta de adesivos de carinhas sorridentes. Os adesivos *me* fazem sorrir; parece que estou olhando os pôsteres que eu tinha na parede do meu quarto.

— Simone! — tia Jackie me chama de sua mesa. — Não faz nem um mês e parece que você já cresceu mais. Chega de ficar tão grande!

Tia Jackie é falante, baixinha e perfeita. Quando eu era pequena, ela me dava doces, tipo M&M's ou balas, para me ajudar a treinar minha rotina de medicação, e disse para o papito que era melhor eu trançar o cabelo quando começasse a ir para a escola. Ela me manda cartão de aniversário todos os anos, foi à minha formatura do oitavo ano e é sempre a enfermeira que colhe o meu sangue. Comecei a chamá-la de tia aos seis anos.

— A Simone ainda é um bebê — o papito comenta, lhe dando um abraço rápido. — Apesar de ela *achar* que já cresceu demais para a nossa casa. Não dê ideias para ela...

— Como vocês têm passado, meninos? — Tia Jackie abraça o meu pai pelo pescoço enquanto nos leva até a sala de exames. — Tudo bem?

— Eles andam falando de *faculdade*. — Pronuncio a palavra bem devagar. Passamos pela enfermeira Patty, que está no quarto de outro adolescente, e acenamos para ela. — Não sei por que eles querem se livrar de mim, já que eu sou incrível.

O papito só dá uma risadinha de deboche, e meu pai massageia meu ombro.

— A educação é uma bênção, srta. Simone — tia Jackie diz, me olhando com atenção. — Tenho certeza de que ficar sozinha por um tempo ia te fazer muito bem.

— O que você está *insinuando*?

— Eu sempre digo exatamente o que quero dizer.

Nós chegamos à sala de exames e eu subo na mesa, chacoalhando as pernas como se voltasse a ter cinco anos. As paredes são decoradas com adesivos de super-heróis e Barbies. Já devo ter passado da idade de vir à ala pediátrica, mas tanto faz. Eu não ia querer mudar de ala.

— Certo, você já sabe como funciona — tia Jackie diz. Ela amarra o elástico azul bem apertado ao redor do meu braço enquanto meu pai e o papito se acomodam. — A faculdade não é assim tão ruim, querida. Eu queria ter começado a minha antes.

— Já ouvi isso algumas vezes. — Fico olhando para o meu braço enquanto ela enfia a agulha. Ela tem um monte de frasquinhos bem pequenos que reveza com a maior facilidade. — Mas nem por isso consigo ficar *empolgada*. Nem por isso acho que meus pais deveriam ficar tão ansiosos para se livrar de mim.

— Só porque você disse isso, vamos dar uma festa no dia em que você for embora — meu pai anuncia, mexendo nos óculos. Sua outra mão está apoiada na mão do papito. Meu Deus, eles são tão cafonas. — E logo depois a gente troca a fechadura.

— Não sei como você consegue ficar olhando — o papito diz. Meus olhos, que estavam concentrados na agulha e no frasco, saltam na direção dele. Ele está de cabeça baixa, olhando para os próprios sapatos.

— O quê? — eu pergunto. — O sangue? Você tem medo de eu beber sangue, algo assim?

Tia Jackie dá uma risadinha.

— Não desrespeita o seu pai.

— Não é uma coisa que a gente precise olhar. — O papito passa a mão pelo rosto. — Sangue é muito...

— Você também tem sangue. — Meu pai cutuca o ombro dele. — Você fica com medo do seu próprio sangue?

— Cara, eu não posso confiar em nenhum de vocês — o papito rebate. — Você ainda está na idade de levar uns tapas, Simone.

Reviro os olhos. Ele fala isso desde que eu tenho cinco anos, mas nunca chegou a botar em prática. Acho que é só uma frase que ele cresceu ouvindo.

— Logo ela vai virar adulta — tia Jackie diz. Ela tira a agulha do meu braço delicadamente, fazendo um curativo com gaze. — Como vai a escola nova? Não preciso aparecer lá para chutar a bunda de alguém, preciso?

— Você perguntou da última vez — eu lembro, desdobrando as mangas da minha blusa. — Não mudou muita coisa. Ah, tem muitos alunos ricos. Não sei. É só uma escola, tia Jackie.

— Acho que ela está gostando — meu pai responde por mim, me olhando com um daqueles sorrisos cheios de cumplicidade. — Ela está dirigindo a peça da escola e ganhando mil elogios dos professores.

— Eu não esperava nada menos do que isso — tia Jackie diz, abrindo um sorriso largo. — Vejo você na noite de estreia, combinado? Estou contando com um convite...

Olho para ela e dou um sorrisinho. Quero contar a ela sobre Miles — que ele assistiu a *Sweeney Todd* só porque eu falava tanto do musical, sobre o jeito que ele me olha, sobre como parece que eu estou flutuando depois que ele me beija.

Talvez tia Jackie entendesse como é querer as duas coisas: contar a verdade, mas também esquecer do HIV quando estou com ele.

Tia Jackie foi uma das primeiras pessoas a saberem o que aconteceu na minha antiga escola. Ela não parava de repetir tudo que eu sempre ouvi quando venho aqui: "Não há motivo para sentir vergonha, mesmo assim você precisa guardar segredo". Não sei se eu consigo continuar fazendo as duas coisas.

A dra. Khan chega andando devagar assim que tia Jackie sai da sala. A porta fica aberta por poucos instantes, mas consigo ouvir um bebê chorando.

Cada vez que a vejo, a dra. Khan está usando um hijab diferente. Sei que deve ser para deixar as criancinhas impressionadas, mesmo assim acho que são bem legais. Hoje ela está com um véu vermelho com elefantes nas laterais. Seus brincos têm a mesma estampa, embora tenham formato de girafa.

— Olha quem veio hoje! — Ela abre um sorriso para todos os presentes, trazendo uma prancheta debaixo do braço. — Como você tem passado, Simone? E aí?

Ela se acomoda na cadeira giratória de médica, na qual eu ficava girando quando tive pneumonia aos dez anos. Foi superlegal, até que o papito me pegou no flagra e deu um chilique.

— Só indo pra escola. — Dou de ombros. — Tentando sobreviver quando estou lá e fazer nada quando não estou.

— Ela não está fazendo *nada* — o papito me corrige.

— Não estou ajudando órfãos que têm aids na Índia nem nada legal desse tipo — eu digo, olhando para ela.

Ela entorta a boca.

— Nem todo mundo precisa se juntar ao Corpo da Paz — ela brinca, batendo com a caneta na prancheta. — Há muitas formas de fazer a diferença no mundo.

Dou de ombros mais uma vez.

— Você tem tomado a medicação?

— Claro. — Pronuncio cada letra com cuidado redobrado. — Eu ia me dar mal se não tomasse.

Talvez ela esteja pensando naquela vez em que fiz justamente isso. A julgar pela cara dele, o papito com certeza está. Em minha defesa, só parei de tomar a medicação porque aquela coisa líquida era muito horrível e eu ainda não conseguia engolir os comprimidos. Os médicos disseram que eu estava tomando só a metade dos remédios de que eu precisava quando tive a pneumonia. Uma mocinha muito rebelde.

— Certo. Sua contagem de CD4 está chegando a mil — ela informa, olhando para os meus pais. — Lembram que o CD4 é um marcador da saúde do sistema imunológico, né?

— Que ótimo — eu digo, para minha própria surpresa.

— Ótimo mesmo — ela me apoia. — Essa contagem é totalmente normal até para uma pessoa que não tem HIV, então estou animada com esse número. E a sua carga viral está indetectável.

É a primeira vez que fico indetectável com essa combinação de medicamentos. O papito junta as mãos como se eu tivesse feito um gol. A dra. Khan sorri.

— Mas é importante que você continue tomando a medicação. Sua contagem vai cair se você não tomar.

— Eu *sei*.

— Eu sei que tudo isso parece simples para você, mas eu já perdi pacientes porque eles pararam de tomar — a dra. Khan diz, me encarando com o rosto sério. — São muitos motivos que podem levar a isso... Negação, depressão, às vezes pura rebeldia. Se você conseguir cuidar dessas questões, vai ter uma expectativa de vida normal. Sua vida não tem que ser diferente da vida de alguém que tem uma doença crônica como asma ou diabetes.

Essa parte não me incomoda tanto. Eu gosto que me lembrem que não sou tão diferente dos outros. Todo mundo fala do HIV como se fosse a peste, mas tenho certeza de que a epidemia de sarampo na Disneylândia foi pior do que qualquer coisa que eu já tenha vivido.

Mas agora estou indetectável. Isso significa que tenho que fazer a pergunta — mesmo que o clima fique extremamente estranho depois disso. Eu me remexo na mesa, tentando me ajeitar.

— Então. — Engulo em seco. — Ah, estou com a carga viral indetectável, ou seja, teoricamente eu poderia transar sem transmitir o HIV. Certo?

Sinto que meus pais estão me olhando tanto que são capazes de cavar um túnel nas minhas costas. Mordo o lábio.

— Certo, mas nós recomendamos esperar seis meses — a dra. Khan alerta. — Por falar nisso, você se consultou com a dra. Walker, como eu recomendei? O que você achou? Ela respondeu todas as suas perguntas?

— Mais ou menos. Ela comentou que existe tipo uma medicação que as pessoas que não têm HIV podem tomar quando são expostas ao vírus.

— Nós chamamos a medicação de PrEP — a dra. Khan esclarece, com uma voz gentil. — É um comprimido que o parceiro HIV negativo tomaria todos os dias e que diminuiria a chance de ele contrair o vírus.

Não me parece justo pedir para Miles começar a tomar um remédio antes de a gente transar. Lydia começou a tomar anticoncepcional porque está namorando Ian, mas não parece a mesma coisa. Ian nunca *pediu* para ela fazer isso. E, mesmo que ela não tivesse começado a tomar, eles provavelmente poderiam seguir em frente e transar mesmo assim. Como Miles ficaria mais confortável? Não faço ideia.

— Parece bacana — eu digo, lambendo os lábios. — Mas e se a pessoa não quiser tomar uma medicação, tipo, um mês antes de transar? E se for algo mais espontâneo?

— Isso não vai acontecer — o papito diz. Meu pai faz um ruído, concordando.

Solto um suspiro. Acho que seria melhor se eles não estivessem aqui, mas sempre fizemos essas coisas juntos. Só que passou a ser mais complicado ultimamente.

— Entendo a preocupação de vocês, sr. Hampton, dr. Garcia. — A dra. Khan responde, sempre diplomática. — Mas, com todo o respeito, as dúvidas da Simone são naturais. E vai ser muito benéfico para ela e para os seus futuros parceiros se ela estiver preparada antes de entrar numa situação que pode envolver uma relação sexual.

— E isso não precisa acontecer na idade dela — o papito diz. Eu me viro e fico olhando para os sapatos dele. Ele está usando um Nike Jordan que parece saído dos anos 80. Se eu soubesse onde os tênis estavam, eu os teria roubado hoje de manhã e enfiado jornal dentro para caberem nos meus pés. Não é justo que ele tenha roupas mais descoladas que as minhas. — Ela é *muito* nova.

— Mas *digamos* — eu me intrometo — que a gente não usasse esse tal de PrEP.

— Bom, em primeiro lugar, é menos provável que uma mulher cis transmita o HIV para um homem cis. — A dra. Khan volta a olhar para mim. — E há um estudo no qual os pesquisadores não encontraram evidência de que parceiros que não tinham HIV tenham se infectado após fazer sexo sem camisinha com uma parceira HIV positiva que estivesse com a carga viral indetectável. E esse foi um estudo que envolveu novecentos casais por dezesseis meses... Um total de sessenta mil relações sexuais.

Eu me sinto mais leve. Foi um estudo só, tudo bem, mas, se esses casais fizeram sexo sessenta mil vezes sem que nada acontecesse com *ninguém*, isso tem que significar alguma coisa. Se a dra. Khan chegou a falar sobre isso em voz alta, quer dizer que ela acredita no estudo.

— Mas ainda assim há um pequeno risco — meu pai diz, como se lesse meus pensamentos. — Você não pode esquecer disso quando for transar com alguém.

— Sempre há um risco quando você vai transar com alguém — eu rebato. Ele arqueia a sobrancelha, e eu quase me arrependo de ter dado uma resposta atravessada. *Quase*. — Eu poderia pegar herpes, chato, gonorreia, sei lá, mesmo confiando na pessoa.

— E, para ser sincera, não há problema quando sua carga viral está indetectável — a dra. Khan adiciona. — E ela está.

Sinto que tem algum pacto feminino silencioso rolando aqui, que nem quando ela convenceu meu pai e me levar à ginecologista.

— Mesmo assim, você precisa revelar que tem HIV — meu pai diz. — E ser honesta com o seu parceiro.

Certo. Depois de conseguir o status de indetectável, essa é a outra parte que dificulta essa coisa do sexo. Eu mordo o lábio.

— Simone. — A dra. Khan coloca a mão na minha. — Você sabe que eu estou sempre à disposição para conversar. Pode me ligar quando precisar.

— Eu sei. — Sorrio para ela. — Obrigada.

Embora eu não quisesse falar desse assunto, pelo menos consegui o que queria — uma carga viral indetectável —, e não foi tão ruim assim. Pelo jeito, posso contar com a dra. Khan.

14

Já que Lydia e Claudia agora se recusam a pisar no refeitório, por culpa da Miranda Cross e daquela história de chamar de "puta", temos almoçado no antigo prédio de ciências. A sra. Ingall foi a última professora a ter uma sala de aula lá embaixo, mas, desde que ela entrou em licença-maternidade no começo do ano, lá se tornou o local não oficial de reuniões da Aliança Gay-Hétero.

— Não sei por que vocês ainda estão fazendo isso — eu digo, colocando a mochila no ombro. Lydia está do meu lado e Claudia anda na nossa frente, nos guiando. — Vocês nem têm mais uma conselheira. E se isso der problema para vocês?

Claudia revira os olhos e me olha por cima do ombro. As luzes ainda estão acesas nessa parte da escola, e ela entra numa sala vazia. A esta altura eu já deveria saber aonde estou indo, mas, comparada a Claudia, não sei bulhufas. Ela anda como se fosse dona do lugar.

— A sra. Ingall era a conselheira — Lydia diz, se apoiando em mim.
— Mas a substituta que eles contrataram para dar as aulas dela não continuou com as atividades da Aliança Gay-Hétero. Tipo, nenhuma.

— Deixa, a gente não precisa dela. — Claudia joga a mochila numa mesa de laboratório. — A AGH estava um caos. A gente só ficava sentada, olhando na cara uma das outras.

— Pelo menos a sra. Ingall se esforçava — Lydia argumenta. — A substituta não está nem aí.

Não há nenhuma cadeira, mas a gente se acomoda nas mesas de laboratório que contornam a sala. Lentamente o pessoal vai começando a chegar, e o ambiente vai ficando barulhento. Uma menina se senta ao lado da Claudia, batendo ombro com ombro, enquanto um menino abraça Lydia.

É claro que Claudia e Lydia têm outros amigos, mas sempre acabo me sentindo excluída quando venho às reuniões da AGH. Meus pais podem até ser queer, mas eu não sou. Ou no mínimo não tenho certeza.

Enfim, acho que elas iam dar risada se eu me descrevesse como queer depois das várias vezes em que me apaixonei por celebridades e daquela *única* paixão da vida real por uma menina. Mas eu não sou o assunto principal aqui. Eu acho legal que Claudia tenha um lugar em que ela não é diferente de ninguém. Acho legal que ela e Lydia tenham amigos com quem podem falar sobre coisas que eu não entendo. Mas é que eu também queria ter isso. Eu queria me sentir queer ou hétero, e não alguém que flutua em algum lugar muito longe das duas coisas.

— Oi, eu não sabia que você participava da AGH.

Levanto a cabeça e vejo Jesse parado na minha frente.

— Às vezes — eu digo. É estranho ver o mundo, ou melhor, o grupo de teatro, entrando em contato com o espaço que pertence a Claudia e a Lydia. — Mas nem acredito que nunca te vi aqui.

— Então, eu quase sempre venho — ele diz, gesticulando em direção a um grupinho atrás dele. — Preciso de *alguém* pra me ouvir reclamando dos meninos.

Dou uma risadinha.

— Acho que você podia fazer isso no ensaio.

— Verdade — ele concorda. — Mas não ia ser tão divertido quanto é aqui, sem dúvida.

— A gente se diverte pra caramba aqui — Claudia diz, aparecendo ao meu lado. — O Jesse conta pra gente tudo que você faz pra passar vergonha na frente do seu ficante.

— *Aff* — eu resmungo, jogando a cabeça para trás. — *Não*. Jesse, eu achei que podia confiar em você!

— Desculpa! — Ele levanta as mãos. — Eu juro que não é nada horrível.

— É tudo horrível — Claudia diz, sem mudar de expressão. — Não liga, Simone. A gente vive enchendo o saco da Lydia por causa do Ian.

— É — eu digo. — Mas o Miles não é o Ian. Ele é bonito de verdade.

— Tá bom. — Claudia dá um sorrisinho sapeca.

Tento ficar olhando para ela, mas não consigo me levar a sério. Virar piada por estar a fim de alguém não deixa de ser um rito de passagem. Acho que tudo bem, porque quem está tirando sarro é uma das minhas melhores amigas — e porque Miles também gosta de mim.

— Estou chocada e horrorizada, Jesse. — Eu me viro para ele. — Achei que a gente fizesse parte do mesmo time. No *time* do grupo de teatro.

— A gente faz — ele diz, apoiando uma das mãos no meu ombro. — Mas infelizmente eu só juro lealdade à parte gay da Aliança Gay-Hétero.

Claudia ri da piada dele, mas agora o máximo que eu consigo é dar uma risadinha desanimada. E eu, sou leal a qual parte?

— Ei. — Lydia passa por mim e dá uma batidinha no meu ombro. — Quer dividir meu sanduíche comigo? Minha mãe fez brownie e guardei um pouco para você.

Não sei se ela sabe o que estou sentindo. Lydia tem o dom de entender as pessoas, e esse é um dos motivos pelos quais o clube ficou tão popular. Claudia pode até não querer ser grossa, mas às vezes ela é. Lydia sempre acaba sendo um bom contraponto.

— Claro que vou comer o seu brownie — eu digo. — Nem precisa pedir!

15

A manhã de terça é um saco. Perco a hora e não posso pegar carona com Claudia e Lydia. Minha calça rasga bem quando estou saindo de casa, e eu preciso voltar e me trocar. Quando finalmente consigo chegar à escola, entro na sala errada para o horário de orientação. E, durante a aula de história dos Estados Unidos de nível avançado, a sra. Thompson passa logo um quiz sobre o Tribunal Marshall.

O fato de eu sentir que Miles está me olhando durante a aula também não me ajuda em nada. Não sei direito como devo agir depois do fim de semana. Dou tchauzinho? Beijo Miles no corredor? A pior parte é que mal consigo me concentrar quando sei que ele está me olhando. Assim que o sinal toca, saio correndo da sala, mas em seguida ouço os passos pesados dele vindo atrás de mim.

— Oi, Simone. — Ele aparece ao meu lado, os dedos se esfregando nos meus. Minha mão formiga como se estivesse dormente. — E aí?

Meus olhos estão colados aos nossos dedos, que agora se apoiam uns nos outros. Não acredito que ele está se comportando como se isso não fosse nada de mais. Passei todo esse tempo tentando não imaginar coisas demais a respeito dele. No ensino fundamental eu achava muita gente bonita — os famosos e famosas nas revistas, as meninas mais velhas. Nunca pensava em nada acontecendo. O ensino médio piorou tudo, porque aqui as coisas *acontecem*. As pessoas se beijam nos corredores e andam de mãos dadas. Tem gente namorando, transando, pelo menos *fingindo* que ama outra pessoa. Nunca pensei que viveria isso, pelo menos até eu me formar.

Mas olha eu aqui, parada no corredor com Miles, que estende a mão como se me fizesse um convite. Uma coisa é ficar de mãos dadas, mas o Miles não faz isso com um ar blasé, de indiferença. Ele quebra todas as regras não ditas, aquelas que teoricamente todo mundo conhece. De repente ele simplesmente não liga. Eu queria não ligar. Eu quero curtir este momento, quero pegar na mão dele como se não fosse nada de mais, mas a pessoa que escreveu os bilhetes pode estar em qualquer lugar. Olho para cima e para os lados e só depois pego a mão dele, fazendo o possível para ser discreta. Ele me dá um sorriso. Espero que a pessoa dos bilhetes não esteja por perto. Me esforço para desfazer o nó de nervosismo que tenho na garganta.

— Então, tem um jogo de lacrosse hoje — ele diz, engolindo em seco. Eu ando na frente e desvio dos alunos que estão batendo papo perto dos armários e de outro que está tentando atravessar o corredor de skate. — É na minha casa, às quatro. E hoje o ensaio acaba mais cedo.

— Pois é — eu digo, levantando uma sobrancelha. O lacrosse é uma ótima maneira de tirar a cabeça de tudo que está me estressando —, verdade.

Geralmente tento encontrar Claudia e Lydia depois do ensaio. Não é um compromisso obrigatório todos os dias, mas faz três dias que fomos ao sex shop e não temos nos falado tanto desde então. Eu sei que é por minha causa. Nenhuma das duas disse nada, mas isso não impede que uma bola de culpa cresça na minha barriga. Tanto Lydia quanto Claudia namoram, e mesmo assim dão um jeito de sair juntas. Eu e Miles nem estamos namorando, ainda não, pelo menos, e eu já sinto que estou deixando minhas amigas de lado.

Olho para as minhas mãos.

— Eu queria ir ver meus amigos jogarem. E seria bacana se você fosse comigo.

— Ah. — Fico olhando para ele. — É que talvez eu tenha que ficar um pouco mais depois do ensaio, mas posso falar com o Palumbo. A estreia está chegando.

Já é novembro, e o musical estreia no início de dezembro. O tempo está passando tão rápido que eu nem acredito. Só de pensar nisso fico zonza. Sinto que o tempo passa ainda mais rápido quando é você que está *responsável* pelas coisas.

— Legal. — Ele cutuca meu ombro. — Desde que você chegue a tempo de ver a gente ganhar, está ótimo.

— Você é tão metido. — Balanço a cabeça. — E se os Spartans perderem?

— A gente sempre ganha.

Reviro os olhos e o empurro de leve, mas calculo mal.

— Cadê sua confiança? — Ele envolve meu ombro com um dos braços. — Pensei que você acreditasse em mim.

Minhas bochechas queimam enquanto andamos pelo corredor. Se Claudia estivesse aqui, ela sem dúvida tiraria sarro da gente. Pensar nisso faz meu coração acelerar. Hoje depois do jogo eu vou ligar pra ela, e vou tentar falar sobre qualquer assunto que *não seja* Miles. Não quero ser *essa* pessoa.

E se a pessoa dos bilhetes estivesse aqui... Eu me esforço para engolir essa ideia, mas isso só me dá dor de estômago.

— Tá, mas *você* não vai estar em campo — eu relembro. — E ainda não entendi como o jogo funciona. Então eu vou assistir, mas pode ser que eles sejam péssimos e eu nem saiba disso.

— Ah, vai, não é justo... — Ele se inclina para falar perto do meu ouvido. — Eu não entendo de musicais, e mesmo assim sei que você é boa.

— É diferente. — Tento esconder meu sorriso. — Não sou só eu. O senhor Palumbo trabalha muito para deixar tudo direitinho.

— E os Spartans têm um treinador. — Ele me olha com um sorrisinho. — Eu sei que eu faço tudo parecer muito fácil, mas...

— Ah, para com isso... — Eu o cutuco. — Um musical é totalmente diferente do lacrosse. *Música* é diferente. Você pode ver um musical italiano e ainda assim entender tudo, porque a música é muito universal. Ela transcende a linguagem.

— O lacrosse não tem linguagem — ele diz. Estamos quase chegando à minha sala de física, mas, se percebe, ele não demonstra. — Acho que isso quer dizer que eu já ganhei.

— Beleza. — Mesmo não querendo, saio dos braços dele. — Tenho que ir.

Ele olha para a sala, depois para mim.

— O sinal ainda não tocou.

— Miles, eu tenho que ir. — Cruzo os braços, mas meu corpo inteiro formiga, da cabeça aos pés.

Ele sorri, se inclinando para me beijar.

Pensei em beijá-lo de novo mais vezes do que consigo contar. Parece que todo o tempo que passei com ele se dividiu: *antes* daquele primeiro beijo no ensaio e depois. *Antes* eu pensava em beijá-lo só de vez em quando, como se precisasse esconder esses pensamentos. Eu pensava nisso tarde da noite, quando estava prestes a cair no sono.

Mas isto é real. Eu posso beijar Miles no corredor e no armário do acervo durante os ensaios, e posso vê-lo depois da aula. Eu sei que é verdade, mas a sensação de deslumbramento continua, nos meus dedos, no meu rosto, na minha boca. Meninas como eu *podem* viver isso.

Fico sem ar quando os dedos dele escorregam para dentro da minha camiseta. As pontas apertam a pele perto da minha calça jeans. Agarro os pulsos dele e me afasto. Miles me encara, mas não consigo decifrar a expressão dele. Minha cabeça está apoiada na parede.

— Isso — eu digo baixinho — não é uma coisa que a gente pode fazer na escola.

— Certo. — Ele engole em seco, sem tirar os olhos de um ponto no meu pescoço. Minhas mãos estão tremendo, e provavelmente ele consegue sentir. — Você tem razão. Desculpa.

Se a gente estivesse em qualquer outro lugar agora, acho que eu já estaria tirando a calça. Não estou brincando. Mas de jeito nenhum vou deixar Miles passar a mão em mim no meio do corredor.

— Ei. — Coloco um dedo no queixo dele. Os olhos dele se levantam na hora, e eu fico paralisada até que um sorriso aparece nos seus lábios. — Não estou dizendo *nunca*. Só não aqui, onde todo mundo pode ver. Entende?

— Certo — ele repete. Ele cobre a minha mão com a dele, afastando-a do queixo. — Eu não quero te deixar envergonhada.

— Ah, *vá* — eu digo, tirando sarro, e afasto minha mão. — Até parece.

Em vez de falar alguma coisa, ele só fica ali parado com aquele sorriso ridículo no rosto. Eu devo estar igualzinha. Parece que a gente está guardando um segredo.

Eu devia dizer mais alguma coisa ou dar tchau para ele, mas nessa hora percebo que tem alguém logo atrás dele. Todo mundo está ou correndo para sua sala ou batendo papo perto dos armários, mas Eric e Jesse estão ali parados sem fazer nada.

— Ah, oi — cumprimento. — Não tinha visto vocês aqui.

Miles se vira como se a gente não tivesse acabado de se agarrar no corredor. Eric revira os olhos e sai andando com um ar irritado. Eu fico olhando para ele.

— Qual é a dele?

— Ignora — Jesse aconselha. — Você sabe que às vezes ele é meio dramático.

— *Meio?*

— Não deve ser nada de mais — Miles diz, apertando minha mão. — Eu não sabia que vocês dois almoçavam nesse horário, Jesse. Vocês deram sorte. Nós ficamos presos na aula de história dos Estados Unidos.

— Ah, eu não sei se esse é o horário do Eric. Só cruzei com ele quando estava indo para o meu armário. — Jesse sacode um exemplar desbotado de *Hamlet* na nossa direção. — Vocês sabem como o Bernstein fica quando você vem para a aula *despreparado*.

— Claro — eu digo. — Ele faz você sentar na frente. É tipo um castigo.

— Ele faz isso? — Miles enruga o nariz. — Eu achava que fosse lenda.

— Com certeza não é — Jesse diz, mexendo as sobrancelhas. — Mas não me deixem atrapalhar vocês. Finjam que não estou aqui.

Ele dá uma piscadinha e desaparece no corredor.

— Ai, meu Deus — gemo, coçando a testa. — Ele me deixa com tanta vergonha.

— Por quê? — Miles fica me olhando. — Ele foi legal.

— Mas agora ele vai ficar pegando no meu pé pra sempre — choramingo. — Isso *depois* que ele contar pras minhas amigas na próxima reunião da AGH. Aposto dez dólares que eles vão ficar me seguindo e fazendo barulho de beijo.

— Ah, mas e daí? — ele diz, tirando sarro. — Amigo é assim mesmo.

Será que Jesse é meu amigo? Eu não pensava nele como amigo antes, mas, quanto mais penso nisso e nas brincadeiras, mais essa parece a palavra certa. Eu rio sozinha. Logo depois o sinal toca e interrompe meu devaneio.

— Olha o sinal aí. — Miles inclina a cabeça em direção à porta da sala. — Acho que você devia entrar agora, já que deve estar bem atrasada.

— Você é péssimo — eu digo enquanto ele se afasta. — Seu xará Miles Davis ia sentir vergonha das suas palhaçadas, mocinho.

— Obrigado — ele responde, andando. — Tenho certeza que a Nina Simone tem orgulho da sua desobediência. Aposto que *ela* nunca matou aula pra beijar um gatão.

— *Miles...*

— Tudo bem — ele diz, encostando a cabeça num canto da parede. — Se eu estivesse por perto, também ia dar um jeito de fazer ela se atrasar para a aula.

Ele conhece o Miles Davis *e* a Nina Simone. Já nem sei se eu devia dar um beijo nele ou um soco por me atrasar tanto.

16

Geralmente tenho facilidade para me concentrar no ensaio. O espetáculo tem tantas partes agitadas que sempre aparece alguma coisa para me chamar a atenção. Mas hoje não estou conseguindo focar. Talvez seja porque a sra. Klein está me seguindo para todo lado — na orquestra, nos bastidores —, como se quisesse ter certeza de que não vou fazer merda.

Depois de um tempo eu acabo migrando para a frente do auditório, cruzando os braços para parecer mais profissional. Olhar para o elenco me deixa apavorada. Primeiro porque todo mundo solta um grunhido assim que eu pego meu caderno. E além disso estamos perdendo tempo, não ganhando. Quanto mais anotações eu faço, mais precisamos trabalhar, só que temos menos tempo.

— Tá, só alguns comentários — eu falo em voz alta. — Rocco, tente não roubar a cena do Wyatt. *Compartilhe* o palco. *Compartilhe* o sucesso. Entende o que eu estou dizendo?

Rocco dá um sorriso acanhado, e Wyatt, que interpreta Roger, mostra a língua para ele.

— Mia, não esquece de *olhar* para a plateia — peço. Mia, que faz o papel de Maureen, é uma aluna do segundo ano que só fala quando está em cena. — Não fica tímida, tá? As pessoas querem te ver.

Ela fica me olhando. Acho que isso quer dizer que ela me ouviu.

— Laila — eu digo, olhando para ela. — Está ótima.

Ela dá uma piscadinha.

— Eric. — Mudo meu foco. — Você não está pronunciando suas falas corretamente. A esta altura, você devia parar com o sotaque novaiorquino. Não está funcionando.

O rosto dele se enruga como se ele sentisse um cheiro ruim.

— Você nunca tem nada ruim para dizer para a Laila. — Ele cruza os braços. — É sempre comigo que você implica. Quem aqui já reparou?

Ele olha para trás, procurando outros membros do elenco. Rocco foge. Wyatt franze o cenho. Mia já sumiu.

— Não é verdade — eu me defendo. — E eu não implico com *você*. Sua performance precisa melhorar um pouco, mas é por isso que estamos ensaiando.

— É disso que eu estou falando, sabe? — Eric diz. — Eu protagonizei cinco peças da escola. Quantas você dirigiu mesmo?

Meu rosto começa a queimar. Odeio perceber que as palavras dele me atingem. Todo mundo sabe que essa é a primeira vez que dirijo um musical.

— Para com isso, Eric — Laila reclama. O rosto dela está vermelho. — Ela vive fazendo comentários para mim.

— Tipo o quê? — ele pergunta. — "Sorria mais"?

— Chega — eu digo, tentando fazer minha voz soar firme como aço. — Não vamos perder tempo com isso. Vocês praticam as falas sozinhos por alguns minutos, depois eu vejo de novo.

Eles se agrupam devagar, e Rocco e Laila lançam olhares na minha direção. Eric é o último a se mover. Ele fica me olhando como se estivéssemos em uma espécie de batalha. Eu me afasto deles e me jogo numa cadeira. Meu rosto continua queimando e minha respiração ainda está acelerada. Que raiva.

Tento não ter favoritos, mas Laila é *mesmo* a mais simpática, e não precisou de tanto feedback quanto o resto do elenco. Não tenho culpa se ela aprende rápido. E, meu Deus, eu queria que Eric falasse comigo depois do ensaio, sei lá. Me confrontar na frente de todo mundo dá a entender que não sei o que estou fazendo.

— Está preocupada com alguma coisa?

Levo um susto, e ao me virar vejo Jesse. Ele está com os fones pendurados no pescoço, como sempre, e uma prancheta ao lado do corpo. Já ticou metade dos itens na lista de comentários dele. Exibido. Com a quantidade de anotações que faço, sinto que não vou terminar de ticar todas antes da peça estrear, em dezembro.

— Só pensando em tudo que temos que fazer — eu digo, comprimindo os braços em volta da barriga. — Temos que terminar os figurinos, decorar todas as falar, aperfeiçoar a coreografia... Parece que tudo está passando rápido demais. Num piscar de olhos já vai ser dezembro.

— É sempre assim — Jesse diz, olhando para o palco. A sra. Klein está falando num ritmo acelerado com Laila e Eric, que a observam com total atenção. Pelo menos eles não dão chilique quando *ela* os orienta. — Vai ser mais rápido ainda no ano que vem. Você vai ver.

— Acho que sim. — Passo a mão no cabelo, deixando escapar um suspiro. — Você acha que o Lin-Manual Miranda sentiu isso antes da estreia de *Hamilton* na Broadway?

Jesse levanta uma sobrancelha, mas, se pensa que estou me achando, ele não diz nada.

— Acho que passa rápido para todo mundo. Até para o Lin-Manuel Miranda. Ele apresentava a peça todas as noites, né? Quando chegou à última apresentação, tenho certeza que ele sentiu que quase não teve tempo lá antes de passar o cargo para o próximo cara.

— Sim, o Javier Muñoz — digo, olhando para ele. — Ele é muito bom.

Jesse dá de ombros.

— Até que ele é bom.

Levanto uma sobrancelha. Sou só um pouquinho mais apegada ao Javier Muñoz porque ele é HIV positivo. Mas sei lá. Como o Jesse pode dizer "até que ele é bom"?

— Você não deve ter visto ele se apresentar — retruco. — Porque, se tivesse, você não ia dizer "até que ele é bom".

— Ah, cada um com seu talento, né? — Ele levanta as mãos como se eu o estivesse atacando. — É que eu gosto do original. Só isso. Não odeio o outro cara nem nada.

— Javier Muñoz — eu repito.

— Isso — Jesse diz, mas ele já está de cabeça baixa, olhando para a prancheta novamente. — Ele.

Eu suspiro, voltando a me virar para o palco. Parece que a sra. Klein armou uma armadilha para alguns dos membros do elenco, que estão carregando com dificuldade um orelhão cenográfico enquanto ela fala. Já que pelo jeito ela está cuidando das coisas, eu posso procurar o sr. Palumbo e falar com ele sobre os meus comentários. Ele sempre sabe dizer as coisas sem fazer com que as pessoas o odeiem, e acho que eu poderia aprender com ele.

Os membros do elenco costumam descansar à esquerda do palco, perto da porta que leva à sala do coral. Às vezes o sr. Palumbo some lá atrás para encorajar os atores ou ficar de bobeira com o pessoal. Estico a cabeça e, quando não o vejo, faço uma careta.

— Você viu os dois? — Claire fala baixo, quase num sussurro. Eric e alguns dos outros se juntam ao redor dela. — Juro por Deus, eles estavam quase transando no meio do corredor. Ele enfiou a língua na garganta dela e tudo.

Caramba. Que sacana. Cadê o feminismo e a solidariedade?

— Tem certeza que era ela?

— Absoluta — Eric se intromete. — Mas talvez ela se distraia com ele e pare de fazer tantos *comentários*.

Eu sei que devo ter exagerado um pouco, mas isso não lhe dá o direito de ser um babaca pelas minhas costas. Além disso, que motivo a Claire tem para reclamar? Nem lembro da última vez que fiz algum comentário para ela.

Não sei se devo gritar com eles ou guardar tudo para mim. Por um lado, gritar só diminuiria minha autoridade como diretora. Por outro lado, eles estão fofocando enquanto deveriam estar ensaiando. Posso chamar a atenção dos dois por conta disso.

Dou um passo à frente.

— Simone! Eu estava te procurando.

Quando ouço a voz do sr. Palumbo, fico paralisada. Se eu gritar com Eric e Claire na frente dele, ele provavelmente vai se arrepender de ter me escolhido como diretora. Mas, se ele ouvir o que eles estão falando, vou ficar com vergonha pelo resto do ano letivo. Não estou mais com vontade de falar com o sr. Palumbo sobre meus comentários, mas é a melhor opção. Com um suspiro, eu me viro para encará-lo.

— Oi, sr. Palumbo — cumprimento. — Tudo bem?

— Precisamos conversar rapidinho — ele diz, fazendo um sinal para que nos afastemos do grupo. — Não quero que você fique chateada. Você tem feito um trabalho fantástico.

Ah, não. Sem dúvida *parece* que vou ficar chateada com o que ele vai dizer.

— Obrigada — eu digo, mordendo o lábio. — Aconteceu alguma coisa?

— Acho seus comentários excelentes. Sem dúvida você tem um dom para ver os pontos fracos de cada performance sem ser ríspida. Mas...

Sinto um nervosismo na base do estômago.

— Mas...?

— Alguns alunos acham que você prioriza seus favoritos — ele diz, com um pedido de desculpas gravado nas rugas da testa. — Não me interprete mal... É totalmente compreensível. Todos temos nossos favoritos. Mas, no futuro, de repente você pode tentar...

— *Favoritos?* — eu repito. — Eu... sr. Palumbo, eu não tenho favoritos. Eu trato todo mundo do mesmo jeito. Você já viu.

— Bem — ele diz, inclinando a cabeça para o lado. — Acabei de ver você dando algumas orientações para o Eric. Elas eram muito válidas, realmente, mas imagino como é difícil para ele recebê-las na frente dos outros alunos. Você precisa prestar mais atenção na maneira como faz seus comentários. Tente não dar destaque a alguém muitas vezes.

Eric *não* é tão sensível assim. Ele deve ter reclamado com o sr. Palumbo para me difamar.

— Eu não dou destaque ao Eric com tanta frequência. É que ele fica bravo por qualquer coisa que eu fale pra ele, e agora resolveu ser um escroto.

— *Simone*.
Eu levanto a cabeça. Que erro. O sr. Palumbo está me olhando com uma careta que faz todos os traços dele caírem em direção ao chão. Nunca o vi tão decepcionado assim, com ninguém. Se pensei que o Eric me fez passar vergonha, eu me enganei. Passei vergonha por culpa *minha*.

— Desculpa. — Não estou me desculpando porque o Eric é um babaca. Estou me desculpando porque decepcionei o sr. Palumbo. — Não foi minha intenção.

O sr. Palumbo passa a mão no meio da testa. Solta um longo suspiro. Parece que eu o fiz envelhecer dez anos.

— Olha — ele consegue falar —, acho que você precisa de um tempo para respirar.

— Mas...

— Não é uma sugestão, Simone — ele diz, levantando a mão. — Vá beber um pouco d'água, dar uma volta pela escola... Só respira um pouco. Tá bom?

Pelo canto do olho consigo ver Eric encostado na parede, abraçando Claire. Os olhos dele encontram os meus, e ele fica assim por um longo segundo. Se o sr. Palumbo não estivesse olhando, eu mostraria o dedo do meio para ele. Como se pudesse ler os meus pensamentos, Eric dá um sorrisinho. Se eu não for embora agora, sou capaz de dar um soco na cara dele.

— Tá — eu digo, me virando para o sr. Palumbo. — Mas eu volto.

* * *

Atravessei metade do corredor quando percebo que não tenho ideia de para onde estou indo. Tudo que sei é que não quero voltar até o sr. Palumbo esquecer tudo que aconteceu. Talvez eu me esconda pelos corredores por uma semana.

Até que caminhar é relaxante, mas preciso de alguma outra coisa para fazer. Meu livro de geometria ainda está dentro do meu armário. De repente eu posso fazer um pouco da lição em vez de ficar perdendo tempo.

Eu me dirijo ao meu armário, que fica em outro corredor, e o abro com dificuldade. No silêncio do corredor vazio, parece que me deparo com uma cena de crime. Passo os olhos pelo espaço, procurando mais um bilhete. O kit de boas-vindas é a primeira coisa que vejo.

Merda. E logo embaixo do kit há uma folha de caderno dobrada com meu nome escrito. Tenho olhado meu armário todos os dias, e nunca mais vi nada de novo. Devem ter colocado isto aqui dentro hoje. Passo os olhos pelas palavras rabiscadas de qualquer jeito.

O que você está fazendo não tem nada a ver com se afastar do Miles. O tempo está acabando, Simone.

Olho em direção ao auditório. *Só pode* ser o Eric.

17

Amassei o bilhete e o enfiei no fundo da minha mochila horas atrás, mas as palavras continuam gravadas no meu cérebro. Meu pai e o papito não estão em casa, ou seja, a casa é só minha. E eu também não deveria estar em casa. Era para eu estar no jogo com Miles.

Mal consegui aguentar até o fim do ensaio, e àquela altura eu senti que só precisava vir embora. Talvez eu devesse me sentir mal por ter desmarcado, mas só consigo pensar naquela merda de bilhete. Tenho tentando pensar em suspeitos, e acabo voltando ao Eric toda vez. Ele implica comigo desde que começamos os ensaios, ele faz fofoca sobre mim e *além disso* ele reclamou de mim para o Palumbo. E, claro, tem a Claire, que às vezes se junta com ele para fofocar. Ela não tem nenhum motivo para me odiar. Sim, ela fica lá no fundo do coro, mas *eu* não tenho culpa disso.

Não faz nem um ano que estudo na escola, e Eric é a única pessoa que deixou bem claro que me odeia. Mas por que ele está fazendo isso? Não faz sentido.

O que mais me assusta é que nunca o vi me espionando. Além da Lydia e da Claudia, ninguém sabe onde fica o meu armário. Ele teria que me seguir para saber onde é, mas eu não o uso com tanta frequência. A pergunta mais importante é como ele descobriu que eu tenho HIV. Ele precisaria ter me visto no Hospital St. Mary's ou lido minha ficha médica. Mas como ele teria acesso a esses documentos? Por que ele se *importaria* o bastante para fazer todo esse esforço?

Vou para o meu quarto e me jogo na cama. Da primeira vez que meu celular toca e ouço "Seasons of Love", eu ignoro. Deve ser Miles. Mandei uma mensagem para ele depois do ensaio, mas ele ainda pode estar me procurando. Não posso contar sobre o bilhete, já que ele ainda nem sabe que tenho HIV. Pego um travesseiro e cubro a cabeça. "Seasons of Love" para de tocar e logo depois começa de novo.

Meu *Deus*. Será que ninguém pode me deixar sozinha quando eu quero curtir a fossa? Eu me viro na cama, tirando o celular do bolso. Meus ombros relaxam quando vejo os nomes da Lydia e da Claudia. Elas vão saber o que fazer. Mesmo se não souberem, falar com elas vai me deixar melhor. Sempre me deixa.

Elas já estão falando uma com a outra quando atendo.

— Não é nada de mais, Lydia — Claudia diz. — Eu só fiz para *saber* como era.

— Espera. — Tento entender, me sentando. — Fez o quê?

— Só estou surpresa — Lydia fala do outro lado da linha. — *Caramba*.

— Existem assexuais que fazem sexo — Claudia diz, com a voz quase irritada do outro lado. — Só que *eu* não. Eu nunca mais vou fazer isso. *Aff*.

— Quê? Você fez *de verdade?* — dou um gritinho no telefone. — Pensei que você fosse continuar virgem pra sempre. Pensei que você fosse só deixar pra lá. Sei lá. Que *bizarro*.

— Eu nem era virgem antes — Claudia explica. Quase consigo ouvi-la revirando os olhos. — Mas acho que dessa vez foi oficial? Porque a gente usou os dedos e...

— Tá — eu digo. — De repente foi por isso que você não gostou?

— É — Lydia diz, falando mais alto do seu lado da linha. — Eu odiei a minha primeira vez, mas depois melhorou. Quando eu mudei de parceiro.

— Não, nunca mais vou tentar — Claudia rebate, rápido demais. Eu reprimo uma risada. Eu sei que deveria contar a elas sobre o bilhete, mas é tão mais fácil fingir que está tudo normal. — Eu falei pra ela que queria fazer só pra ver qual era a sensação, e foi isso que aconteceu. Agora eu nunca mais preciso me preocupar com isso.

— Mas e se ela quiser fazer de novo? — pergunto, brincando com uma mecha do meu cabelo. — Vocês vão brigar por causa disso?

— Se ela quiser brigar ela pode, mas eu não vou — Claudia diz. Ela sempre parece ter certeza de tudo. Adoro isso nela. — Não posso ficar com uma pessoa que quer coisas que eu não posso dar, sabe?

— Mas vai ser uma merda se não der certo — eu digo. — Porque você ama ela e tal.

— Amo mesmo. — A voz da Claudia ganha um tom sonhador pouco habitual. — Amo o cabelo e os olhos dela e o jeito que ela ri. Amo que ela sabe tudo. — Ela faz uma pausa. — E os peitos dela. Amo eles também. Acho que vou só beijar os peitos dela e essa vai ser a parte sexual do nosso relacionamento.

— Ai, meu Deus — Lydia geme. — A minha mãe pode aparecer a qualquer momento e ver a minha cara. A gente não precisa ouvir o passo a passo.

Dessa vez eu dou risada. Lydia fala como se a mãe dela fosse cair morta se a nossa conversa passar da classificação etária de treze anos, mas eu tenho a impressão de que a própria Lydia ficaria muito mais traumatizada que a sra. Wu.

— Ela nem vai saber do que estamos falando se você não disser nada — aconselho, apoiando o queixo em uma das mãos. — Tenta ficar de boa.

Quando Lydia começa um monólogo, contando que o cachorro da família dela mordeu seu coletor menstrual, eu mudo para o viva-voz. Estou com meu caderno do grupo de teatro na minha cama e o puxo para perto. Depois de todos os ensaios eu tento vir para casa e pensar em soluções. Dessa vez, no entanto, ignorar o bilhete ridículo que está no fundo da minha mochila está consumindo toda a minha energia mental.

— Acho que a gente precisa marcar mais uma festa do pijama — Claudia está dizendo. — Estou cansada de morar com a minha família. A casa da Lydia é a minha preferida. Sem querer ofender, Simone.

— Qual o problema da minha casa?

— Seus pais estão sempre escondidos em algum canto — ela diz. — Eles querem conversar e interagir, e às vezes eu só quero ter um momento de meninas.

Quem sou eu para criticar? Quando meus pais chegam em casa, tenho que ficar no meu quarto se quiser evitar um interrogatório. Odeio que eles sempre consigam perceber se alguma coisa ruim aconteceu. Odeio o Eric por me colocar nessa situação.

— Você é uma figura, Claude — Lydia brinca. — Eles nem são tão ruins assim. Os meus pais iam te fazer perguntas até não poder mais se não ficassem tão ocupados com o Matt. Juro, o menino ainda não sabe se virar sozinho.

— Ele só tem *seis* anos — Claudia diz. — Cadê seu coração?

Chega. Ignorar não está me ajudando em nada. Eu preciso delas para resolver isso.

— Gente — eu digo, e minha voz falha. — Tinha mais um bilhete no meu armário. Eu acho que foi o Eric que mandou.

— *Caralho*, como assim?

— Meu Deus. Aquele escroto do grupo de teatro?

As duas começam a gritar na linha ao mesmo tempo. O celular está no viva-voz, mesmo assim preciso afastar o aparelho. O nó na minha garganta se dissolve um pouquinho agora que eu falei.

— Você contou para os seus pais? — Lydia pergunta. — Se você sabe quem mandou, acho que talvez você devesse contar.

— De jeito nenhum. Eles vão ter um treco. Não vou contar *nada* pra eles.

— Quem esse menino pensa que é? — Claudia se irrita. — Juro, tem gente que pensa que consegue fazer as piores merdas e se safar. Se ele hackeou seu histórico escolar ou sei lá o quê...

— Eu não sei, de verdade. Vai que ele me viu no hospital? — Não acho que eu vá chorar, mas estou *furiosa*. — Acho que ele não conseguiria descobrir isso no meu histórico escolar. Ele ia precisar encontrar minhas fichas médicas.

— Mas *por quê*? — Lydia pergunta. — Quem tem tempo sobrando pra fazer isso?

— Será que ele está tentando fazer uma pegadinha idiota? — Claudia sugere. — Os meninos perdem a noção com essas coisas.

— Parece que não bate — eu digo, passando uma mão pelo cabelo. — Ele não gosta de mim porque sempre faço comentários sobre a performance dele, mas sei lá. Não consigo... não sei se é possível que ele me odeie tanto que resolveu fazer uma coisa assim.

Claro, eu encho mesmo o saco dele, mas por que Eric ficaria tão incomodado com o meu relacionamento com Miles? Hoje mais cedo ele de fato pareceu, sei lá, *enojado* quando falou que a gente estava se beijando. Acho que, se de alguma forma ele descobriu que sou positiva, esse poderia ser um jeito bizarro de ele achar que está *protegendo* Miles.

— Vou dar uma surra nele — Claudia diz. — Só me dá o sobrenome do cara.

— Você não pode matar o menino, Claudia. Eu já te disse isso — reclamo, levando uma mão à testa. — Só um segundo. Eu preciso entender o que está acontecendo.

— Entender *o quê?* — ela pergunta. — Nós sabemos que ele é um babaca e que você não vai contar para os seus pais. Então eu espero ele do lado de fora do auditório e encho ele de porrada.

— Acho que pode ser uma boa — Lydia diz. — Mas não sou boa de briga. Eu ia ser a primeira a levar um soco.

Abro a boca para falar mais alguma coisa, mas meu celular pisca com uma nova mensagem. É um número desconhecido. Arregalo os olhos e endireito a coluna. Mal consigo respirar.

Oi, Simone. Aqui é o Jesse da equipe técnica. Só queria falar com você sobre os cenários! Eu sei que você queria mudar o sinal de entrada do cenário do apartamento. Quando ele precisa entrar em cena?

Por um segundo eu me pergunto por que ele tem meu número. Depois me lembro da lista que fizemos quando começamos os ensaios e solto um suspiro. Esse bilhete ridículo está me deixando completamente paranoica.

— Simone?

— Sei lá, gente. Sei lá. Acho que vou perguntar pra ele.

— Ele não vai admitir — Lydia diz.

— E o que eu vou fazer, *então*? — eu digo, perdendo a paciência. — Não vou deixar vocês darem porrada em um cara e levarem suspensão, e também não quero que os meus pais tenham um treco.

O papito e o meu pai não apenas iriam destruir a diretora como iriam querer que eu mudasse de escola mais uma vez. Se eu puder resolver isso sem contar para eles, eu vou.

— Você poderia contar para a diretora Decker — Lydia sugere. — Ou qualquer outro adulto, na verdade.

— E qualquer adulto iria contar para os meus pais, o que nos faz voltar à estaca zero. — Solto um grunhido, colocando a cabeça entre as pernas. — É que... eu não quero que todo mundo descubra. Não quero que o Miles saiba disso por uma pessoa qualquer que eu nem conheço.

Só há silêncio do outro lado da linha. Sinto um peso no peito, mas não vou chorar. Não vou.

— Então não deixa o Eric roubar sua oportunidade — Claudia enfim aconselha. — Conta para o Miles antes que ele possa contar.

18

Na quarta-feira me vejo ansiosa para ouvir a opinião do grupo de apoio pela primeira vez na vida. O papito tem razão: a galera do grupo entende coisas que ninguém mais entende. Se eu vou contar para Miles que sou positiva, o grupo é o melhor lugar para eu buscar algum conselho.

— Então, eu gosto de um menino — eu digo, tentando me concentrar num ponto no fundo da sala. Parece que os olhos de todo mundo estão cravados em mim. — Mas ele não tem HIV... até onde eu sei, pelo menos... e não sei direito como falar isso pra ele... enfim, nada disso. Estou pirando por causa disso.

Julia está sentada no centro do círculo, fazendo que sim com a cabeça como num episódio de alguma novela. Talvez ela esteja surpresa porque eu sei falar.

— Alguém tem um conselho para a Simone? — ela pergunta, se virando para o resto do grupo. — É muito importante que os casais conversem sobre diferenças de status de HIV, e fico feliz que ela toque nesse assunto. Mesmo que alguns de vocês não se preocupem com isso agora, é algo com que todos vão lidar, cedo ou tarde.

Mordo o lábio. Minhas mãos continuam tremendo — estão assim desde ontem. Estou ignorando Miles desde que faltei ao jogo, apesar de termos nos visto no corredor e na aula de história. Com certeza não estamos mais nos beijando encostados nos armários. Tudo por causa desses bilhetes ridículos.

Talvez não seja justo ignorá-lo, mas ainda estou tentando resolver essa merda. Se eu me acostumar a me comportar como namorada dele e depois contar que tenho HIV, vai ser ainda pior caso ele reaja mal.

— Aja como você quer que ele reaja — Brie opina, me dando um susto. A franja dela está penteada para trás, o que já é muito estranho, porque o cabelo dela sempre está na cara. — Se você não estiver tranquila com esse assunto, ele vai ficar todo esquisito. Se você estiver de boa, ele também vai ficar.

— É, fala como se não fosse nada de mais — Jack diz, concordando com a cabeça. Os dois trocam um olhar estranho. Se não estivesse tão preocupada com Miles, eu passaria mais tempo analisando esse olhar. — Não peça desculpas, porque não é motivo para isso, não é sua culpa. Só manda uma mensagem pra ele e pronto.

— Não dá pra falar uma coisa assim por mensagem — Ralph retruca. Normalmente eu o ignoraria por uma questão de princípios, mas o que ele diz faz sentido. *Odeio* que faça sentido. — É muito... É muita coisa pra digerir. A gente convive com isso todo dia, mas pode ser demais para as pessoas que não convivem.

— Então conta pra ele num jantar à luz de velas, sei lá — Brie sugere, revirando os olhos. Me dá vontade de dar um abraço nela. — A questão é: se ele é o tipo de pessoa que te daria um fora porque você tem HIV, não tem nada que você possa fazer pra mudar isso.

— É, esperar mais tempo não vai mudar nada — Jack concorda. — Não tem por que enganar o cara pra ele ficar com você.

— Não estou tentando enganar ele pra nada. — Minha voz parece fraca, mesmo aos meus ouvidos. — Só fico nervosa com esse assunto. Por isso estou adiando essa conversa.

— Isso é válido — Julia diz, e sua voz apaziguadora quebra a tensão. — Isso é totalmente válido. Mas, seja como você decidir contar para essa pessoa, é importante que você seja honesta. A honestidade é a parte mais importante de um relacionamento, e não quero que você comece uma história com mentiras.

Eu me recosto na cadeira e paro de ouvir quando ela migra para o próximo assunto. Esperar para contar ao Miles não é a mesma coisa que mentir. Ou pelo menos não deveria ser.

Pego o bonde e volto sozinha, depois entro na casa vazia. O papito tem que ficar até mais tarde na escola para supervisionar os alunos em detenção, o que significa que vou ficar sozinha por mais uma hora no mínimo. Antes que me dê conta, me vejo me aproximando do quarto dos meus pais. Há pôsteres e quadros na parede: uma pintura da Frida Kahlo em uma parede e uma do Basquiat na outra. Acho que parecem um monte de rabiscos, mas o papito fica bravo quando falo isso.

Eu me jogo na cama. Não durmo com eles desde que era muito pequena, por volta dos seis ou sete anos. Mas só de estar aqui me sinto conectada a eles. Tem até uma partezinha de mim que se sente conectada à minha mãe biológica. É aqui que meus pais guardam a papelada da adoção: documentos, cartas e até um álbum de fotos. São a única coisa que tenho dela. Isso nunca tinha me incomodado. Não sei exatamente por que está me incomodando agora. Eu só queria poder falar disso com ela.

O que ela sentiu quando descobriu que era HIV positiva? Quando ela descobriu que estava grávida de mim? Eu nunca tinha pensado nisso até hoje. Será que o namorado dela a rejeitou? Será que a família a abandonou? Os amigos? Gosto de imaginar que ela vivia rodeada de pessoas que a amavam; pessoas que a ajudavam a dar a volta por cima quando precisava. Mas eu não sei *mesmo*.

Na maior parte do tempo eu detesto pensar nela. Detesto pensar que não sou apenas a filha dos meus dois pais. Talvez isso me torne uma pessoa horrível. Só odeio o fato de não *sentir* nada por essa pessoa que me gerou, e que provavelmente quis se livrar de mim.

Mordo o lábio. Teoricamente as pessoas se sentem conectadas a suas mães biológicas, *sentem* alguma coisa. Tem histórias de pessoas que localizaram essas mulheres em outro país, e essas pessoas e suas mães se abraçaram e passaram a se amar mesmo sem falar a mesma língua.

Existem duas coisas que me conectam a essa mulher: ela me teve, e ela me transmitiu o HIV. Eu nunca tinha sentido vontade de falar com ela, mas pela primeira vez eu queria que ela estivesse aqui. Essa é a única coisa que ela saberia entender melhor do que meus pais. Talvez ela soubesse o que fazer. Talvez, se ela estivesse aqui, eu não me sentisse tão sozinha.

Encosto os joelhos no peito e começo a chorar.

19

Levo a quinta-feira toda, mas finalmente consigo mandar uma mensagem para Miles depois do ensaio. É assim que a gente se encontra no Dolores Park de novo, sentados num banco e nos encarando. É quase igual à primeira ocasião que viemos aqui juntos, mas desta vez nenhum dos dois está dizendo nada.

Geralmente o silêncio não me incomoda, mas agora estou odiando. Talvez porque eu saiba que é culpa minha. Sou *eu* que não tenho falado com ele. Sou eu que tenho ignorado ele nos corredores. Sou eu que estou prestes a contar algo inesperado. Nossa, estou até com enjoo.

Pelo menos estamos no parque. Há tanto barulho, seja dos cachorros, das crianças ou dos desconhecidos ocupados com a própria vida, que mesmo nosso silêncio constrangedor não é completamente silencioso. Hoje não há neblina, pelo menos uma vez na vida, então eu deveria estar curtindo a tarde. Eu estaria, se fosse qualquer outro dia.

— Você está bem? — Miles pergunta. Ele não está sentado tão perto quanto da última vez. Se quisesse encostar no meu ombro, ele precisaria se inclinar. — Porque parece que você vai vomitar.

Engulo em seco, mexendo nas fichas que tenho nas mãos. Eu não usava fichas assim desde que tínhamos que fazer apresentações dos nossos projetos de ciências no começo do ensino fundamental. Elas são até numeradas, para o caso de eu esquecer o que vem depois. É importante que eu não esqueça.

— Tá — eu digo, colocando as fichas no colo, na minha frente. É estranho fazer isso num parque, mas pelo menos ninguém me conhece aqui.

Esse é um dos lugares em que me sinto segura. — Eu quero te contar umas coisas.

— Tá bom.

— Humm, então, eu sou adotada. Mas acho que você já deve ter adivinhado.

— Já. — O canto do lábio dele se levanta. — Mais ou menos.

— A minha mãe biológica tinha HIV — eu digo, me apressando para pronunciar as palavras para evitar um silêncio constrangedor. — E acho que ela não sabia ou não existia medicação, ou, se existia, ela não conseguiu tomar. Não sei.

Passo para a próxima ficha, e não me permito olhar nos olhos dele. Minhas mãos estão tremendo. Mesmo que eu diga para mim mesma que não preciso ficar com medo, que tudo depende dele e de como ele decidir reagir, ainda assim dá medo. Não quero que Miles pense que o HIV me torna uma pessoa suja.

— Quando eu nasci, fiquei muito doente. Os médicos fizeram os exames, e eu também tenho HIV. Não é que eu tenha acabado de descobrir; eu sempre soube, desde pequena. Eu tomo a medicação a vida inteira, e agora estou saudável e tudo mais.

Eu me permito levantar os olhos, muito rapidamente. Ele engole em seco devagar, e seu pomo-de-adão se remexe. Ele está olhando bem nos meus olhos, não tem como dizer que não. Desvio o olhar.

— Me desculpe por não ter te contado isso antes, e me desculpe por ter te ignorado, e eu entendo se você não quiser mais falar comigo — digo, com a garganta seca. — É que eu estava com muito medo, porque é sempre muito estranho quando conto pra alguém, então eu não conto pra ninguém *mesmo*. Tipo ninguém. Mas eu quero que você saiba, porque eu gosto bastante de você e tal...

Molho os lábios. Ele não me interrompeu nenhuma vez esse tempo todo, como eu imaginava. Levanto a cabeça, e ele continua me encarando.

Eu espero. Consigo ouvir esquilos jogando nozes no chão, carrinhos de bebê passando. O sol está se pondo bem devagar, como se esperasse para assistir a *este* desastre. Agora que eu contei, não vamos mais poder ser o que éramos antes, duas pessoas se divertindo. Eu me arrependo imediatamente.

— Humm — ele diz —, posso te dar um abraço?

Minhas sobrancelhas saltam.

— Você quer encostar em mim?

— Quero. — Ele franze o cenho. — Por que eu não ia querer?

— Muita gente ficaria preocupada com isso — respondo, observando-o cautelosamente. — Você... sei lá, tem alguma pergunta? Você não está demonstrando nenhuma reação. Estou me sentindo estranha.

— Sei lá, estou pensando — ele diz, mordendo o lábio. — Como as outras pessoas costumam reagir?

— Ah, não sei. Elas fazem muitas perguntas — eu digo. Lydia e Claudia meio que fizeram. Sarah fez ainda mais, mas não posso pensar nisso neste exato momento. — Não sei direito como as pessoas reagem. Não é como se eu saísse por aí contando para as pessoas toda hora. Isso ia ser... Acho que não seria uma boa ideia.

Ele faz que sim, olhando para as próprias mãos. Queria saber o que ele está pensando.

— Você não vai contar pra ninguém. — Isso parece mais uma afirmação do que uma pergunta. — Né?

— Não. — Ele balança a cabeça, erguendo os olhos. — Claro que não.

— Que bom. — Solto o ar, me sentindo um pouco mais leve. — Tudo bem.

— Então não tem chance de virar aids tão cedo? — ele pergunta. Está com uma expressão inquieta. — Parece besteira falar isso, mas, tipo, você está bem? De boa?

— Estou — eu digo, em voz baixa. — Estou ótima.

— Então você não vai morrer?

— Quando chegar aos oitenta, talvez. — Dou de ombros. — Uma hora eu vou. Mas não agora.

— Você sente raiva da sua mãe?

A pergunta me faz pensar por um tempo. Sinceramente, não costumo pensar nela como minha mãe. Talvez, se ainda estivesse viva, ela fosse mais como uma tia. Ela poderia responder a perguntas sobre como é namorar tendo HIV, como revelar e quando manter segredo. Mas isso parece muito cru, muito pessoal, para eu dizer em voz alta.

— Acho que não consigo ficar com raiva dela — eu digo, escolhendo as palavras com cuidado. — Já fiquei, no passado, porque ela poderia ter impedido que eu contraísse o vírus. Mas ela era muito nova, disso eu sei, e teve que se virar estando doente e grávida. Acho que ela também deve ter ficado sozinha. Deve ter sido difícil.

Olho de soslaio para Miles. Ele está balançando a cabeça e parece concordar muito. Não sei direito o que achar disso tudo, sinceramente.

— Posso perguntar mais coisas?

Faço que sim, quase rápido demais. Minhas mãos se atrapalham na hora de devolver as fichas ao meu bolso. Não preciso mais delas.

— Você toma muitos comprimidos?

— Só um por dia.

— Certo — ele diz, colocando a mão no colo. — Isso é bom, né?

Faço que sim. Quase quero sorrir. Ele parece estar tão nervoso quanto eu.

— E... e eu não posso pegar o vírus ficando com você?

A pergunta mais difícil. Eu queria que a dra. Khan estivesse aqui para responder a todas as perguntas com um tom calmo e profissional, mas Miles vai precisar se contentar com minhas respostas desengonçadas. Estranhamente, não me sinto mais tão desengonçada. Pensar nos meus pais me faz me sentir melhor. Se eles me escolheram, me *quiseram*, outras pessoas também vão fazer o mesmo.

Miles morde o lábio.

— Foi uma pergunta idiota?

— Não, é... normal. Transmitir o HIV só encostando em alguém é impossível, e você pode desativar o vírus com sabão se o sangue espirrar ou algo assim. A única forma de transmitir o vírus é através de fluidos corporais, tipo sangue ou leite materno...

— Ou, tipo, esperma.

Fico atrapalhada de novo.

— É, tipo, sêmen. Quando a pessoa goza. Sei lá... tipo, o que sair de lá. Ele dá uma risadinha.

— O quê? — Eu me afasto dele. — É verdade.

— Você está falando igual a uma médica... desde o começo — ele diz, balançando a cabeça. — Aí de repente você chega e fala em "gozar". Mudou completamente o tom.

— Bom, mas é assim que *chama*.

— É — ele diz, dando de ombros. — Mas é... você sabe...

Eu não sei de nada, mas não sei se quero descobrir. Tem muita coisa acontecendo para eu ouvir logo o *Miles* falar de sexo. É engraçado que eu converse sobre isso com Claudia e Lydia e não é nada de mais. Só de ouvi-lo pronunciar a palavra eu sinto que fico vermelha. Odeio ficar envergonhada por causa disso.

— Enfim... — eu digo. — O vírus não pode ser transmitido se a carga viral da pessoa... tipo, a quantidade de vírus que podem encontrar no sangue dela... estiver indetectável.

— A sua está?

— Sim. — A palavra sai que nem um chiado. — Está. Descobri na segunda-feira. Mas a minha ginecologista disse que eu preciso esperar ficar assim por seis meses.

Não me permito olhar para a cara dele. Agora há mais silêncio, apesar de os pássaros estarem fazendo seus barulhos noturnos e embora eu ouça bondes passando. Já deve estar na hora de eu voltar para casa. Só queria que as coisas estivessem mais... não sei. Resolvidas. Pelo menos eu consegui. Agora ninguém vai poder tirar isso de mim.

Miles beija minha bochecha, e eu levo um susto.

— Isso não é sexo — ele diz. — Sem fluidos corporais, certo? Então a gente ainda pode fazer isso.

Nem sei o que dizer. Ele é bom *demais* para ser verdade.

— Você tem razão. — Dou um sorrisinho para ele. — E de qualquer forma o vírus não é transmitido pela saliva. Mas você tem que pensar nisso.

— Como assim?

— Não sei. — Solto um suspiro. — Tipo, eu ainda sou virgem.

Ele fica me olhando.

— E...?

— E tem motivo para isso. — Estou me esforçando para falar. — A chance é mínima, mas ainda existe *chance*, então você precisa pensar.

Ele pisca mais algumas vezes. Estou contente que ele não tenha me chamado de piranha ou fugido, mas parte de mim sente que ele não está levando isso tudo a sério.

— Você não *tem* que transar agora — ele diz, quase como uma criança petulante. — Nem todo mundo vive transando o tempo todo, Simone.

Eu digo em tom de deboche:

— Você vai *querer* esperar.

— Você não sabe o que eu quero. Mesmo que eu *queira*, eu posso esperar.

— Tá, mas e se você decidir que não quer esperar?

Ele balança a cabeça, se afastando de mim. Sinto um pouco mais de frio sem ele por perto, então cubro os ombros com meu moletom.

— Você acha mesmo que eu não aguento seis meses sem transar?

— Eu não *sei* — respondo, irritada. Fecho os olhos, me esforçando para não perder a paciência de novo. — É que... Eu não sei. Eu não quero... Não quero *pensar* que algo ruim possa acontecer, mas, num universo paralelo em que pode, não quero que você me odeie para o resto da vida.

— Eu não teria raiva de você.

— Se você contraísse HIV por minha causa? — Arregalo os olhos. — Miles, quando você começasse a tomar a medicação, você sentiria os efeitos colaterais tipo vômito, dor de cabeça, reações na pele. Fora que algumas pessoas se afastariam de você como se você fosse a própria morte... Talvez até a sua família. A maioria das pessoas nem sabe nada sobre isso; elas só têm medo. Acho que você ia se incomodar, pelo menos um pouquinho.

Ele fica em silêncio.

— Não estou dizendo que vai acontecer — eu prossigo, falando mais baixo. — Tenho quase certeza que não vai. Mesmo assim tenho medo que...

— Continuo pensando em você da mesmíssima forma.

Eu olho para ele.

— Quê?

— Você está falando como se eu fosse parar de falar com você ou algo assim. — Ele balança a cabeça de novo. — Mas eu não vou. Sei lá, onde mais eu vou encontrar alguém que saiba de cor todas as letras da produção original de O *fantasma da ópera* na Broadway?

Eu meio que quero chorar.

— Você é tão besta — acuso, apesar de estar sorrindo. — Eu sei que eu sou incrível...

— Você é. — Ele coloca a mão em cima da minha, e eu não me afasto. — Você é incrível de verdade.

— Beleza, mas as pessoas iam se afastar de você se descobrissem — eu digo, me obrigando a olhá-lo nos olhos. — Você sabe disso, né? As pessoas ficariam com medo de você. Tipo, nós dois sabemos como é ser uma pessoa negra. E as pessoas odeiam os *caras* negros.

Ele solta o ar.

— Eu *bem sei*.

— Pois é, e elas odeiam o HIV mais ainda — prossigo. — Junta tudo isso e as pessoas vão querer tipo mandar a gente pra uma quarentena em Marte. Enquanto isso não acontecer, vão transformar nossa vida num inferno.

— Simone, o racismo não vai deixar de existir se eu parar de falar com você. Não é como se a gente pudesse controlar o preconceito e tal.

— Eu sei. — Abaixo a cabeça e olho para nossas mãos. — Eu só quero que você saiba que a coisa pode ficar séria.

— Você está tentando me *convencer* a parar de falar com você?

Sim. Não. Talvez um pouquinho só. Talvez fosse mais fácil pararmos com tudo agora em vez de nos machucarmos mais para a frente.

— É que eu estou surpresa — digo. Que eu tenha gostado dele antes, e que ele tenha me correspondido. Que ele ainda esteja aqui, mesmo depois de eu *contar* tudo para ele, e que esteja segurando minha mão... e não pela primeira vez. — Eu não pensei que isso fosse acontecer.

— Bom, eu gosto de você.

Fico vermelha.

— Eu percebi, mas, tipo...

— Eu fico com você porque você é inteligente, bonita e *engraçada* — ele diz. Ele não atropela as palavras como eu faço. Como se falar essas coisas não o deixasse envergonhado. — Se eu não quisesse beijar você, acho que eu teria ciúme de você.

— Você... Nossa, Miles, você é muito estranho — comento, passando uma mão no meu rosto. — Eu nem sei o que dizer.

— Você não precisa dizer nada. Já disse bastante coisa.

— Bom... — Eu me viro para ele. — Tem um monte de coisas que eu poderia falar. Tipo, que você é a minha pessoa preferida. Uma das minhas pessoas preferidas, pelo menos.

Penso na Claudia e na Lydia. Miles está em algum lugar do mesmo nível que elas.

— E eu também poderia dizer que te amo, mas seria, tipo, irônico.

— Quê?

— Porque eu falo "eu te amo" para as minhas amigas toda hora — eu digo, gesticulando. — Elas são as minhas pessoas preferidas, sabe? Então, se agora você é um dos meus preferidos, isso meio que quer dizer que eu te amo. Mas não de um jeito dramático. Eu amo pizza e brownie e *Aida* e...

— E o Webber.

— *E* o Sondheim — eu digo. — Eu amo muitas coisas, e você entrou para a lista.

— Me sinto honrado, acho. — Ele ri. — Onde eu estou nessa lista? Antes ou depois da pizza?

Não consigo tirar os olhos do sorriso dele. Eu não sabia que podia gostar de alguém tanto assim. Eu não pensava que fosse possível gostar de alguém tanto assim e ainda ser *correspondida*.

— Eu gosto mais de beijar você do que gosto de *você* — provoco. — Então, em primeiro lugar a Claudia e a Lydia; depois os musicais; depois beijar, que vem antes da pizza; e *depois* você.

—Tá, vou tentar lembrar — ele diz, se inclinando para a frente. — Mas eu gosto mais de você do que todos os itens que você falou. Acho que mereço um prêmio.

Acho que não há nada que eu pudesse oferecer a ele que fosse bom o suficiente. Ele está falando como se não fosse nada de mais, e a reação de todo mundo *deveria* ser assim, mas até hoje nunca foi. Parece que o sol invadiu o meu corpo. Não sei como faço para ele sentir a mesma coisa, mas ele merece. Quero dar o sol para ele.

—Você merece ouvir um segredo. — Passo o braço ao redor do pescoço dele. — Eu gosto de você mais que tudo.

20

Quando o sinal do sexto período toca na sexta-feira, eu me dirijo à antiga ala de ciências. Por mais que eu queira ver Miles, já faz quatro dias que almocei com as minhas melhores amigas, e sei que não devo ter sido a única a notar. Ontem à noite, Claudia mandou uma mensagem para o nosso chat em grupo: *SIMONE! vem almoçar amanhã com a AGH, pfv obg.* E logo depois veio uma mensagem da Lydia: *Vem mesmo, porque a gente está com saudade!*

Agora eu estou aqui. Entro na sala, mas nenhuma das minhas amigas está aqui para me receber. Tem mais gente do que da última vez. Não consigo avistar Claudia ou Lydia por um tempo. Vixe, por que elas queriam que eu viesse a *esta* reunião? Pensei que a gente fosse conversar numa boa.

A única pessoa que eu reconheço é Jesse, mas até ele está distraído, rindo num canto com um grupo de amigos. Eu me mexo de um lado para o outro. Estava esperando uma coisa completamente diferente.

O celular apita, interrompendo meu devaneio.

Proposta: compro pizza pra você se eu puder subir uma posição na lista.

Demoro um instante para entender o que Miles está dizendo — minha lista de coisas favoritas, aquela de que falei no parque.

Mas você já está em primeiro lugar.

Ele responde na mesma hora:

Todo homem se preocupa em manter sua posição, Simone!!!

Eu sorrio sem querer. Ele é tão brega, adoro. Eu também não ia achar ruim comer pizza em vez do meu sanduíche.

Levanto os olhos. Claudia e Lydia estão em pé com alguns alunos, totalmente absortas na conversa. Só consigo ouvir algumas palavras.

— É, eu acho que pessoas não binárias podem, sim, se identificar como lésbicas — Claudia diz. — Mas não tenho certeza, já que não sou não binária.

— Acho que a gente pode pesquisar — Lydia sugere. — Ou você pode falar com Alex quando elx chegar, de repente? Elx também é não binárie.*

Duvido que elas perceberiam se eu fosse embora. Essas reuniões quase sempre consistem nas duas falando enquanto eu fico sentada num canto e concordando, de qualquer forma, e parece que a reunião de hoje vai ser mais do mesmo. A gente se dá melhor quando sai depois da aula do que quando vem aqui.

A porta continua aberta. Coloco a mochila no ombro. Se elas perceberem que fui embora, resolvo isso depois. Seguro a respiração e saio correndo pela porta, antes que alguma delas possa me chamar.

---

* No original as personagens se referem a Alex como "they", pronome mais utilizado por pessoas não binárias falantes da língua inglesa. No Brasil ainda não há consenso, mas os pronomes "elx", "el@" e "el", bem como o uso da letra "e" nos substantivos e adjetivos biformes, são soluções apontadas em manuais e sites dedicados ao assunto. (N. da T.)

21

O ensaio de sábado corre quase normalmente, apesar de eu olhar para Eric toda hora. Se sabe que eu fui encontrar Miles ontem, ele não demonstra.

— Beleza, agora os comentários — eu digo, passando a mão no cabelo e tentando não soltar um suspiro. — Eric, como eu disse, é melhor você parar com o sotaque. Todo o resto do elenco: vocês estão ótimos, mas alguns estão reagindo um pouco *demais* e está ficando meio melodramático. Tentem baixar um pouquinho o tom, principalmente quando estiverem na frente. Tá, agora vamos tentar de novo.

Todos voltam a suas posições, a não ser os alunos que estão na frente. Eric revira os olhos. Claire se aproxima dele e cochicha alguma coisa em seu ouvido. Ele solta uma risada alta e irritante. Ela volta a me encarar com as sobrancelhas arqueadas, quase como se me desafiasse a falar alguma coisa.

E se Claire souber dos bilhetes? O que eu posso dizer? "Eu sei que você me mandou uns bilhetes bizarros e quero que você pare com isso?" Eles só iam negar tudo. Confrontar qualquer um dos dois apenas deixaria ainda mais claro que não sei o que estou fazendo.

Assim que o ensaio termina, jogo a mochila no ombro. Miles me emprestou o moletom de capuz dele, como se estivéssemos numa comédia romântica dos anos 80 — não que eu esteja reclamando. É branca e azul, as cores da nossa escola, e fica muito grande em mim. Gosto que ela tenha o cheiro dele e seja quentinha, como ele.

Eu disse para ele me encontrar do lado de fora, mais para que Eric e Claire não nos vissem. Volto a pensar no jeito que Claire me olhou e lembro que Sarah mandou mensagens contando que eu tinha HIV para cinco meninas diferentes logo depois que contei para ela. Sarah destruiu nossa relação quando contou meu segredo. Mas Claire e eu mal nos falamos, então ela não tem nada a perder com esse terrorismo.

Miles aparece ao meu lado, pegando minha mão.

— Oi — ele diz, com uma gota de suor descendo pela testa. Ensaiamos com os cenários hoje, e pelo jeito ele carregou quase todo o peso sozinho. — Então você está pronta para conhecer os caras?

Ah, verdade. *Tem isso.*

Geralmente eu não me preocupo em causar uma boa impressão. Pelo que vejo, ou acontece naturalmente ou não. A primeira vez que vi Sarah tudo correu da forma mais normal possível. Ela era a veterana que me levou para conhecer minha antiga escola antes do início das aulas. Eu não esperava que ela fosse uma pessoa completamente horrível, mas isso só prova que as coisas são assim mesmo.

Mas são os amigos do Miles. Eu gosto do Miles. Quero que os amigos dele gostem de mim ou, na pior das hipóteses, me tolerem.

— Você está parecendo tão assustada — Miles comenta diante do meu silêncio, balançando a cabeça. — Não fica. Não é nada de mais.

— Talvez não seja pra você — resmungo, dando de ombros e tirando o capuz. Não é ele quem vai conhecer pessoas novas. Se os companheiros do time me odiarem, será que ele vai passar a me ver de outra forma? Conhecê-los deve levar só uns cinco minutos; tudo o que preciso fazer é sorrir e acenar. Eu aperto os lábios e enfio as mãos nos bolsos.

Do lado de fora, já há jogadores em campo. Meus olhos se fixam ao número vinte e quatro. Ele joga com um ar gracioso, correndo pelo meio dos outros jogadores e embalando a bola. Aí ele tromba num outro cara e o encanto se perde.

Abro a boca para dizer outra coisa, mas a fecho quando um garoto se aproxima correndo. Ele tira o moletom das mãos do Miles, olhando para ele com um sorriso idiota.

— *Aaaah*, esse é o moletom da sorte? Ainda deve estar com o cheiro dela — ele provoca, me olhando. — Foi por isso que você deixou ela pegar o moletom emprestado?

— Cala a boca — Miles diz, empurrando o colega. — Nunca mais te conto *nada*, juro por Deus.

O cara sorri para mim, e eu dou uma risada abafada. É bom saber que os meninos não são tão diferentes de mim e das minhas amigas. Miles pega o moletom e vira de costas.

— Toma. — Ele estende o moletom na minha direção. — Ele dá sorte.

— Porque tem o meu cheiro? — Eu pisco. — Eu tenho cheiro do quê, Miles?

Ele coça a nuca, como se estivesse com vergonha. Quando ele dá um passo adiante, eu encosto o tecido no nariz. O cheiro dele continua presente — desodorante e suor e alguma coisa morna, tipo madeira.

— Oi, gente — Miles diz. Devo estar com sorte, porque o treinador não veio. Sem dúvida essa cena ia ser ainda mais estranha com ele. — Esta é a Simone.

São uns dez caras, todos com suas ombreiras e agasalhos do time. Alguns estão de capacete, mas o tiram para enxergar melhor, acho. É estranho pensar que estão olhando para *mim*. Eu mal olho para eles quando os vejo pelos corredores da escola com seus agasalhos e seus bastões de lacrosse que ocupam todo o espaço.

— Oi. — Eu aceno. — Sou a Simone.

Eles resmungam todos ao mesmo tempo, e palavras como "oi" e "prazer" se embaralham.

— Esse é o Ryan. — Miles aponta para um garoto branco no final da fila, e depois continua: — Monstro, Greg, Kevin, Polvo, Tom, Dylan, Will e Chad.

Tom, um menino japonês com quem eu converso na aula de matemática, é a única pessoa de minoria étnica do grupo. Todos os outros são brancos. Não sei como Tom e Miles lidam com isso. No resto da escola tem bastante diversidade, e eu não costumo ficar sozinha numa sala cheia de gente branca, o que com certeza é uma evolução depois da minha outra escola, onde eu quase sempre era a única menina negra. Estar num grupo majoritariamente branco me deixa incomodada. Parece que eu fico mais vulnerável. Olhando pelo lado bom, esses são os amigos do Miles, não os meus. Ele não sai com Claudia e com Lydia, e eu não vou sair com esses garotos. Forço um sorriso, me controlando para não comentar sobre os apelidos Monstro e Polvo.

— Ah, que gracinha, o Austin tem uma namoradinha — um deles diz. Não lembro o nome dele, porque é meio difícil decorar tudo. Ele coloca o capacete de novo, bagunçando o cabelo. — Olha você, fazendo amizade no grupo de teatro... Que fofura.

— Cala a boca, Greg — outro cara se intromete, correndo de frente para trás. — Foi um prazer conhecer você, Simone.

— Gostei do seu cabelo — um menino sardento diz. — Bonito.

— Ah. — Coloco uma mecha atrás da orelha, mas ela sai do lugar. — Obrigada.

— Eu sempre quis ficar com uma menina negra — ele prossegue. — Acho que deve ser mais divertido.

— O quê? — Arregalo os olhos, inclinando a cabeça para o lado. Não passou nem um minuto inteiro e a babaquice já começou. — Como assim?

— Chad, que porra é essa? — Miles retruca. Ele dá um passo adiante, como se tentasse me bloquear ou algo assim.

Eu o empurro para o lado com o ombro, mas ele mal se mexe.

— O quê? — Chad diz, levantando as mãos. — Não é nada de mais. Só estou *falando*... Meninas negras são diferentes. Mais safadinhas, sabe?

— Não. — Miles é curto e grosso. — Não sei.

— Eu não sou uma experiência cultural para um menino branco aleatório — eu digo, cruzando os braços. — E, antes que você saia por aí procurando, já adianto que não conheço nenhuma menina negra que se sujeitaria a isso.

O resto do time fica em silêncio. Não sei o que isso significa. Talvez não saibam o que dizer. Talvez pensem a mesma coisa e não queiram se envolver na briga. Seja qual for a razão, isso me faz lembrar por que não gosto de ambientes cem por cento brancos. Eu sempre tenho que ficar na defensiva, pronta para alguém dizer ou fazer alguma besteira, mesmo nos ambientes que parecem mais "seguros".

— Olha, tudo bem se você não entende, Austin — Chad prossegue, dando de ombros. — Mas eu com certeza vejo a diferença.

— Meu Deus do *céu* — me irrito. — Vai se foder.

Dou meia-volta. Não tem a menor chance de eu continuar ouvindo isso. Já sei onde esse papo vai parar: ele vai continuar dizendo que não foi nada de mais. E, como estamos rodeados de gente branca, ele vai sair dessa numa boa.

Miles chama o meu nome, mas eu não paro. Também estou brava com ele. E daí se ele não teve culpa? Esses caras são os *colegas* dele. Tenho certeza de que eles já tinham falado muitas vezes que as garotas negras são mais *divertidas* se o cara quiser só curtir. E será que Miles já falou para eles que isso é errado? Ou será que ele não fez nada e ainda por cima riu?

Volto para a escola, mas os passos pesados do Miles me alcançam.

— Desculpa, Simone — ele diz. Eu não me viro para encará-lo. — Ele é um escroto.

Eu me apoio na parede, ainda sem olhar para ele.

— Ele não deve ser o único.

— Ei... — Ele fica parado na minha frente, me obrigando a olhar para ele. — O que você está insinuando?

— Ah, você sabe, Miles — eu digo, me afastando. — Não finge que ele é o *único* cara que "sempre quis ficar com uma menina negra". Eles já falaram esse tipo de coisa antes, não falaram?

— Como você sabe? — ele pergunta. As palavras saem rápido demais. Eu sei que a carapuça serviu. — Você não conversa com eles. Essa é a primeira vez que vocês se viram.

— Eu só *sei*. — Tento passar por ele, mas ele dá um passo para o lado, me bloqueando com o corpo. — É... Miles, não é só comigo. Eles devem falar coisas idiotas pra você o tempo todo e você só deixa pra lá. Não entendo como você pode amar tanto o lacrosse, que é um esporte exclusivo para homens brancos.

O olhar dele fica mais sério.

— Eu gosto de lacrosse — ele diz. As mãos dele se fecham e depois se abrem de novo. — E até onde eu sei eu sou negro, então não é "exclusivo para homens brancos". E tem, o que, *cinco* alunos negros nos ensaios do teatro? Eu também percebo essas merdas, mas nunca falo nada porque sei que você gosta de teatro.

— Não tenta inverter a situação — retruco. — Isso não é problema meu.

— Do que você está falando? — Ele balança a cabeça, embasbacado.

— A única pessoa que está com algum problema aqui é você.

Já ouvi esse tipo de coisa de gente branca. Essas pessoas não entendem por que eu odeio quando os outros encostam no meu cabelo, ou quando pensam que estou fazendo drama quando conto que sou seguida quando entro em lojas. Mas o Miles é negro, igualzinho a mim. Não entendo como ele pode não entender.

— Deixa pra lá. — Enfio as mãos nos bolsos. Talvez eu consiga descobrir onde Claudia e Lydia estão, e aí a gente pode ir comer alguma coisa. — Até mais tarde.

— Não, vai, para com isso. — Ele agarra meu braço e eu me solto. — Fala comigo. Eu não entendo.

— Você não *entende*? — Minha voz fica mais alta. — Miles, se um deles visse você na frente da casa dele à noite, ia chamar a polícia. Sabe por quê?

— A questão não é essa. Nem tudo precisa girar em torno disso o tempo todo. A questão é o jogo.

— É que... — Minha voz vai enfraquecendo enquanto solto um suspiro. — Ia me incomodar, é só isso que estou dizendo. Ficar numa boa com eles, sabendo o que eu sei.

— Eu não penso nisso o tempo todo. — Ele fala com a voz suave. Por um segundo, eu me sinto uma babaca. — Você não acredita em mim, mas é fácil esquecer tudo isso no campo. É que nem o ensaio. Somos todos do mesmo time. Essas coisas não têm importância quando estamos lá, todos juntos.

— Miles. — Baixo a voz. — Eu queria...

Eu respiro fundo. Como vou dizer isso?

— Não sei — eu finalmente digo. — Ser uma pessoa negra não devia ser um assunto que você precisa esquecer.

— Não, não é isso que eu quero dizer. — Ele balança a cabeça. — O que eu quero esquecer... não é o fato de eu ser uma pessoa negra. É a forma como as pessoas me olham. Elas *esperam* que eu seja agressivo quando estou em campo. É diferente de quando as pessoas veem um menino negro e grandão andando na rua. Entende?

Eu entendo, sim. Às vezes eu queria não ter HIV, não precisar me preocupar em revelar essa informação antes de transar, mas acima de tudo eu queria poder me livrar das reações das outras pessoas. Não é justo que eu fique brava porque ele ama alguma coisa. Não é o Miles quem sai por aí falando merda.

Pego a mão dele, passando o dedão nas juntas dos seus dedos. Os dedos dele se encaixam nos meus.

— Você é totalmente diferente dos meus pais — ele diz, quase como se pensasse nisso só agora. — Eles são... Nossa, eles são muito exagerados. Meu pai não queria que eu entrasse para o time de basquete. Acho que também foi por isso que eu escolhi o lacrosse.

— O quê? — Levanto uma sobrancelha. — Por quê?

— Eles não queriam que eu reforçasse o *estereótipo*. — Ele revira os olhos. — Eles ligam muito para isso. Para essa coisa de não se tornar o estereótipo. Eu tenho que ser *melhor* que isso.

— Caramba — continuo, falando baixo. O papito talvez ficasse irritado se eu entrasse para o basquete, mas só porque ele não suporta esportes. Não acho que ele se importe com o que eu faço, desde que eu esteja feliz. — Que pesado.

Ele ri. Uma mão começa a se aproximar de um cacho de cabelo meu. Eu me inclino para a frente, deixando que ele brinque com meu cabelo. Já começou a crescer de novo.

— Eu entendo — ele diz. — Às vezes é difícil aguentar. Acho que as pessoas racistas não estão nem aí se eu jogo lacrosse ou basquete, mas minha mãe e meu pai discordam.

— Eu sei como é. Eles querem que você seja o melhor. Sabe? Mais do que um estereótipo — eu digo, olhando para nossas mãos. — Só que você já é. Eles não precisam se preocupar.

— Cuidado. — Ele fala com uma voz suave, como se tivesse medo de falar. — Assim parece que você voltou a gostar de mim.

— Eu não cheguei a deixar de gostar.

Ele me olha demoradamente. Eu devia dizer alguma coisa engraçada, mas minha mente está tão vazia que chego a me preocupar.

— Espera. — Miles me dá um susto, se sentando de repente no chão do vestiário e erguendo a barra da calça jeans. — Eu quero te mostrar uma coisa.

— O que você está fazendo? — Meus olhos se alternam entre as mãos e o rosto dele, mas ele não me olha nos olhos. Se ele quisesse ficar pelado na minha frente, acho que haveria maneiras mais fáceis. — Miles...

Agora eu vejo: uma cicatriz enorme, com uma cor tão clara que parece fora de lugar. A cicatriz não tem um formato legal, tipo a que o Harry Potter tem na testa, nem parece completamente curada. Parece que vai se abrir ao meio se eu encostar na pele. Parece que ainda dói. Eu me encolho de aflição.

— Os médicos precisaram abrir essa parte para consertar o osso — ele diz, dando uma palmadinha logo acima da cicatriz. — Eu achei que fosse ficar com uma cara melhor quando eu tirasse o gesso.

— É, bom... Pelo menos seu rosto continua igual.

Caralho. Por que eu não penso nas merdas que saem da minha boca? Olho para cima, horrorizada.

— Nossa. — Miles apenas sorri para mim, balançando a cabeça. — Que reação emocionada.

— Não é nada de mais. — Dou de ombros e chego mais perto dele. — Se não incomoda você, não me incomoda. Todo mundo tem alguma cicatriz. Sabe?

— Sei. — Ele morde o lábio. — Eu só queria te mostrar. Eu não tenho HIV nem nada, mas você merece ver uma coisa que eu nunca tinha mostrado pra ninguém. Todos os caras me viram na hora em que me machuquei... Um babaca do outro time veio pra cima de mim, e o resto do time dele basicamente me atropelou... Mas eles não chegaram a ver a cicatriz.

— Ah.... — Acho a cena estranhamente bonita, apesar de ter parecido muito dolorido. — Bom, fico feliz que você tenha me mostrado. É uma honra.

É brincadeira, mas ele não sorri. Percebo que ele precisava ouvir isso.

Agora ele está mais perto de mim, e seu ombro bate no meu. Às vezes, quando Miles senta do meu lado, parece que o corpo dele é capaz de bloquear todo o resto. Como se ele pudesse impedir que qualquer coisa ruim exista só por estar aqui.

Ficamos em silêncio, apoiados um no outro, e a gravidade desse momento me vem à cabeça. É mais que um momento bonito. É tipo... o jeito que meus pais às vezes se olham, uma coisa que a gente vê numa história de amor cheia de simbologia e declarações apaixonadas.

Ou talvez eu esteja levando tudo isso muito a sério. Pigarreio.

— Mas você sabe que você não é a única pessoa que sabe que eu tenho HIV, né? — Quebro o silêncio. — Então o meu não é totalmente segredo, como o seu. Você tem que parar de me humilhar!

— Ei. — Ele se vira para olhar para mim. — Não se preocupa com isso. Eu quis te mostrar mesmo assim.

Parece que ele é melhor que eu nesse tipo de coisa — ele sempre sabe dizer a coisa certa. Levo a mão dele até minha boca, beijando as juntas dos dedos. Ele fica me observando com seus olhos escuros. Só porque ele é melhor que eu nisso, não quer dizer que eu não possa tentar.

— Vamos — eu digo, puxando o braço dele. — Vamos sair daqui.

* * *

O Fisherman's Wharf é um ponto turístico, e, se tem uma coisa que eu odeio mais do que meninos brancos racistas, essa coisa é um ponto turístico. Eles vivem lotados de turistas confusos com suas câmeras e cheiram a criaturas marinhas mortas e comida frita. Junte isso ao fato de estarmos num sábado e o resultado é uma hora inteira de irritação. Eu nunca teria vindo aqui por vontade própria. É isso que eu ganho por ter deixado Miles escolher o lugar.

— Ah, para, *vai*. — Ele nota minha expressão e me envolve com o braço. — Não faz assim. Eu queria fazer alguma coisa divertida. Pensei que a gente podia ir à Praça Ghirardelli tomar sorvete, sei lá.

Não é a primeira vez que ele põe um braço no meu ombro, e acho que nunca vou me acostumar com isso. Mas eu *gosto* quando Miles encosta em mim. Gosto que ele seja mais alto que eu, e que eu possa me apoiar nele. Eu gosto disso mais do que eu imaginava que pudesse gostar.

— Simone? — Ele me cutuca. — Você quer ficar?

— Você já parou pra pensar no quanto San Francisco é bizarra? — Encosto no braço que está me abraçando. — Tipo, eu adoro aqui. Mas é uma cidade cara sem motivo nenhum e quase todo mundo é pobre. A não ser, tipo, os caras que trabalham com tecnologia.

— O meu pai e a minha mãe trabalham com vendas. — Miles sacode a cabeça. — Ainda assim, não sei como eles conseguem. Eu não vou conseguir ser como eles.

— Por que não? — Levanto a cabeça e olho para ele. — Você é inteligente.

Se o Miles está com medo de não ser capaz de viver trabalhando com *vendas*, logo com vendas, como é que eu conseguiria viver sendo diretora de teatro? Como é que eu poderia chegar à Broadway, tendo que pagar comida e moradia, sem ficar completamente falida?

— Pessoas inteligentes nem sempre ganham dinheiro — ele argumenta. — Pessoas negras são inteligentes e, tipo, somos todos pobres, porque... você sabe por quê. Até os negros ricos têm menos dinheiro do que os brancos ricos.

Eu queria que houvesse alguma forma de desligar o racismo. Eu nunca escolheria não ser negra, mas, se pudesse controlar a forma como a sociedade nos molda, eu o faria sem pensar duas vezes.

— Eu sei — digo, suspirando. — É que eu...

— Simone? O que você está fazendo aqui?

Levanto a cabeça e franzo o cenho. Ralph, do grupo de apoio, está na minha frente com cara de surpresa. *Caralho*. Se eu o tivesse visto antes, teria encontrado algum lugar para me esconder. A última coisa que eu quero é ouvir um daqueles comentários condescendentes dele agora que estou com Miles.

— Oi, Ralph — cumprimento por entre os dentes. — Esse é o Miles. A gente...

— *Miles*? Caramba — ele diz, estendendo a mão. — Eu nunca tinha visto você por aí.

Lá vai ele de novo, me interrompendo como nos velhos tempos.

— Vocês dois se conheceram no grupo? — Ralph pergunta, dando uma palmadinha no braço do Miles. Ele me olha fixamente. — Acho que eu teria percebido se alguém novo tivesse entrado

Fico olhando para ele. Nós dois sabemos que Miles não é do grupo.

— Não. — Miles me olha com as sobrancelhas arqueadas. Deixo escapar um longo suspiro. — Humm, eu e a Simone estudamos juntos.

— *Ah, tá.* — Ele volta a me olhar, boquiaberto. Quase consigo ouvi-lo ligando os pontos mentalmente. — Você deve ser o cara de quem a Simone estava falando da última vez.

Eu *odeio* esse menino.

— Olha, Ralph...

— Bom, eu espero que dê tudo certo. — O sorriso dele é tão falso quanto a árvore de Natal que estamos usando na peça. — Legal ver você, Simone. E um *prazer* conhecer você, Miles.

Ele sai andando antes que eu possa dizer qualquer coisa, o babaca de merda.

— Peraí. — Miles pisca diante da silhueta cada vez mais distante do Ralph. — *Quem* é ele? O que acabou de acontecer?

— Ele é apenas a pior pessoa na história do mundo — eu resmungo, jogando a cabeça para trás. — A gente participa do mesmo grupo de apoio. É uma longa história.

— Você falou sobre mim num grupo de apoio?

— Bom, sim. — Dou um passo adiante. — É um grupo de apoio para pessoas com HIV. Eu estava muito nervosa porque... enfim... porque ia contar pra você.

— Ah... — É difícil decifrar a expressão dele. Está com as mãos nos bolsos e ergue a cabeça para ver as gaivotas que voam à nossa volta.

Minhas bochechas estão quentes. O grupo nunca tinha sido algo constrangedor, mas, até aí, eu nunca tinha falado sobre o grupo para um menino. Poxa, eu quase não falo *no* grupo. Eu quase penso que não deveria ter falado nada — mas aí eu nunca teria tido coragem de contar ao Miles. Ele precisava saber de tudo, mesmo que tenha sido um momento de extrema agonia; estou feliz que ele saiba. Mas isso não me deixa menos constrangida. *Aff*, o Ralph que se dane.

— Espera. — Ele estende as mãos, que roçam a minha. — Simone.

Eu me permito olhar para ele. Seu sorriso não está tão alegre quanto costuma ser. Parece que os lábios dele querem fazer uma cara triste, mas ele está tentando evitar.

— Não precisa ter pena de mim. E eu juro que eu não disse nada esquisito. Eu só queria um conselho.

— Eu não... Não, não é isso. — Ele engole em seco. — Parece que me contar foi muito difícil pra você.

— Foi. — Eu coço a nuca. — Foi mesmo.

— Mas eu fico feliz. — Ele faz desenhos com o dedo indicador no dorso da minha mão. — Que você tenha falado, eu quero dizer. Fico muito, muito feliz.

De repente fica difícil engolir saliva. Passei tanto tempo pensando no que ele ia pensar e em como ia reagir. Nunca cheguei a *pensar* que isso fosse possível. Umedeço os lábios, abaixando a cabeça e olhando para nossas mãos. Faz pouco tempo, mas acabei me acostumando a vê-las entrelaçadas. Elas se complementam.

— Eu também — eu digo, com a voz emocionada. — Fico feliz que você tenha me ouvido.

22

—Você ainda usa o armário?
— Ah, sim — respondo, girando a combinação do cadeado.
— Quando foi que eu disse que tinha parado?

Estamos apenas no meio de novembro, mas parece que a época das chuvas já começou. Os alunos passam pelos corredores pingando, carregando capas de chuva e sombrinhas. Não sei como, mas Lydia usa o casaco impermeável dela o dia inteiro, como se fosse a última moda. Claudia não está nem aí. Ultimamente ela vem se esforçando para não me olhar nos olhos, e tem sido assim desde que dei bolo nelas e não fui à reunião da AGH.

Eu esperava que ela me atacasse de surpresa ou ficasse reclamando que sou uma amiga horrível, sei lá, mas ela não fez nada disso. Ela só parou de falar. Lydia olha para ela de vez em quando, como se tentasse estimular Claudia a falar comigo, mas não funciona.

Ela não pode me ignorar pra sempre. Né?

— Eu só não acho que seja uma boa ideia, desde que você começou a receber aqueles bilhetes — Lydia diz. — Dá uma sensação estranha. Parece que você vai cair numa armadilha.

— Não tem problema — eu digo, tirando meu casaco. Até onde consigo ver, não há nenhum bilhete. Solto um suspiro de alívio. — Sério. Não tem nada aqui.

Não é com meu armário que Lydia devia estar preocupada, porque depois aquele bilhete apareceu na minha casa. Mas ela não sabe disso. Ninguém sabe. Se eu contasse para ela, ela contaria para a diretora por mim, e aí todas as secretárias saberiam da minha vida. Imagina a velocidade com que essas notícias se espalham pela sala dos professores?

— Sério. Eu cuido disso.

Pelo menos é isso que eu tenho repetido para mim mesma.

— Mas e o Miles?

Meus olhos procuram Claudia na mesma hora. Ela está me encarando, pela primeira vez em séculos.

— Humm... — Eu puxo as alças da minha mochila. — O que tem ele?

— Ele sabe dos bilhetes?

— Não.

— Talvez ele devesse saber.

— Por quê? — eu pergunto, apertando os olhos.

— Você está recebendo esses bilhetes *por causa* dele — ela rebate. Depois, falando mais baixo: — E também está ignorando a gente por causa dele.

— Quê?

Ela levanta uma sobrancelha, como se me desafiasse a dizer que é mentira. Eu reprimo um grunhido.

Não é culpa do Miles que eu tenha abandonado a AGH — foi culpa minha. Não quero que ela bote a culpa nele. Quero contar para ela como é namorar Miles oficialmente, como é quando a gente fica se olhando de lados opostos da sala durante a aula de nível avançado de história dos Estados Unidos, apostando para ver se ninguém pega a gente no flagra. Quero contar para ela como é ficar passando e repassando o moletom da sorte entre nós, e como eu finjo que não fico sentada pela casa com o moletom, sentindo o cheiro do Miles em mim quando vejo TV. Mas eu sei que Claudia não quer ouvir.

— Juro por Deus, você se perdeu *demais* — ela diz. Andamos pelo corredor, com Lydia à esquerda e eu à direita, como sempre, mas a tensão entre nós está longe de ser normal. — Será que você é capaz de pensar em alguma outra coisa?

— Foi *você* quem falou nele — eu digo, equilibrando meus livros em uma das mãos e segurando o casaco na outra. — E, enfim, você sabe que eu penso em outras coisas.

— Tipo o quê?

— Tipo... musicais — respondo. — E comida. Eu vivo pensando em comida.

— É por isso que você sai sempre com ele? — Lydia levanta uma sobrancelha, provocando. — Porque ele compra comida pra você?

A voz dela me surpreende. Quase me irrita. Ela e Claudia eram amigas antes de eu chegar. Se tem alguém que pode fazer Claudia me deixar em paz, é ela. Mas ela não fala nada sobre essa discussão estranha, assim como não disse nada sobre a AGH. Ela só pega um dos livros da pilha que estou carregando.

— Eu pago as coisas — reajo. — Hoje eu vou pagar as minhas coisas.

— Sei, sei — Claudia debocha. — Com certeza você paga.

— Como assim?

— Me surpreende que o Miles ainda não esteja falido — Claudia diz, sem olhar para mim. — Vocês saem para almoçar toda hora. Aposto que ele gasta uma fortuna.

— Tá, o que foi que aconteceu? — Eu paro de andar. — Você ainda está revoltada comigo por causa de sexta? Grita comigo logo pra gente poder resolver isso.

Claudia faz uma careta.

— Eu não...

— Humm, gente?

Lydia segura meu exemplar de *Hamlet* aberto em uma mão e um pedaço de papel quadrado na outra. *Merda*. Minhas pernas bambeiam e os livros caem das minhas mãos.

Claudia pega o papel e o lê em voz alta.

O Dia de Ação de Graças é daqui a menos de duas semanas. Termina com ele.

— Quem é esse babaca, caralho?

Meu estômago revira. Engulo em seco para não vomitar.

— Eu sinto muito, Simone — Lydia diz, se agachando para ajudar. — Eu pensei que tinham parado de mandar esses bilhetes

Eu estava torcendo por isso. Não tenho coragem de encostar nos outros livros. Como foi que essa merda de bilhete acabou ali dentro? É impossível que alguém tenha enfiado esse pela abertura, como os outros.

Pensei que contar ao Miles tiraria um pouco do poder da pessoa que manda os bilhetes, mesmo assim ela ainda pode contar meu segredo para todo mundo. De certa forma, pode acabar sendo pior do que foi na minha antiga escola. As pessoas não iam só pegar no *meu* pé; elas também iam atazanar as minhas amigas e o Miles.

Sinto um arrepio dos pés à cabeça. Nunca vi o Eric chegar perto do meu armário.

— Por que você não conta *para a diretora?* — Lydia pergunta. — Essa situação não vai se resolver sozinha. Eu sei que você não quer, mas não acho que possa ser tão ruim que uma pessoa saiba, ainda mais se ela puder ajudar a resolver tudo isso.

— Não — eu digo, num suspiro, pegando meus livros e me levantando. — Não, só se eu não tiver nenhuma outra opção.

— Bom — Claudia diz —, o que mais você pode fazer?

— Eu não sei — respondo. — Eu não sei *mesmo*.

As duas se entreolham por um instante. Lydia e Claudia são as pessoas mais inteligentes que eu conheço, e nem *elas* sabem o que fazer. Contar para a diretora não é uma péssima ideia, mas eu não consigo.

— Aconteceu alguma coisa?

Ouço a voz do Miles e na mesma hora amasso o bilhete. Não tem nenhuma chance de eu deixá-lo ver isso.

— Nada. Só derrubei os meus livros. — Aponto para a pilha com o queixo. — Você conhece a Claudia e a Lydia, né?

— Claro. — Ele franze o cenho. Sei que está óbvio que alguma coisa aconteceu, mas isso não quer dizer que eu precise admitir. — Legal ver vocês. Querem almoçar com a gente?

— Não, obrigada — Claudia responde. Não sei como, mas ela dá um jeito de fingir que está tudo normal. É um talento que ela tem. — A gente tem uma reunião da AGH.

Levanto os olhos. Ela está sorrindo, mas não consigo retribuir o favor.

— Eu esqueci — eu digo com uma voz dura — Mas vocês podem vir mesmo assim, se o Miles não se importar.

Claudia comprime os lábios, mas não diz nada. Ambas sabemos que não penso de verdade que ela vai almoçar com a gente. Sei disso porque há algo nos olhos dela, e pela forma como Lydia olha para ela com nervosismo. Mas será que elas podem mesmo me julgar? Não é nenhum segredo que não temos saído juntas tanto quanto antes, mas não é como se eu estivesse *ignorando* as duas. Poxa, eu tenho direito de almoçar com pessoas que não sejam a Claudia. A questão não é só ter namorado ou não.

— A gente pode ir para a minha casa — Miles sugere. Ele fala com um tom hesitante, como se soubesse que está se metendo numa briga. — Fica aqui perto, e podemos comer um sanduíche.

— Não, não precisa. A gente tem que ir pra AGH — Lydia diz, cutucando a costela da Claudia. — Não é, Claude?

— Pois é. — Ela não tira os olhos do meu rosto. Não sei direito *quando* foi que isso aconteceu, nem por que precisa acontecer *bem agora*. — Vão vocês. *Aproveitem* bastante.

Reviro os olhos, dando de ombros.

Lydia faz uma careta. Claudia sai andando pelo corredor, e nem se dá ao trabalho de olhar para mim mais uma vez.

23

— Tenho direito a alguma dica?

— Nenhuma — Miles diz do outro lado da linha. — Confia em mim. Me encontra no Dolores Park daqui a uma hora. Não precisa levar cadeira!

— Eu não estava pensando em levar cadeira.

— Que bom — ele encerra. — Até lá.

Estou um pouco desconfiada, principalmente porque ontem ele passou o dia inteiro me mandando mensagens estranhas ("Qual é o seu petisco preferido? Numa escala de 1 a 10, o que você acha do Hugh Jackman?") e ficou me olhando e sorrindo durante o ensaio de sábado, hoje de manhã. Tipo, ele sempre sorri para mim, mas agora foi bem diferente.

— Não esquece de me mandar mensagem quando chegar lá — o papito pede. — O parque sempre fica cheio aos sábados e não estou gostando desse mistério todo.

— Bom — eu digo, pegando minha mochila. — É só o parque.

— Certo. — Ele aperta os olhos. — Essa é alguma gíria nova para falar de outra coisa?

— *Aff*. Tchau, papito.

Não é incomum que o Dolores Park fique cheio, já que um monte de gente se encontra lá. O que é incomum é a quantidade de pessoas com cestas e toalhas de piquenique. Será que todo mundo decidiu fazer um piquenique coletivo gigante ou algo assim? Não duvido que San Francisco seja capaz disso.

Miles está esperando perto da entrada. Ele também trouxe uma cesta de piquenique. Mordo o lábio para fingir que não estou sorrindo.

— A gente vai fazer um piquenique coletivo?

— Quê? — O rosto dele se enruga. — Não. Quer dizer, acho que é uma forma de encarar, mas não é nada disso, não. Vem cá, vai.

Não sei até quando esse mistério precisa durar. Estamos andando há um ou dois minutos quando o telão gigante montado ao ar livre se revela. As pessoas estão espalhadas em cobertores diante da tela, conversando e comendo.

— Uau — eu digo, olhando para a tela. — Eu não sabia que faziam isso aqui.

— Cada vez fazem num parque, então não é sempre aqui — Miles diz. Ele hesita e algumas pessoas passam por nós. — Espera, você ficou surpresa mesmo? Eu pensei que tivesse dado para adivinhar pelas mensagens.

— Ah, de jeito nenhum. — Uma risada se infiltra na minha voz. — Poxa, como eu ia adivinhar? "Não leva cadeira"? Eu não fazia a mínima ideia.

— É proibido trazer cadeira! — Ele gesticula em direção às pessoas sentadas sobre cobertores. — Pensei que tivesse ficado claro que eu estava falando do parque.

— Meu Deus... — brinco. — Por que eu ia trazer uma cadeira para o parque, pra começo de conversa?

— Sei lá — ele diz, ficando em silêncio. — Eu só queria garantir que fosse legal.

Meu coração meio que derrete.

— Vai ser, sim — eu digo, com a voz suave. — A não ser que eles passem alguma coisa horrível, tipo *Cats*.

— Mas existe algum filme do *Cats*?

— Jesus — balbucio. — Espero que não.

Encontramos um lugar no cantinho e nos acomodamos num cobertor azul e verde. Ainda não acredito que ele tenha trazido uma cesta de piquenique, e ainda por cima uma cesta que parece saída de *A noviça rebelde*. Quero tirar uma foto da cesta e mandar para Claudia e Lydia, mas não posso, por causa da nossa briga ridícula. Então só vou ficar sorrindo até o meu rosto cair.

— Temos pipoca — Miles diz, tirando os alimentos de dentro da cesta e os distribuindo no cobertor. — Refrigerante de laranja.

— O melhor que existe.

— Com certeza. — Ele sorri. — E eu tentei fazer sanduíches de peru, mas pode ser que estejam horríveis.

Olho para o objeto fálico embrulhado em papel alumínio e tento não rir.

— Mas dá pra errar um sanduíche?

— Bom... — ele diz, soltando o ar. — Você está cheia de perguntinhas hoje, né?

Tem mais uma pergunta que eu quero fazer — para ser mais específica, quando ele começou a planejar tudo isso —, mas o telão começa a piscar.

— Espera. Que filme é esse?

— *Simone.* — Miles leva a mão ao peito. — Você quer que que eu dê spoiler?

— Não conta como spoiler — eu protesto. — A gente já está aqui.

— Não vou contar — ele diz, colocando pipoca na boca. O telão continua piscando, mas o público começou a aplaudir. — Se você odiar, só me conta depois que acabar.

— Prometo que não vou odiar. Eu não conseguiria.

Nesse momento ele sorri para mim, e eu sorrio de volta feito uma criancinha.

— Dolores Park! — uma voz declara. Levanto a cabeça e vejo uma pessoa em pé na frente da tela. — Bem-vindos à Noite do Cinema! Todo mundo *preparado* para o incrível filme *Os miseráveis*?

O público aplaude de novo. Eu estava esperando algo mais animado para divertir o público, tipo *Mamma mia!* Olho para Miles, surpresa.

— Não sei se você curte — ele diz, se esticando no cobertor. — Mas até que o Hugh Jackman faz um bom Jean Valjean...

— Espera. — Eu levanto a mão. — Você sabe quem é o Jean Valjean?

— Não sou tão desinformado assim. — Ele dá um sorrisinho triste. — Já ouviu falar no Google?

Ouvem-se os violinos da abertura e todo mundo vai parando de falar. Todo mundo menos eu.

— Mas você disse que até que o Hugh Jackman foi bem — eu digo, sorrindo e apontando um dedo para o peito dele. — Você assistiu ao musical sem mim?

— Assisti antes...

— *Shhh* — uma mulher chia perto da gente. — Vai começar!

Miles abre um sorriso de desculpa, mas eu a ignoro.

— *Grease* e *Os miseráveis* são muito diferentes, Miles. — São coisinhas assim que me fazem lembrar por que eu estava animada para vê-lo, para começo de conversa. — Que orgulho de você! Você está evoluindo no mundo do teatro! Beleza, peraí. Hora do quiz.

Ele revira os olhos, mas inclina a cabeça para o lado, esperando.

Começo a falar mais baixo, quase sussurrando.

— Por que o Jean Valjean acabou na cadeia?

— Porque ele roubou um pão.

— Ele roubou um pão! — Eu junto as mãos. A moça que está do nosso lado olha para nós, já quase bufando. — Acertou! Tá, mais uma.

— Simone...

— Qual era o número dele?

— 24601. — Miles balança a cabeça, pegando um sanduíche. — Na verdade, já estou começando a me arrepender dessa ideia.

— Ah, para com isso — eu digo, me deitando ao lado dele. — Eu nem perguntei do Javert.

Na verdade, essa é a coisa mais fofa que já fizeram para mim. Dizer "obrigada" não parece o suficiente para agradecer, mas não sei o que mais posso fazer. Eu queria conseguir me concentrar no filme. Miles me faz sentir uma coisa quente por dentro, e é difícil acreditar que eu tenha o mesmo efeito nele.

— Miles?

Ele não olha.

— Ei — eu tento de novo, um pouco mais alto. — Miles.

— Humm? — Os olhos dele estão colados à tela. — O que foi?

Ah, vá. O Hugh Jackman é ótimo e tudo mais, mas os vocais dessa versão são completamente fracos em comparação a qualquer produção teatral. É isso que acontece quando apenas três membros do seu elenco têm alguma experiência com teatro musical. E mesmo assim Miles está amando. Que amador!

Beleza. Eu me inclino e beijo o rosto dele.

Ele levanta uma sobrancelha.

— Por que você fez isso?

— Por nada — respondo. — Bom... por causa disso. Achei muito legal. Eu... você é...

Mais do que eu esperava. Melhor do que eu esperava. Bom demais, demais.

— Você é incrível — eu termino. — Obrigada.

— Imagina — ele diz. — Que bom que você gostou.

Ele pega minha mão e a vira ao contrário. Minha pele negra se mistura à dele.

24

— Eu só não entendo por que os seus pais, que são *gays*, resolveram mandar você para um internato *católico*. Não faz sentido.

— *Brie* — Julie a repreende, parando diante do nosso grupo. — Esse é um espaço livre de preconceito, lembra?

— Mas quem disse que eu tenho preconceito? — Brie ergue o ombro num gesto preguiçoso de desprezo. — Eu só falei o que todo mundo aqui pensa.

Reviro os olhos, jogando a cabeça para trás. Julie nos dividiu em grupos menores para discutirmos um artigo que ela imprimiu. É óbvio que não é isso que está acontecendo. Hoje o grupo de apoio está mais agitado que o normal, provavelmente porque Julie comprou um daqueles pacotes gigantes de balas e chocolates que vendem nas lojas de departamentos. Não sei por quê, mas doce faz todo mundo querer participar das coisas.

— Tudo bem, tudo bem — eu digo, esticando o braço para pegar a sacola alaranjada que está dando mais uma volta pelo grupo. Não sei como, mas, depois de falarmos sobre amigos e escola, a atenção acabou se voltando para mim. — Eu sei que parece muito bizarro. Mas é que o meu pai é católico e quis "compartilhar essa vivência" comigo, sei lá.

Julie suspira, balançando a cabeça enquanto se afasta de nós.

— Você não teve, tipo, medo de ir pra lá? — Jack pergunta, segurando o xerox do artigo com as duas mãos, todo aplicado. — Parece uma situação difícil.

Brie dobra o xerox dela, que fica parecendo um caranguejo esquisito com pernas que saem da cabeça. Ralph não veio hoje — graças a *Deus*.

— Sei lá, eles nunca chegaram a ver os meus pais na Nossa Senhora de Lourdes, porque ficava, tipo, a duas horas de distância — explico, organizando meus doces por cor. Os caramelos de laranja ficam em cima da minha cópia do artigo, e os sabores bons *de verdade* ficam no meu colo. — E eu era pequena quando comecei, tinha tipo onze ou doze anos, então pensei que ia ser que nem *Zoey 101*.*

— Faz séculos que eu não vejo essa série. — Jack balança a cabeça. Não sei como, mas ele sempre dá um jeito de parecer interessado no que todo mundo tem para dizer. — A sua escola era mesmo daquele jeito?

— Humm, não... — Tiro uma bala do papel e a coloco na boca. — Eram só meninas, e tínhamos que fazer orações, essas coisas. Não tinha aquelas motos descoladas nem lounges pra gente ficar, nada disso.

— Não sei como você conseguiu. — Brie deixa de lado seu caranguejo, pegando um dos caramelos de laranja. Coitada, não sabe o que está fazendo. — Os meus pais vivem tentando me arrastar para a missa, mas é mais como castigo. Tipo daquela vez que eu tentei roubar o carro do meu pai.

— *Quê?* — Os olhos do Jack pulam e as sobrancelhas quase chegam ao cabelo. Brie dá de ombros mais uma vez, mas eu reparo que ela está sorrindo de canto de boca. Assustar os meninos com histórias de furto é um ótima forma de flertar; isso eu tenho que admitir.

— É que não chegou a ser um castigo — eu digo, com a boca cheia de bala. — Sei lá. Eles me perguntaram se eu queria ir pra lá e meu pai disse que era importante pra ele, então eu fui. Eles não me obrigaram nem nada.

— *Tá bom.* — Brie revira os olhos. — E você está me dizendo que deu tudo certo? Que você só passou tipo o ensino fundamental inteiro lá e ninguém descobriu sobre os seus pais?

Mordo o lábio. Ninguém descobriu sobre os meus pais quando eu estudava no Nossa Senhora de Lourdes, mas descobriram que eu tenho

---

* Série de TV norte-americana que acompanha uma adolescente e seus amigos num colégio interno. Foi transmitida nos Estados Unidos entre 2005 e 2008. (N. da T.)

HIV, e não sei o que é pior. Não sei o que dizer, então começo a tirar mais uma bala do papel.

— Não foi só o ensino fundamental. — Resolvo olhar para Jack, e não para Brie. O rosto dele é simpático, gentil. Brie não é do mal nem nada disso, que nem o Ralph, mas ela nem sempre parece a pessoa mais compreensiva do mundo. — Na verdade eu só saí de lá no ano passado. Agora estou em outra escola.

— Ah... — Jack diz.

Ao mesmo tempo, Brie pergunta:

— Por quê?

Os olhares dos dois se encontram. Não sei se é um momento romântico ou se estão brigando em silêncio. Talvez seja um pouco de ambos.

— Bom, eu... — Minha voz se perde. Porque, sério, o que eu vou falar?

Eu poderia contar uma mentira, e eles provavelmente comprariam. Só que estou *cansada* de guardar segredos. Estou cansada de ficar sozinha, passando por tanta merda sem ninguém para me ajudar.

— Vocês já tiveram algum problema na escola? — Pigarreio. Talvez eu tenha me aproximado mais do que pretendia do tema que Julie tinha planejado. — Tipo, com as pessoas descobrindo que vocês são HIV positivos, algo assim?

É a primeira vez na vida que vejo Brie fazer uma cara triste.

— Nossa, que merda — Jack diz. — Que pena que isso aconteceu com você.

É a primeira vez que vejo Jack falar palavrão.

— É muito... — Minha garganta começa a se fechar, e minha voz sai mais rouca. — É *péssimo*.

Brie arrasta a cadeira e chega mais perto, de forma que o ombro dela fica encostado no meu. Jack se levanta, voltando com o saco de doces inteiro. Se antes eu não estava me segurando para não chorar, agora eu estou. As pessoas deviam ser proibidas de ser tão legais assim.

— Ninguém nunca descobriu sobre mim — Brie diz, enquanto eu pego um mini Snickers. — Mas eu entendo que deve ser uma bosta. Tipo, na aula de saúde, meu professor simplesmente passou um período inteiro esbravejando que o HIV destruiu a África e que a pessoa que tem o vírus corre risco de morte. Nem tocou no assunto das medicações que você pode tomar pra continuar vivo, nem falou que os médicos podem impedir que o vírus seja transmitido, sabe?

Concordo com a cabeça, mas sinto que perdi a vontade de falar. Talvez seja porque não gosto de relembrar em detalhes o que aconteceu no Nossa Senhora de Lourdes, *nem* o que está acontecendo agora. Já me faz bem o suficiente estar com pessoas que me *entendem* de verdade, completamente.

— Odeio isso. — Jack balança a cabeça. — Eu tento corrigir os professores quando eles falam alguma coisa errada, mas esse tipo de responsabilidade não pode recair sobre a gente. Se não vão apresentar todas as informações, não deviam dar uma aula sobre o HIV.

— Nossa, imagina a dra. Khan falando com o meu professor — Brie sugere. — Ela ia deixar o cara no chinelo com os doze diplomas dela, juro por *Deus*.

Estou rindo tanto que corro o risco de engasgar com os doces.

— Ô — Jack diz, entre uma risada e outra —, não fala isso perto da Simone. Ela é católica. É falta de educação.

— Eu não ligo. — Balanço a cabeça. — Sério.

— Dane-se a educação — Brie se irrita. — A Simone não quer saber se eu sou educada.

— Não quero mesmo. Não se preocupa, Jack — eu digo, botando mais uma bala na boca. — Só estou me aproveitando de vocês pra ganhar doce.

O rosto do Jack fica vermelho de tanto rir. Brie me dá uma cotovelada. Eu rio mesmo assim. Talvez o grupo não seja tão ruim.

25

Quando o sexto período chega, no dia seguinte, acabei de decidir que é melhor ir almoçar com Miles todos os dias e parar de tentar convencer Claudia a ser legal comigo. Estamos parados numa calçada perto da casa dele, com um sorvete de morango escorrendo pelo meu braço, e eu tenho a melhor sensação do mundo dentro do peito.

— Ei. — Ele me cutuca, tomando cuidado para não derrubar nenhuma gota da casquinha dele. — O seu está derretendo.

Lamber fios de sorvete derretido da minha mão provavelmente vai deixar tudo um grude só, mas eu lambo mesmo assim. Miles balança a cabeça. Essa história de *namorar* tem vários aspectos incríveis — por exemplo, o fato de Miles pagar tudo, mesmo que eu finja que não quero. Talvez isso me torne menos feminista, mas dane-se. Pagar a conta nos nossos encontros pode ser a versão da taxa rosa* do Miles. Agora o nosso relacionamento ficou automaticamente mais igualitário.

Mas, fora o dinheiro, a melhor parte de namorar é poder olhar para ele em momentos assim: quando ele está com o peito balançando de tanto rir, com os olhos apertados.

Eu sei que trocar minhas amigas por um almoço só está piorando as coisas, mas não sei mais o que fazer. Claudia não responde às minhas mensagens; Lydia responde, mas sempre horas depois da minha primeira mensagem. Talvez isso não chegue a ser uma briga. Mas é a primeira vez que o clima entre a gente fica *estranho*.

---

* "Pink tax" é o nome dado ao fenômeno do mercado de consumo pelo qual as consumidoras mulheres pagam mais do que homens por produtos similares. (N. da T.)

— Vem cá — Miles diz, puxando meu braço. — Você pode lavar a mão na minha casa.

Íamos passar na casa dele de qualquer forma, então tá tudo certo. Aparentemente Miles se ofereceu para levar algumas ferramentas da garagem da casa dele para a equipe técnica usar no ensaio, que será hoje mais tarde. Ele não precisava de uma acompanhante, mas acabei pegando o bonde e vindo parar aqui mesmo assim.

Ainda não sei se estamos aqui só para pegar as coisas. Afinal de contas, "pegar umas coisas" *poderia* muito bem ser um eufemismo. De acordo com a fonte extremamente confiável do pornô online, qualquer situação pode acabar em sexo: fazer salada, dar aula para alguém, jogar futebol... As possibilidades são infinitas. A pergunta não é *se* Miles vê pornô, mas se a gente vê as mesmas coisas.

Não demora muito para chegarmos à casa dele, mas fico o tempo todo olhando à minha volta. Não sei direito o que espero ver — Eric, fazendo vídeos da gente no celular, ou talvez um dos amigos dele. Talvez ele ouça umas fofocas e mande os bilhetes com essas informações. Não sei o que desperta o interesse dele.

Eu quero ficar com Miles, tomar sorvete e assistir a musicais e sair junto da escola. Mas será que isso é mais importante do que proteger meu segredo?

— Meu Deus, Simone — Miles diz, abrindo a porta. — A ideia é comer o sorvete, não beber o sorvete.

A casa do Miles é grande o suficiente para abrigar uma família bem maior, tem garagem e tudo. Em comparação com a casa dele, a minha parece mais uma cabana. Pelo jeito, trabalhar com vendas tem suas vantagens.

— Olha quem está falando. — Eu posso estar bebendo o sorvete derretido da minha casquinha, mas a mão do Miles está com tantos rastros de baunilha que parece uma camiseta listrada. — Por que a gente não sabe tomar sorvete?

— *A gente?* — Ele balança a cabeça. — Eu só quis te fazer companhia.

Eu o sigo até a cozinha, toda em aço inox tipo as cozinhas da TV. Meu pai ia sentir inveja se visse como é organizada. Somos só três, mas, entre os experimentos culinários do meu pai e a paixão que o papito tem por compras, não demora muito para a nossa casa ficar uma bagunça. Miles aponta para um rolo de papel toalha que está em cima do balcão, fazendo um gesto com a cabeça. Mordo o resto da minha casquinha, estendendo a mão grudenta para pegar o papel.

— Quando eu conheci você — ele diz, lambendo a casquinha dele —, nunca seria capaz de imaginar que você toma sorvete que nem uma criança de quatro anos.

Como se quisesse provar que sou madura, eu mostro a língua. Ele se aproxima para me beijar, mas também está todo melecado, e a colherzinha dele se espatifa na minha coxa.

Ele deveria pedir desculpas, mas a primeira coisa que ele faz é soltar um urro de risada. Quando fica feliz, Miles é tão escandaloso que fico um tempo ouvindo o barulho dentro do ouvido. É difícil não rir junto com ele. Tento alcançar a toalha de papel de novo, mas ele chega antes, pegando um monte e jogando a casquinha dele no lixo.

— Que desperdício — eu digo. Ele se agacha para limpar minha perna. Sinto o calor da mão dele através do guardanapo. O que quer que eu pretendia dizer some na minha garganta. Só consigo improvisar um "deixa que eu limpo" baixinho.

Ele levanta a cabeça e me encara com um toque de malícia nos olhos. A esta altura não sobrou mais sorvete, mas as mãos dele, quentes e ásperas, continuam nas minhas coxas.

— Imagina — ele diz, com a voz baixa. — Estou limpando pelo meu próprio bem.

Isso *com certeza* é um eufemismo.

As mãos dele ainda estão encostadas nas minhas pernas, e, em vez de estar agachado, agora ele está de joelhos. Eu me apoio no balcão para conseguir enxergar melhor. São tantas coisas para olhar — os lábios dele, as pernas compridas perfeitamente dobradas, o jeito que ele olha para as minhas pernas, como se fossem algo que ele quer muito. Quando ele me pega olhando, nenhum dos dois desvia o olhar.

De repente ele está com a boca na minha coxa, sentindo o gosto da minha pele, explorando, deixando beijinhos molhados pelo caminho. Quase sinto cócegas. Ele se aproxima sem pressa nenhuma do meu zíper, e minhas mãos tremem quando o ajudo a tirar meu short. Os olhos dele estão mais escuros, maiores, quando ele volta a me olhar.

— Posso fazer isso?

Eu faço que sim, e fico tão vermelha que meu rosto queima, mas de repente ele se inclina para a frente e minha cabeça se esvazia. Não penso no balcão que está cutucando as minhas costas, nem que estamos na cozinha da casa dele, nem que deixei de almoçar com minhas amigas. Não penso em nada.

Enfio as unhas nas minhas coxas, com as pernas trêmulas. Com uma mão ele puxa a minha, guiando-a até sua cabeça. Eu seguro o cabelo dele entre os dedos e jogo minha cabeça para trás.

O calor se espalha por toda parte: irradia de mim e dele, queima no fundo da minha barriga. Minha respiração começa a ficar difícil, o sangue pulsa nos meus ouvidos. Eu sei que estou fazendo uns barulhos, uns gemidos. Eu não ligo. Miles sempre me deixa feliz, mas isso... Nunca senti nada igual.

* * *

Quando finalmente volto a mim, estamos sentados no chão da cozinha dele, jogados contra um armário.

— Você está bem? — ele enfim pergunta. Parece que ele também está sem fôlego.

Aperto a mão dele, e me debruço para pegar minha calcinha.

— É que... eu não sabia que dava para sentir isso — eu digo. Não é como eu imaginava, sozinha na minha cama à noite. É muito melhor. Parece que estou flutuando, de cabeça limpa e olhos arregalados. Quero que ele também sinta isso. — Mas agora é a sua vez.

— Você não precisa fazer se não tiver vontade — ele diz. Os cantos dos lábios dele se viram para cima, mas as frases continuam saindo. —

Você não precisa retribuir nada. Não é como se fosse uma dívida. Eu só quis...

Antes que eu possa falar qualquer outra coisa, os lábios dele encostam nos meus. É diferente da primeira vez que nos beijamos. Beijar Miles pela primeira vez foi como mandar uma mensagem para alguém pela primeira vez: você escreve tudo direitinho e só fala de assuntos "corretos".

Agora é diferente. Mais solto, mais caótico, como se a gente já se conhecesse.

— Tem certeza? — Miles pergunta, com a voz suave.

— Tenho. Não tem nada a ver com dívida. É porque eu também quero que você se sinta bem.

— Você já me faz me sentir bem.

Reviro os olhos, apesar de estar sorrindo.

— Para com isso, Miles — eu digo, abrindo o zíper dele.

26

Agora que só faltam duas semanas para a noite de estreia, a sra. Klein pirou de vez. No dia seguinte, durante o ensaio, não há nada que eu possa fazer sem que ela queira torcer meu pescoço. Talvez eu entendesse a preocupação dela se estivéssemos um pouco mais atrasados, mas até que estamos indo bem. Os cenários estão completamente pintados e todo mundo decorou as falas. Eu diria que é um sucesso.

— Acho que a gente precisa tentar de novo — a sra. Klein diz, estalando os dedos. Os coitados dos alunos que estão no palco parecem odiá-la tanto quanto Eric me odeia. — Vocês precisam colocar mais *emoção* na voz. Mesmo se você estiver no coro, precisa acentuar suas características faciais. Lembrem-se de que as pessoas estão olhando para vocês!

Claire ficou chateada e nem disfarça o bico, parecendo um peixe. Eu dou uma risadinha discreta. A sra. Klein anda ao nosso redor e eu treino minhas expressões. Não posso nem respirar sem ela me olhar feio. Acho que *qualquer* professor seria melhor do que ela nessa situação.

— Você tem algum comentário, Simone? — o sr. Palumbo pergunta, se virando para mim. — Você anda quietinha.

É porque estou me concentrando em assistir e absorver cada detalhe. Assim que terminarmos de ensaiar a peça pela milésima vez, vou começar a fazer anotações de novo. Neste exato momento, preciso ver o que a plateia veria se a estreia fosse amanhã. Assim terei uma visão diferente.

— Estou em dúvida. — Cruzo os braços. — A única coisa que está me incomodando é a reprise de "I'll Cover You", mas não sei se posso falar sobre isso.

Tão logo as palavras saem da minha boca, eu mordo o lábio, arregalando os olhos. Claro, ninguem gosta da sra. Klein, mas ainda assim ela é professora. Talvez o Palumbo pense que eu sou uma merdinha mal-educada, sei lá. No fim das contas, estou pensando demais nisso.

— Você é uma peça rara — ele diz, com o riso sacudindo a barriga. — O que te incomodou?

Eu suspiro, enfiando as mãos nos bolsos. Parte de mim ainda acha estranho dizer aos membros do elenco o que fazer, e aquela história com Eric piorou tudo. Eu não consigo cantar e não sei atuar, então o que eu sei de verdade? Acho que amar a história tanto quanto eu amo ajuda, mas às vezes fico em dúvida. Com certeza estar na peça é diferente de assisti-la fora do palco — cada lado vê uma coisa diferente.

Eu me concentro no meu lado. O que estou vendo? Os alunos que interpretam Angel e Collins são *bons* cantores, por isso foram selecionados. Mas a maneira como pronunciam o diálogo está muito engessada para uma peça tão emotiva. Mesmo quando cantam, falta emoção. O canto é, tipo, o veículo de emoção mais *puro*. Era para eu sentir a angústia e a tristeza e a saudade *transbordando*.

— É que eu não estou sentindo a emoção — eu explico. — Não sei o que é. Talvez eles não tenham ouvido a gravação do elenco original? É impossível alguém ouvir aquilo sem ser atropelado por um caminhão. Se eles não conseguiram *sentir*, como é que eu vou explicar? Entende o que eu quero dizer?

— Bom — Palumbo diz, suspirando e se mexendo de um lado para o outro. — Minha sugestão seria tentar conectar a mensagem a algo com que eles se identifiquem. Nem todo mundo tem uma experiência pessoal com a aids, mas todo mundo já esteve de luto em algum momento da vida.

— É verdade. — Eu poderia tentar falar com eles sobre a morte. Todo mundo entende isso. Querer evitar a morte faz parte da natureza humana. Mas eu preciso de algo *mais*. — Por que é tão difícil fazer isso?

— Só é difícil porque você se importa muito — Palumbo diz, com um sorriso na voz. — Vai continuar sendo difícil quando você for diretora da Broadway, mas imagina só como vai ser divertido.

O máximo que faço é *sonhar* com isso, mas Palumbo fala como se tivesse certeza.

— Sei lá, a gente não sabe se isso vai acontecer — eu digo, mexendo no meu cabelo. — Nem todo mundo consegue chegar aos palcos da Broadway.

— Mas você pode chegar. — Ele nem pensa duas vezes. — Não duvide de si mesma.

— Eu não duvido. É que... não sei se é realista. Talvez eu estude teatro, se não me obrigarem a subir no palco, mas não sei se devo. Eu poderia só virar enfermeira ou algo do tipo.

— *Enfermeira?*

Dou de ombros e não me permito olhar para ele. Professores que são muito atenciosos e gentis meio que me assustam. Eles começam a saber muito sobre você. No meio da aula, eles te veem sonhando acordado e sabem exatamente o que está pensando. Prefiro guardar certas coisas para mim.

— Eu não quero estudar algo que tenha a ver com arte e que seja difícil e depois acabar afogada em dívidas — admito, cruzando os braços. — Meu pai me contou que só terminou de pagar o empréstimo estudantil com trinta anos.

Ele comprime os lábios.

— É diferente para cada pessoa. Na minha opinião, ou você estuda algo com que se sinta conectada, ou não estuda nada. É melhor amar o que você faz e ser pobre do que ser rica e deprimida.

— Mas e se eu amar o que eu faço e ficar deprimida ao mesmo tempo? — rebato. — Eu não quero chegar aos cinquenta anos morando numa quitinete e ligando para os meus pais pra poder comprar um miojo.

— Isso não vai acontecer — ele diz, balançando a cabeça. — Seja o que for que você escolher... escrever ou dirigir ou até cantar... você vai ser bem-sucedida.

— Você não tem como saber.

Minhas amigas acham que vai dar tudo certo para mim, meus pais acham que vai dar tudo certo para mim — todas as pessoas que são suspeitas para falar. O sr. Palumbo só me conheceu este ano, e já diz isso com tanta confiança. Eu ouço tudo como uma planta que precisa desesperadamente de água.

— Sempre há alguns alunos que têm o que é preciso para chegar lá. — Ele baixa voz. — Você é uma delas, Simone. Você só precisa confiar em si mesma.

Acho que ele tem razão. Se eu dou conta de mudar de escola, de viver com o HIV e de receber aqueles bilhetes ridículos, eu dou conta de qualquer coisa que a vida mandar. E é mais ou menos disso que a música "I'll Cover You" fala, na verdade: do momento em que perdemos a capacidade de lidar com as coisas que acontecem. Os personagens estão contando sobre as perdas físicas e emocionais da aids, numa época em que ninguém queria ouvir sobre essas pessoas. Não sei se isso chegou a mudar de fato.

— Peraí — eu digo para o sr. Palumbo. — Acho que eu tive uma ideia.

A sra. Klein ainda está no palco quando eu subo nele.

— Certo, não se esqueçam de ser rápidos — a sra. Klein diz enquanto passo por ela. — Precisamos ensaiar a peça até o fim antes de irmos para casa.

Eu a ignoro.

— Gente — chamo, fazendo um gesto para que todos cheguem mais perto. — Acabei de pensar em como podemos fazer essa música. Já está quase perfeita, mas assim vai ficar melhor. Vocês confiam em mim?

Eles se entreolham. Fazer o elenco confiar em mim tem sido a parte mais difícil de dirigir a peça. Mas neste exato momento estou tão encorajada, graças ao discurso motivacional do sr. Palumbo, que nem consigo perder tempo pensando nisso.

— Manda! — Rocco diz, virando-se na minha direção. Ele está com uma expressão determinada. Adoro isso nele. Deve ser por isso que eu pensei que ele seria ótimo para o papel de Angel. — Conta pra gente.

Atrás dele estão os outros membros do elenco, alguns mais comprometidos que os outros — mais membros de uma plateia. Eu me obrigo a respirar fundo.

— Acho de verdade que precisamos chegar ao tom de desesperança da música — eu digo. É difícil não ficar com uma voz emocionada quando descrevo como deve ser viver com aids nos anos 80, quando o diagnóstico era praticamente uma sentença de morte. É difícil não pensar nos meus pais, que poderiam ter morrido, que perderam tanta gente.

— Foi praticamente um genocídio. Ninguém começou, ninguém planejou, mas foi uma epidemia que teve como alvo um grupo específico de pessoas — prossigo. — Quando começou a impactar heterossexuais e brancos, passou a ter importância, mas só um pouco mais. Se relacionar com uma pessoa do mesmo sexo e ser uma pessoa não branca com aids... era uma situação de completa desesperança, porque ninguém se importava. Então, encontrar alguém que *entende* o que você vive, que ama você, e depois perder essa pessoa porque ninguém se importa com o que você está enfrentando... Não existem palavras para descrever isso. As músicas falam disso, mas a letra só conta parte da história. É por isso que precisamos ouvi-la na voz de vocês. Entendem?

— Tudo bem — Laila diz, e um sopro de ar sai de sua boca. — Acho que a gente consegue. Não é, Eric?

Eric não responde. Ele está mordendo o lábio, pensativo.

— Estamos prontos para recomeçar? — a sra. Klein, que está atrás de nós, pergunta. — Não quero atropelar as coisas, mas temos que continuar.

Eu cerro os dentes, mas não saio do palco. Não sei se expliquei direito, se é que é possível compartilhar algo assim tão íntimo. Deve ser por isso que as músicas funcionam tão bem — você não precisa explicar uma emoção quando ela irradia dos seus pulmões. É uma coisa que você simplesmente *entende*, mesmo quando não consegue explicar.

— Sim — Eric diz, assentindo. — Vamos lá.

Quando a orquestra começa a tocar, sou invadida por uma onda de emoção. Há um pouco de tudo nas palavras deles — angústia, desespero, paixão. Talvez eles tenham se conectado a algumas dessas coisas antes, mas agora parece que está tudo tão claro em suas vozes. Ouvindo-os cantar, qualquer um pensaria que é algo que eles entendem. Que é algo que eles viveram.

— Nossa — Jesse fala, baixinho, ao meu lado. — Que lindo.

Não consigo não sorrir. Mesmo que eu não saiba cantar como eles, que eu não seja tão talentosa quanto eles, eu ajudei a *fazer* isso. Meu lugar é nesse momento. Só estar *aqui*. Afinal de contas, teatro é isso.

* * *

Eu não esperava que o carro da Claudia fosse o único a estar no estacionamento quando saio do prédio. Não sei direito que horas são, mas o sol quase se pondo me diz que as atividades de todos os outros clubes acabaram há algum tempo. Será que Claudia combinou que viria me buscar? Não lembro. Coloco a mochila no ombro e olho para o meu celular, de cabeça baixa. Há duas mensagens de um número que não conheço, que só tem zeros. A primeira mensagem é uma foto: Miles e eu sentados no carro dele em algum lugar. A segunda é uma mensagem normal: *Semana que vem.*

Meu fôlego fica preso na garganta. O ar não entra nem sai dos meus pulmões.

Agora não são só bilhetes. Eu sabia que alguém deveria estar me seguindo, mas as fotos tornam tudo assustadoramente real. Mas que *caralho* essa pessoa está fazendo para conseguir tirar fotos sem ninguém perceber? Eric não poderia sair da escola no meio do dia para me espiar, poderia? Talvez eu tenha razão e ele arranjou alguém para ajudar — mas quem?

Vou andando até o carro da Claudia com as pernas trêmulas. Ela e Lydia provavelmente vão me dizer para contar tudo para a diretora, mas esse número, 000-000-0000, só pode ser falso. Duvido que a diretora seria capaz de descobrir a origem dele. Talvez Lydia ou Claudia soubessem como fazer isso. Se eu conseguir descobrir quem está ajudando Eric, consigo impedi-los.

— Oi — cumprimento, me sentando no banco de trás. Parece que meus pulmões não conseguem puxar o ar, e falar não ajuda nem um pouco. — Desculpem, eu me atrasei. Esqueci completamente que vocês iam esperar, e aconteceu uma coisa...

Flagro Claudia revirando os olhos pelo espelho retrovisor. Sinto uma pontada no estômago.

— O que foi? — pergunto, me virando para Lydia. Minha pele está queimando, e meu peito começou a chiar agora que consegui voltar a respirar. Eu sei que ela tem estado irritada, mas, *caralho*, agora eu não consigo lidar com isso. — Eu pedi desculpas.

— Eu sei — ela diz, se virando para me olhar. — Mas você poderia ter mandado mensagem, sei lá. Você sabe como essas coisas mexem com a Claude.

Eu sei, mas não fiz de propósito nem nada. Às vezes a gente acaba se enrolando e faz merda. Muitas vezes eu fico esperando Claudia ou Lydia, e nunca é nada de mais. Elas estão me deixando na mão logo quando mais preciso das duas.

— O que deu em você, Claudia? — eu digo, perdendo a paciência. — Desculpa se eu não ando tão presente, tá? Estamos todas ocupadas.

— Claro. — As mãos dela seguram firme o volante. — Ouviu essa, Lydia? Ela anda ignorando a gente porque está *ocupada*. Como se só ela tivesse coisas pra fazer.

Olho para Lydia pedindo ajuda, mas ela só fica olhando para o colo. Tenho vontade de gritar, mas me contento em dar um soco nas costas do banco da Claudia. Ela mal se mexe.

— O que deu em você? — pergunto. — Eu estou tentando *conversar*.

— De repente você pode conversar com o Miles. Duvido que você chegue atrasada quando *ele* está te esperando.

— Isso é *sério*? — Quero obrigá-la a me olhar. — Você está falando merda, Claudia. Isso não tem nada a ver com o Miles.

— É *você* quem está falando merda — ela diz, me encarando. — A gente sabe que tem tudo a ver com ele. Agora a *única* coisa que você faz é falar dele ou sair com ele. Você não liga mais pra gente. Você disse que ia à reunião da AGH e depois *sumiu*, caralho. A gente não vai jantar na sua casa há semanas, e você não respondeu *nenhuma* das minhas mensagens sobre a data da festa do pijama. Tudo porque você começou a namorar aquele menino *ridículo*.

— Ele não é ridículo. — Odeio o jeito que a minha voz treme, ainda mais agora. Miles não fez nada para ela, e ela não merece falar merda dele. — Que foi, você está brava porque eu estou namorando um menino e não uma menina?

— Para, Simone — Lydia diz, reaprendendo a falar. — Você sabe que não é isso.

— Talvez ela não saiba. — Claudia dá de ombros num movimento dramático. — De repente ela é tão egocêntrica que pensa que está sendo oprimida por ser hétero.

— E se eu não for hétero?

Ela fica paralisada por um instante. Não estou respirando.

— Você não pode fingir que é queer só pra gente sentir pena de você — ela diz, enfim, com a boca virada para baixo numa expressão enojada. — *Sério* que você tem coragem de fazer isso? Você quer tanto se dizer oprimida que deu pra inventar umas merdas?

— Peraí. — Lydia estende a mão. — Claudia, isso não é...

— Vai se *foder*, Claudia. — Minha voz está tão aguda que estou parecendo a Christine, principal soprano de O *fantasma da ópera*. — Você não escuta ninguém além de si mesma. Quer saber? Eu sou oprimida *mesmo*. Eu sou negra e talvez seja bissexual, mas só tive uma namorada, então acho que não faz diferença, *não é mesmo*?

Nunca vi os olhos dela tão arregalados. Observo sua voz se contorcer e se abrir, mas nada sai dela.

— Simone — Lydia diz, delicadamente. — Quem era?

Pisco os olhos para não chorar. Meu Deus, nunca contei para *ninguém* o que aconteceu com Sarah de verdade, e agora é o *pior* momento possível de colocar isso para fora. Nunca contei para Claudia porque pensei que ela fosse ficar estranha. Que ela fosse me acusar de mentir é algo que nunca me passou pela cabeça.

— Simone. — A voz da Claudia estremece. — Eu não...

— Cala a boca. — Minha voz está áspera. — Só cala a boca.

— A Claudia não fez por mal. Ela só ficou... surpresa — Lydia diz. Ela fica em silêncio por um longo instante, engolindo em seco. — Você pode contar quem foi. Eu prometo.

— Por que eu acreditaria em você? — eu digo, me voltando para ela.
— Você ficou aí sentada e deixou a Claudia gritar comigo.
— Porque...
— Eu não *ligo*. — Está ficando mais difícil falar com as lágrimas presas na garganta. — Parece que arranjei um namorado e não sei lidar com isso, e, em vez de falar comigo, vocês duas se viraram contra mim. Uma amiga não devia fazer isso. Uma amiga devia continuar agindo como amiga. A Claudia é grossa o tempo inteiro e eu nunca falo para ela terminar com a namorada, porra.

Claudia morde o lábio.

— Não é...

— E pois é, eu tive uma namorada, *sim* — eu digo. — A Sarah foi a primeira pessoa que eu conheci no colégio interno, meu primeiro beijo, minha primeira namorada... Eu pensei que podia contar para ela que tenho HIV, mas ela disse que eu fui egoísta por guardar segredo e contou tudo por mensagem pra cinco outras meninas. No dia seguinte, todo mundo já sabia. A notícia chegou a todos aquelas porcarias de grupos de pais no Facebook. Todas as minhas amigas pararam de falar comigo.

Eu respiro fundo, mas meu queixo não para de tremer. Não era assim que eu queria que elas soubessem sobre a Sarah. Eu ainda não sei o que isso significa; será que ter beijado a Sarah me torna bissexual ou pansexual, ou ainda sou hétero? Tenho que esperar sentir atração por outra menina antes de poder me declarar qualquer coisa além de hétero? Tenho que gostar só de meninas? Posso gostar de pessoas femininas e não de meninas e ainda ser queer? Todas essas são perguntas para as quais eu queria ter resposta, mas agora eu só queria esquecer tudo isso.

Por que eu não posso ter um namorado, uma namorada, uma *pessoa*, que nem todo mundo? A primeira menina que me beijou ficou com nojo de mim. O primeiro menino com quem eu saí era um escroto. E agora tem o Miles... Miles, que pega em mim toda hora porque não tem medo, que me beija na boca e no pescoço e nas pernas, que faz todas as dúvidas irem embora... e eu nem posso tê-lo ao meu lado. Porque tem alguém seguindo a gente. Porque não será possível quando todo mundo na escola descobrir que eu tenho HIV.

Era *assim* que eu esperava que minhas amigas agissem depois de descobrir. Eu pensei que Claudia e Lydia entendessem, mas talvez as coisas tenham mudado. Estava tudo bem quando eu estava sozinha, sentindo tesão por celebridades, mas agora que de fato eu tenho alguma chance de *transar*, elas têm que sabotar tudo.

Uma ideia horrível passa pela minha cabeça.

— Como é que eu vou saber — começo a dizer, fechando bem os olhos — que não são vocês que estão mandando aqueles bilhetes?

Ouço o barulho de alguém respirando pesado. Abro os olhos e vejo que o lábio da Lydia está tremendo. Claudia está pálida.

— Vocês não querem que eu fique com ele — eu digo, cruzando os braços por cima da barriga. As palavras vão saindo cada vez mais rápido, atropelando umas às outras. — Só pode ser vocês. Vocês são as únicas que poderiam ter feito isso, e ninguém mais se importa com o fato de eu sair com ele. São vocês que estão gritando comigo como se eu estivesse tentando matar uma de vocês, e me dizendo que eu minto para chamar a atenção, e...

— Eu não acredito nessa merda. — Claudia balança a cabeça, embasbacada. — Nós somos as suas *melhores amigas*, Simone. Por que a gente faria isso?

— Não sei. — Levo as mãos aos olhos. Não quero olhar para elas. Não quero nem estar dentro deste carro. — Vocês não estão mais me falando a verdade. Estão escondendo coisas de mim. Vocês andam falando de mim pelas costas.

— A gente não faria isso — Lydia diz, balançando a cabeça enfaticamente. — Simone, eu *juro*...

Agora Claudia está chorando, mas não consigo olhar para ela. Saio do carro e vou cambaleando até o banco mais próximo. Só aí eu paro de lutar contra o nó que tenho na garganta. Encosto as pernas no peito e começo a chorar.

27

A semana do Dia de Ação de Graças passa e eu nem percebo. Eu me movimento no piloto automático, assistindo às aulas e entregando as tarefas de casa e depois indo para o ensaio. Miles me dá carona de manhã e me deixa em casa depois da escola. Quando meu pai está em casa, ele convida Miles para entrar, entupindo o menino de petiscos e fazendo perguntas sobre a escola ou o lacrosse. Quando o papito pergunta por onde andam Claudia e Lydia, eu não sei o que dizer.

Estou tão acostumada a pegar o celular e mandar mensagem para elas. Tudo é diferente agora que não posso mais, como se fios elétricos desgastados tivessem me isolado do resto do mundo. Ainda tenho meu celular e a internet, mas sem minhas amigas nada disso tem importância. Pensar na Claudia e na Lydia dói quase da mesma forma que pensar na Sarah. Toda vez que recebo uma mensagem de uma delas, dói ignorá-la.

O Dia de Ação de Graças não é o suficiente para eu me sentir melhor. Geralmente eu adoro ter tanta gente por perto. Só temos um quarto de hóspedes (valeu, mercado imobiliário de San Francisco), e a casa fica tão cheia que parece que vai explodir.

Mas este ano eu não estou pensando nos *tamales** da minha *abuela*** ou nas histórias que tia Camila vai compartilhar. Só consigo pensar na Claudia e na Lydia, e se de fato elas poderiam estar por trás dos bilhetes. Essa hipótese faz sentido de um jeito que Eric nunca fez. Mas

---

* Prato típico da culinária mexicana, muito popular nos Estados Unidos, no qual uma massa à base de trigo recebe recheios salgados ou doces e depois é cozida no vapor. (N. da T.)
** "Avó" em espanhol. (N. da T.)

a *abuela* não me deixa ficar pensando sozinha por muito tempo. Ela nunca deixa.

— Não precisa se preocupar em perder a sua cama — a *abuela* diz, colocando o casaco no cabideiro. — Dessa vez eu posso dormir no sofá. Você não é mais uma menininha, e não precisa me pôr no seu quarto.

— Ela é muito nova — o *abuelo* diz, trazendo as malas para dentro. — Não vai morrer se passar uma noite dormindo no chão.

— É um prazer receber todos vocês de novo — o papito diz, me mostrando a língua quando eles estão de costas para nós. — Já preparei o quarto de hóspedes. Camila, você pode ficar no escritório... Temos um colchão de ar que fica lá em cima. E o Dave pode dormir no quarto da Simone.

— Não preciso dormir. Acho que ainda estou com jet lag — tia Camila anuncia, entrando na casa. Ela está de sobretudo, provavelmente algo que comprou em Paris. Juro, ela vive viajando a trabalho. — Mony, eu vou contar tudinho sobre a Europa para você. Você ia adorar o West End. Preciso levar você lá um dia.

— Este ano, de repente. — Dou um sorriso forçado para ela. — Vou precisar implorar, mas talvez meus pais deixem. Vai saber?

Tia Camila é a pessoa mais bacana da família — depois de mim. Toda vez que ela vem nos visitar, eu fico meio tímida, como se ela fosse uma pessoa famosa que finalmente tenho a oportunidade de conhecer. Ela coloca uma mecha de cabelo atrás da orelha e me puxa para o lado.

Como se tivessem combinado, meu pai e Dave entram juntos. Olhar para os dois, lado a lado como estão, é como olhar uma foto de antes e depois. Dave é a imagem cuspida e escarrada do meu pai. Os mesmos olhos grandes e escuros, o mesmo ar intelectual, ainda que sem os óculos. A única diferença é a barba que começou a crescer no rosto do meu meio- -irmão. Não me lembro de como a mãe dele é — acho que a vi uma vez, talvez há muito tempo —, mas ela deve achar estranho ver uma réplica do meu pai o tempo todo.

Nossa, esse relacionamento é um verdadeiro caos.

— Oi — cumprimento, abraçando-o. O *abuelo* e a *abuela* sempre dizem alguma coisa se percebem que não estamos nos falando muito, então eu costumo resolver isso logo. — Como estão as coisas?

— Tudo bem — Dave murmura, me abraçando com delicadeza. — Como está a escola?

— Bem — eu digo. — E a faculdade?

— Está legal — ele responde, olhando para meu pai. — Intelectuais aos montes.

Ele não é só meu pai, e sim *nosso* pai, o que sempre me deixa desconcertada. Não preciso dividi-lo com ninguém a maior parte do tempo, a não ser algumas vezes por ano — viagens de férias e feriados.

— Vocês dois deviam parar de tagarelar e vir botar a mesa — o *abuelo* chama, já na sala de jantar. — Eu não vim lá da Califórnia para perder o Dia de Ação de Graças com os meus netos.

— Não esquece da minha peça, *abuelo* — eu peço, lhe dando um beijo no rosto enquanto coloco os pratos. — Você pode até perder tudo e não ver a ponte Golden Gate, mas tem que ficar para ver a minha peça. Vai valer a pena.

— Adoro a sua modéstia — tia Camila diz, se sentando. — É a sua maior qualidade.

— Para de ser invejooooosaaaaa.

Dave fica perdido, olhando para o nada. Demoro um instante para lembrar que ele não sabe onde ficam as coisas. Deixo os pratos na mesa, fazendo um gesto para ele esperar e vou pegar os talheres para ele não se sentir perdido.

Na cozinha, a *abuela* fala espanhol a mil por hora com meu pai e ao mesmo tempo enfia um dedo nos *tamales* que ela trouxe. O papito ajeita todo o resto nos balcões: peru, batata-doce, recheio de linguiça, couve, macarrão com queijo, arroz e feijão. Tortas de noz-pecã e maçã estão guardadas, esfriando. Observo o papito abrindo a geladeira com o pé e tirando de lá uma forma coberta com papel-alumínio. Flan é minha sobremesa preferida, mas meu pai só prepara em ocasiões especiais. Fico com água na boca.

— Aposto que o flan do seu *papi* não é tão bom quanto o meu, né, *mi amor?* — A *abuela* me puxa junto ao peito. Eu me entrego ao seu abraço morno, sentindo que voltei a ter cinco anos. — Mas a gente ama ele porque ele tentou, não é?

— Muito obrigada. — Meu pai revira os olhos. — É ótimo receber apoio.

— Já estamos chegando — o papito diz, tirando as luvas de forno. — Só um minuto.

Tradução: *por favor, vão embora.* A *abuela* parece entender a mensagem e me puxa em direção à sala de jantar.

— Você pegou os talheres? — Dave pergunta, se aproximando de uma cadeira. Ele é a única pessoa que ainda está em pé.

Abaixo a cabeça e olho para as minhas mãos vazias, dou de ombros, meio envergonhada, e volto para a cozinha. Quando chego ao corredor, ouço pessoas falando alto. Começo a andar mais devagar. É claro que meus pais brigam, como pessoas normais, mas costumam ser muito discretos. Hoje é uma exceção. Eles estão brigando e falando alto e não estão fazendo *nenhuma* brincadeira. O que será que aconteceu?

— Isso não é novidade — o papito retruca. Ouço alguma coisa batendo. — Você sabia que eles nunca iam nos apoiar quando se casou comigo, Javier. As coisas não vão mudar só porque a nossa filha está ficando mais velha.

— Seria *ótimo* — meu pai diz, com a voz mais firme que já ouvi em muito tempo. — Eu sabia que você ia continuar tentando ter contato com eles. Eu sei que família é importante. A Simone tem a minha família, mas não quero que ela só veja pessoas que não se parecem com ela.

— Isso não acontece, e você sabe disso — o papito responde. — Ela tem a mim, as amigas dela, aquele *menino*. Não estamos criando a Simone no meio de um milharal nem nada. Além do mais, não quero que o principal contato dela com pessoas negras seja com a minha família. Eles não podem servir de exemplo para ninguém.

Sei mais ou menos do que eles estão falando. Tenho o tio Omar e dois avós do lado do papito, mas não os vejo desde que era pequena. A única coisa de que me lembro de fato é de ficar sentada num canto enquanto as outras crianças brincavam e corriam descalças pela grama fresca no verão. Os pais levaram as crianças para longe quando elas ficaram com pena de mim e me chamaram para brincar.

Não sinto saudade de nada disso, mas gostaria, sim, que o papito tivesse a família por perto como meu pai. Meu pai tem um filho do casamento anterior, afinal de contas. Parece que ele tem tantos laços, todos fortes como concreto, enquanto o papito perdeu o contato com todo mundo.

— Gente? — chamo, esticando a cabeça na porta. — Acho que está na hora de comer.

— Claro — meu pai diz, empalidecendo e se virando para o papito. — Está na hora de levarmos a comida, Paul.

O papito se vira para o balcão em silêncio.

* * *

Meus pais sempre ficam um pouco estranhos quando Dave está por perto, e eu entendo, mas nem por isso a situação fica menos esquisita. Passamos os pratos ao redor da mesa e começamos o jantar em silêncio. A *abuela*, que não é de aturar silêncio, se apressa para contar uma história.

— Tem uns meninos que ficam do lado de fora da casa e começam a fazer um barulho bem alto — ela diz, balançando a cabeça. — Vi esses meninos com uma gira-gira outro dia, andando por aí de lambreta.

— O *quê, abuela*?

Não consigo falar com ela em espanhol, mas entender o inglês dela é quase tão difícil quanto.

— Você sabe do que eu estou falando. Aquela câmera que fica girando. — Ela acena na minha direção. — Nenhum deles estava de capacete. Eu tive certeza de que um ia acabar morto e eu ia precisar limpar o cérebro do menino da calçada.

— Isso não é nem um pouco nojento, imagina... — Dave resmunga.

O *abuelo* faz uma cara feia, como se tivesse ouvido, mas não tenho certeza. Ele tenta convencer todo mundo de que está ficando surdo, mas acho que ouvir é a coisa que ele faz melhor. Ele me vê olhando e dá uma piscadela.

Uma vez que o silêncio foi devidamente quebrado, a conversa flui por um tempo. O papito ri de alguma coisa que o *abuelo* diz. Meu pai fica olhando para ele, com um quê de ternura no rosto. O nó na minha garganta se afrouxa um pouco.

— Se você tem namorado, devia comprar flores para ele — Dave cochicha na minha orelha. Estou com uma coxa de peru pendurada na boca. Levanto a cabeça, mas mais ninguém está prestando atenção nele.

— Juro para vocês, Londres é pior que aqui — tia Camila está dizendo. O *abuelo* balança a cabeça. — Tem muita poluição no ar, é *muito* diferente de neblina, e fica sempre escuro. Vocês tinham que ver o apartamento que a empresa me arranjou. Era uma coisa ridícula, sinceramente.

— Deixa de ser esnobe, Cami — meu pai reclama, com um traço de provocação na voz. — A gente não pode sair por aí viajando quando dá na telha.

Olho para Dave de canto de olho.

— Quem disse que eu tenho namorado?

— Nosso pai estava falando no caminho de volta do aeroporto — ele diz, revirando os olhos como se eu fosse idiota. — Eu fico sabendo das coisas. Mas, enfim, às vezes os meninos gostam de flores. Se ele não gostar, é bom você fazer isso só pra se livrar dele.

Dou uma risadinha cínica, e a *abuela* olha para mim.

— O que aconteceu com as tranças, *mi amor?* — ela pergunta, passando as unhas pelos meus cachos. Sinto os dedos dela ficarem presos, apesar de ela fingir que não. — Eu achava muito bacana.

— *Abuela...* — Dave começa a falar. Isso que é legal no Dave: nem sempre eu tenho que falar as coisas para ele entender.

— Não pega no pé da Simone — o *abuelo* diz, estalando a língua. — Ela não quer que você pegue no cabelo dela enquanto estamos comendo.

Não me interpretem mal; eu amo meus avós. Mas tem coisas que eles não entendem. A *abuela* implica com o meu cabelo. Já o *abuelo* implica com o fato de eu ter HIV. Ele ainda hesita antes de me beijar. Deve ser uma coisa que ele pensa que não vou perceber, mas é difícil ignorar. Ele segura minha cabeça e fica me olhando, quase como se não soubesse ao certo o que fazer.

A campainha toca. Meu pai se vira para mim com um olhar ansioso.

— O quê? — eu digo, olhando ao redor da mesa. — Todo mundo já está aqui.

— Combinamos que o Miles viria para a sobremesa — o papito diz, falando baixo. — Esqueceu?

Merda. De tanto ficar reclamando, esqueci nosso plano. Foi tudo ideia do meu pai, mas Miles topou na hora. Não acho ruim ver Miles. Só que vê-lo hoje não parece uma ideia boa. Com um suspiro, eu me afasto da mesa.

— A Simone tem *namorado*? — Ouço a *abuela* dizer atrás de mim. — Mas ela ainda é um *bebê*.

Eu sorrio, abrindo a porta.

— Oi. — Miles está em pé na varanda. Está vestindo uma camisa social branca e traz um buquê de flor-de-lis nas mãos. — Não cheguei muito cedo, cheguei?

Ele arregala os olhos quando tenta ver o interior da casa. Acho que é a primeira vez que o vejo nervoso.

— Você chegou na hora certa. — Eu olho lá para dentro. Não há dúvida de que minha família inteira está nos observando, esperando que eu abra espaço para conseguirem medi-lo dos pés à cabeça. Dou um passo para fora, puxando a porta atrás de mim para que sobre só uma fresta aberta. Miles fica paralisado, mesmo quando me inclino para a frente. — Você está perfeito. Não se preocupe.

Provavelmente ninguém consegue nos ver na varanda, ainda mais se formos rápidos. Eu o beijo de leve, amassando as flores que estão entre nós. Ele está com gosto de molho salgado. A mão dele está no meu pescoço, fazendo carinho. Depois daquela tarde na cozinha dele, pensei que ficaria mais calma, mas agora só quero mais. Mais Miles de joelhos, mais tempo no quarto dele, mais tempo de toques, carinhos longos e olhos de ressaca, para entender o que funciona e o que não funciona.

— Eu ainda não acredito que posso fazer aquilo — eu sussurro, me afastando. Ele está com um chupão da última vez que ficamos juntos. Eu puxo a gola da camisa dele para cima, e minha mão se demora em seu pescoço. — Eu gosto demais de beijar você.

— É, acho que beijar você não é tão ruim — ele diz, me obrigando a empurrá-lo. Os lábios dele se contorcem, os olhos percorrem meu rosto. — Simone...

— Entrem, vocês dois! — tia Camila chama. — Precisamos de vocês aqui para comer a sobremesa!

Eu suspiro, fazendo um sinal para ele me acompanhar.

— Tá, você já conhece os meus pais. Minha *abuela* fala sem parar, então não se preocupe em participar da conversa. A tia Camila é muito chique, tipo a Victoria Beckham, mas menos malvada. É com o meu *abuelo* que você precisa tomar cuidado, e talvez com o Dave.

— Esse é o seu irmão?

— Isso. — Dou uma palmadinha no ombro dele. — Você aprende rápido.

Lá dentro, todos migraram para a sala de estar, onde todos os álbuns de fotos saíram das caixas. O cheiro de café se mistura ao da noz-pecã, do caramelo e das maçãs. Tia Camila está segurando o prato de flan e sorrindo em minha direção.

— Você é o namorado — Dave diz com bom humor, mas sem mudar de expressão.

O *abuelo* aperta os olhos.

— Humm, sim. — Miles pigarreia. — Sou Miles Austin. É um prazer conhecer vocês.

— Essas flores são para nós? — meu pai pergunta, se levantando. Ele pega o buquê e dá um tapinha nas costas do Miles. — Que gentileza da sua parte.

— Espero que você trate a Simone bem — o *abuelo* diz, mexendo seu café. — Tenho muitas histórias das coisas que a gente fazia com os namorados da Camila quando ela era jovem.

— Amarravam os meninos de cabeça pra baixo. — Tia Camila assente, batendo o garfo em seu prato. — Lá no alto, com a bandeira do México, para a vizinhança inteira ficar sabendo que não estávamos de brincadeira.

Miles engole em seco. Se ele fosse qualquer outro menino, eu não ia achar ruim vê-lo se encolhendo de medo. Mas é o Miles, então eu passo um braço ao redor da cintura dele e mostro a língua para tia Camila.

— Se a Simone gosta dele, tenho certeza de que é um bom rapaz. — A *abuela* estala a língua. — Venha, venha se sentar. Estamos olhando as fotos do Javier.

— É o meu pai — eu digo para Miles, que está sentado ao lado da minha *abuela*. Ele está sentado no braço do sofá, olhando por cima do meu ombro. — O papai se chama Paul.

— Sr. Hampton — o papito diz, apertando os olhos. — Esse ainda é o meu nome.

A *abuela* está muito absorta em seus álbuns de fotos para falar qualquer coisa. Ela aponta para uma foto do meu pai quando era bebê, enfiado em um traje branco de batismo que ficava muito largo.

— Ele era a coisinha mais fofa. — Ela balança a cabeça. — E pensar que ele poderia ter sido uma Valeria.

Levanto uma sobrancelha.

— O quê?

— Todos nós pensávamos que o seu pai ia ser uma menina — tia Camila diz, olhando para o meu pai. Ele não fala nada, mas bebe um golinho de conhaque. — Eu estava animada para ganhar uma irmãzinha. A mamãe tinha escolhido o nome e tudo.

— Eu adorava o nome Valeria, mas seu *abuelo* escolheu Camila — a *abuela* diz, olhando para ele. — E eu fiquei com o segundo bebê. Pensei que seria outra menina, mas tivemos o Javier.

— Você parece tão decepcionada — Dave comenta, com o fantasma de um sorriso nos lábios.

— Bom, nós o amamos do mesmo jeito — o *abuelo* diz, pegando o próprio copo. — E não só porque somos obrigados.

O papito dá uma risadinha, passando para a próxima página. É uma foto dos meus pais, mas eles parecem jovens o suficiente para terem minha idade. Tudo bem, talvez isso seja exagero, mas com certeza eram jovens. Meu pai está de blazer, e o papito está com o cabelo estilo *black power*. E mais bonito que o meu.

— Olha os anos dourados — tia Camila diz, com um sorriso doce nos lábios. — Não acredito que vocês dois eram tão jovens.

— Isso foi quando vocês se conheceram? — eu pergunto. Já vi essas fotos antes, mas às vezes elas acabam ficando embaçadas na minha memória. É uma loucura ver o quanto eles cresceram e há quanto tempo se conhecem. Na fotos eles estão apoiados numa parede, que nem parças. Só não sei quanto tempo essa fase durou.

— Bom, eu fui para Nova York quando o Javier estava lá — o papito diz, coçando o queixo. — Era a primeira vez que eu saía da Carolina do Norte, e eu não conhecia ninguém. Esses amigos eram minha segunda família durante a faculdade, e o resto é história.

— Você já era parecido com o nosso filho naquela época — a *abuela* comenta. — Eu sabia que você se encaixava logo que você chegou aqui.

— Bom, no começo nada aconteceu. — Meu pai está quase constrangido. — Nós fomos amigos por um tempo, e depois eu conheci a Miriam.

Olho para o Dave. Quando alguém toca no nome da mãe dele durante alguma conversa, geralmente é *ele*, e não outra pessoa. É difícil adivinhar o que ele está pensando agora. A cara dele é de pedra. O papito vira para a próxima página. São o meu pai e o papito no dia do casamento deles. Eu era *tão pequena* — talvez tivesse três ou quatro anos, não lembro direito.

— Caramba. — Miles olha para mim como se tivesse lido minha mente. — Você era tão pequenininha. Olha o seu cabelo.

É o penteado que toda menininha negra usa em algum momento da vida: trancinhas com contas coloridas presas na ponta. Até hoje consigo ouvir o *clique-claque* que acompanhava cada passo que eu dava.

— Era mesmo. — O papito sorri para mim. — Não sei o que aconteceu.

Empurro o papito de brincadeira.

— *Dios mío*, o casamento — a *abuela* diz. — Que dia! Eu sabia que ia acontecer desde o momento em que vocês dois se conheceram. Mesmo quando não estavam juntos, sempre esteve claro que era para acontecer.

Dave bate seu copo na mesa com tanta força que o vidro racha. Eu fico paralisada. O silêncio ecoa ao redor da sala de estar. O maxilar dele sobe e desce, e ele fecha as mãos. Eu já o vi bravo e irritado, mas nunca raivoso *assim*.

— Não preciso ouvir isso — ele diz, em voz baixa. — E não preciso ouvir vocês falando sobre mim e a minha mãe como se fôssemos só dois erros no seu caminho para o "felizes para sempre".

Ele se levanta e sai da sala. Eu arregalo os olhos quando ele se afasta, mas minhas palavras faltam.

— Já volto — meu pai resmunga. — Só um minuto.

Ele arregaça as mangas e sai da sala pisando duro. Miles cutuca meu ombro, mas eu não olho para ele. Meus olhos parecem buscar o copo quebrado sobre a mesa. Só usamos esses copos quando recebemos visitas. Dave estava com um desses.

— *No me mientas* — Dave provoca do outro cômodo. A voz dele é tão alta que chega a fazer as paredes vibrarem; acho que ele não conseguiu se segurar. — Querem que eu pense que vocês não são mais felizes com essa nova vida?

Não consigo ouvir o que meu pai está dizendo, mas ouço um murmúrio que deve vir dele. Não sei o que ele poderia fazer para melhorar essa situação. Isso vai deixar o clima pesado na casa o fim de semana inteiro.

— Eu *não* traí a sua mãe — meu pai diz, perdendo a paciência. — E não vou permitir que você fale comigo com essa falta de respeito...

— Por que eu deveria ter respeito por alguém que não tem respeito *por mim*?

— Quem quer mais sobremesa? — a *abuela* pergunta, esfregando as mãos uma na outra. — Para a gente não precisar ouvir isso.

O *abuelo* range os dentes, do mesmo jeito que Dave e meu pai fazem. É estranho ver a mesma boca em três pessoas diferentes.

— Ele tem direito de ficar chateado — o papito diz, com a voz tão baixa que eu quase não ouço. — Às vezes é difícil.

Só consigo pensar que ele nunca aturaria esse comportamento se partisse de mim. Mas é que eu sou filha *dele*. O Dave não é. Para o Dave, o papito é o cara que apareceu do nada e estragou sua família. Não quero nem pensar no fato de que a nossa casa, a casa em que as brigas nunca são tão escandalosas e eu nunca levo bronca, só existe porque o Dave precisou crescer sem o pai dele.

Uma parte de mim quer dar um soco no Dave por fazer todo mundo se sentir mal. Mas, ao mesmo tempo, não é justo. Eu sei que não é. Eu só queria que eles não brigassem, ainda mais com Miles aqui.

Tiro o celular do bolso, louca para me distrair um pouco. Jesse está me ligando. Faço uma careta. Temos trocado mais mensagens ultimamente, mesmo assim acho estranho que ele me ligue no Dia de Ação de Graças. Peço licença e vou até o corredor. A esta altura o celular parou de tocar, mas há uma mensagem dele na tela inicial: O *Miles está na sua casa?* Embaixo da mensagem há notificações de quatro chamadas perdidas. Todas do Jesse.

Será que aconteceu alguma coisa? Ligo para o número do Jesse, me apoiando na parede.

— Oi. — A voz dele é seca e clara. — O Miles está aí?

— Humm, por quê? — Olho para a sala de jantar. Tia Camila gesticula com o garfo enquanto Miles ouve atentamente algo que ela está dizendo. Meu *abuelo* balança a cabeça. — Aconteceu alguma coisa?

— Ah, é que eu fui agora há pouco até a casa dele — Jesse diz. — E ele tinha acabado de sair, e isso não faz sentido, já que estamos no Dia de Ação de Graças. Então eu imaginei que ele só poderia estar aí.

Sinto um arrepio na espinha. Que bizarro.

— Olha — eu digo, apoiando um braço na barriga —, não é da sua conta se ele *estiver* aqui, Jesse.

— É da minha conta, sim. — Mais uma respiração pesada. — *Alguém* tem que cuidar do Miles.

— O quê? — Ele não está falando coisa com coisa. — Jesse, do que você está falando?

— Você anda por aí fingindo ser o que não é — ele diz, falando cada vez mais rápido. — Você não pode *mentir* para ele desse jeito, Simone. Não é justo. Ele pode ficar *doente*.

Caralho. Entre todas as pessoas que eu cogitei, nunca parei para pensar no Jesse. Teoricamente nós somos amigos. Novos amigos, mas mesmo assim eu nunca esperaria algo desse tipo vindo dele. Sinto um líquido subindo pela minha garganta.

— Isso não é da sua conta — eu repito. Meus ouvidos estão zunindo.

— Jesse, nós fazemos a peça juntos. Se você queria me conhecer melhor, não sei por que você não...

— Não tem nada a ver com você — ele retruca. — Se você gostasse dele de verdade, você nem...

— *Ah, tá.* — Minha mão se contrai quando enfim eu entendo. — Eu não sou a única que gosta dele, sou?

Só há silêncio do outro lado da linha, mas eu sei que tenho razão. Jesse estava presente quando eu e Miles nos beijamos no auditório e no corredor. Ele é vizinho do Miles, então sempre vê quando estou lá. *Por isso* ele deixou os bilhetes. Ele se preocupa com Miles. Todas as vezes que falei com ele durante os ensaios, ele não estava interessado no que eu tinha a dizer. Ele só queria saber mais. Ele quer proteger Miles de *mim*.

— Não importa. — Ele suspira como se tudo isso fosse um grande fardo. — Hoje é o Dia de Ação de Graças, e seu tempo acabou.

— Como assim?

A linha fica muda.

Caralho.

28

Depois que Jesse desliga, fico mexendo no celular, checando minhas mensagens para ver se encontro mais algum sinal de problema. Minhas notificações estão tão vazias que começo a desconfiar. Acho que isso faz sentido, já que não estou falando com Claudia e Lydia e Miles está na sala de estar, mas sinto uma coisa estranha, como se estivesse numa cidade fantasma virtual.

Vai, Simone, pensa. Se você fosse Jesse, como você espalharia essa informação para o maior número possível de pessoas? Quando descobriu meu status, Sarah contou para todo mundo por mensagem de texto, mas esse não parece ser o estilo do Jesse.

Vasculho a timeline dos apps do meu celular. Instagram? Não, fica tudo fora de ordem. Poucas pessoas veriam o post ao mesmo tempo. Ele poderia ter usado o Snapchat, mas, quando abro o aplicativo, só vejo vídeos das pessoas cantando nas festas ou jantando com a família.

Onde mais ele poderia alcançar um monte de gente de uma só vez?

Puta merda. Clico no ícone do Twitter, mas a tela de abertura azul demora mais tempo do que de costume para sumir. *Nunca* demora tanto assim para carregar. Bato o dedão na tela. Vai logo, vai logo, vai...

O tuíte que aparece no alto da minha timeline foi publicado pela conta do Departamento de Teatro da Sagrado Coração.

A nova aluna-diretora, Simone Garcia-Hampton, tem HIV. Eu a vi recebendo tratamento no Hospital St. Mary's, então sei que é verdade. Estejam avisados.

Há cem comentários embaixo do tuíte original, e a lista cresce sem parar.

@MattlegQuagga: [GIF do Steve Carell sorrindo]

@Purebob7777: Vixe, será que eu tenho que fazer o teste?????

@TinyAngel: Pode ser só fofoca, mas sei lá

@Heydayfix_97: Grande coisa!! A menina fez merda, e daí?

@Bellswas: eh isso que acontece quando vc sai dando pra todo mundo e a gente nem conhece essa menina

O celular estremece nas minhas mãos, e as lágrimas embaçam minha visão. Fingi que isso não ia acontecer, até que aconteceu. Eu pensei que pudesse impedir essa situação se ficasse... sei lá, se tivesse *orgulho* de mim mesma por ter beijado um menino? Nossa, eu sou muito *idiota*.
Não sei como, meus pés me levam para a sala de estar. Não consigo olhar na cara de ninguém. Não posso me entregar. Não preciso chorar na frente da minha *abuela*, que vai querer me abraçar até a minha última lágrima escorrer.
— Simone? — Miles tenta se aproximar de mim, mas eu o afasto. Não sei como explicar algo assim para ele. Ele não entenderia. Ninguém aqui entenderia. *Nem eu* entendo.
Dave e meu pai continuam gritando no cômodo ao lado. Consigo ouvir alguém falando comigo, mas não sei ao certo o que está tentando dizer. Parece que está tudo virado do avesso. Meus pés me levam até a porta, até a noite fria. Cruzo os braços ao redor do tronco, tentando não chorar como eu queria. Meus olhos já estão ardendo; as lágrimas já escorrem pelas minhas bochechas.
Eu sou tão *idiota*. Idiota, idiota, idiota. Vai ser igual ao que aconteceu no Nossa Senhora de Lourdes, e eu não posso fazer nada. Aonde eu vou

depois disso? Provavelmente vou ter que ficar até terminar o segundo ano, porque já é tarde para começar em outro lugar. E ano *que vem*... Onde mais?

— Simone — o papito diz, com uma voz exasperada. Ele deve ter me seguido até aqui. — Já estamos enfrentando essa situação com o Dave. Agora não posso lidar com você dando chilique também.

Dando chilique? Uma parte de mim quer dar uma resposta atravessada para ele, mas o resto... a maior parte... está só cansada.

Eu me viro e o vejo coçando a testa, com uma mão no quadril. Não digo nada, só passo a manga da blusa nos olhos. Eu também não posso lidar com ele, principalmente se ele estiver bravo comigo. Agora não. Ainda nem sei o que vou fazer. Como foi que Jesse foi capaz de fazer uma coisa tão *horrível*, só porque eu ousei gostar do Miles?

— Papito — eu digo, fungando. — Eles sabem.

— Eles? Quem são *eles*? — Os olhos dele se endurecem. — E *o que* é que eles sabem?

— Eu... Tem um menino que é do grupo de teatro. — Parece que minha garganta está queimando. — Ele... ele tuitou sobre isso. Sobre mim. Agora todo mundo sabe que eu tenho HIV e me acham nojenta.

Mal consigo terminar de contar a história em meio às lágrimas, e me sinto ainda menor, em pé no quintal com uma blusa de manga curta. O HIV poderia ter me matado, mas não teve nem chance. Eu sou mais forte que o HIV, mas não consigo dar conta de meia dúzia de tuítes de pessoas que não conheço.

O rosto do papito fica sem expressão, sem emoção, por um instante. E em seguida:

— Eu vou ligar para aquela merda de escola.

Ele entra na casa a passos firmes, sem esperar que eu vá atrás.

Se fosse mais nova, talvez eu acreditasse que ele pode resolver tudo. Quando era pequena, eu pensava que o papito conseguisse fazer isso. De todas as coisas que levo da minha infância — minhas lembranças, esperanças, medos —, eu queria levar essa certeza comigo. Talvez só assim eu não sentisse que o mundo está acabando.

29

Nem preciso dizer que de tradicional o Dia de Ação de Graças deste ano não teve nada. Meu *abuelo* me contou que demoraram uma eternidade para conseguir convencer Miles a ir embora depois que eu e o papito fomos para o andar de cima e desaparecemos. O papito passou praticamente o fim de semana inteiro falando ao telefone e sussurrando com meu pai no andar de baixo. Parecia que todo mundo queria falar comigo — tia Camila, o *abuelo*, a *abuela* —, mas ninguém sabia direito o que dizer. Mesmo denunciando o tuíte, tia Camila não conseguiu fazer o Twitter derrubá-lo. E isso nem resolveria nada. Sei que os prints já devem estar rodando igual chiclete numa aula chata.

Flerto com a ideia de desligar meu celular. Está explodindo de tantas mensagens do pessoal do teatro e de alunos de quem eu peguei algum dever de casa emprestado, que estão dizendo coisas ridículas tipo *Será que eu preciso fazer o teste???*, e outras estranhamente gentis, tipo *Estou rezando por você <3*. Até o sr. Palumbo escreveu uma mensagem: *Estou aqui se você precisar conversar, campeã.*

Toda vez que vejo o nome do Miles, eu afasto o olhar. Só consigo pensar que fiquei chorando no banheiro no Dia de Ação de Graças, enquanto meu *abuelo* pedia para ele ir embora porque eu não estava me sentindo bem. Que vergonha do caralho.

Não quero saber o que ele acha de tudo isso. Não quero que ele continue sendo tão legal, especialmente porque as pessoas vão tratá-lo de maneira diferente quando voltarmos para a escola. Não quero que ele viva isolado como eu vou viver.

Espio uma das mensagens dele rapidinho, quase torcendo para que ele tenha dito alguma coisa horrível que facilitasse um pouco a situação, mas a primeira coisa que vejo é um emoji de coração. Jogo meu celular dentro de uma gaveta.

Não sei o que é pior: as mensagens dele ou as da Claudia e da Lydia, que se ofereceram para vir aqui como se eu não tivesse gritado com elas antes do recesso. Seja como for, eu me recuso a ler qualquer uma delas. Pensar nas minhas amigas é como enfiar o dedo numa ferida aberta. Ainda nem criou casquinha, e mexer nela só vai piorar as coisas.

Para minha surpresa, Dave faz a situação parecer um pouquinho mais normal. Meu pai deixa a gente levar a comida para o quarto dele e do papito, e ficamos sentados juntos naquela cama enorme, assistindo às duas versões de *Hairspray* e *Mamma mia!* e *Billy Elliot*. Duvido que Dave esteja se divertindo de verdade, mas ele não diz nada. Em alguns momentos eu sinto vontade de chorar do nada, como se estivesse de TPM. Dave só pega mais filmes — *Amor, sublime amor*, *Cantando na chuva* e até *The Rocky Horror Picture Show*. Ele fica na frente da cama, fazendo uma dancinha horrível quando chega a hora do "túnel do tempo", jogando os braços e pernas para todas as direções possíveis, até me fazer rir tanto a ponto de fazer meu rosto esquentar.

— Se você contar pra *qualquer pessoa* — ele diz, voltando a se jogar na cama —, eu vou negar e ninguém vai acreditar em você.

Quando jogo os braços ao redor do pescoço dele, ele se retesa, mas mesmo assim retribui o abraço. Deve ser um saco para ele estar aqui, ainda mais agora, mas ele não brigou mais com meu pai depois da quinta-feira. Pelo menos uma vez na vida, somos mais do que irmãos que só se veem nos feriados.

No domingo, armam uma emboscada para mim.

— O que vocês vieram fazer aqui? — pergunto, quando me viro e vejo Ralph, Brie e Jack entrando no quarto dos meus pais. Eles devem estar péssimos mesmo, se começaram a deixar qualquer pessoa entrar em casa. — Como vocês conseguiram o meu endereço?

— No Twitter — Brie diz, sem cerimônia, se jogando na cama. — E a Julie deu seu endereço. Devia ser contra as regras do hospital, sei lá.

O fato de Julie ter divulgado meu endereço deveria me deixar chateada, mas esse sentimento só acaba entrando para a pilha de "coisas a serem processadas" que fica no fundo do meu estômago. Tem tanta merda acontecendo que meu sinal emocional está perdendo o alcance.

— A gente achou que você ia gostar de receber uma visita. — Jack coloca uma sacola de plástico sobre a cama, tirando de dentro um pacote de Doritos e outro de Oreo com recheio duplo. — E trouxemos umas coisinhas para você comer.

Não faz sentido que um adolescente tenha tanta consideração. Jack deve ser meio mutante, sei lá. Miles também. Eu me sento, puxando os petiscos para perto de mim. Brie dá uma palmadinha no espaço a seu lado, mas Jack se joga no colo dela. Eles caem na gargalhada.

Minha boca se contorce e acaba virando um sorriso, mas meu cérebro corre para Miles na mesma hora. Penso em quando dei risada com ele por causa das caras engraçadas que Eddie Redmayne fazia em *Os miseráveis*, e em quando tiramos sarro um do outro pela nossa incompetência para tomar sorvete, e naquela sensação de dia bonito que invade meu peito quando estou perto dele.

Sinto uma pontada de dor que é forte demais para eu disfarçar.

Eu me concentro nos Doritos.

— Eu trouxe o meu laptop — Brie ainda está rindo. — Pra gente ver o que você quiser, desde que não seja horrível.

— Então não é o que ela quiser — Jack observa. — E você odeia tudo.

— Nem *tudo*.

Meu Deus. Acho que vou vomitar.

Ralph tem a decência de ficar longe da cama. Ele está com uma cara de coitadinho, parado sozinho num canto. Solto um suspiro e dou uma palmadinha no espaço ao meu lado. Claro, ele é um babaca insuportável, mas veio aqui e não quis contar vantagem nenhuma. É mais do que eu esperaria dele.

Pelo menos uma vez na vida estou saciada de musicais, então falo para Brie colocar *A Different World*.*

— O que é isso? — Jack pergunta, espiando por cima do ombro da Brie.

— Não sei. — Ela dá um tapinha nele. — E não ligo, se for bom.

— Espera, espera, *espera*. — Levanto a mão. — Vocês estão me dizendo que nunca viram *A Different World*? Aquela clássica série de TV que está inteira disponível via streaming, superfácil de assistir?

— Você não pode esperar que todo mundo conheça os seus interesses retrô — Ralph diz, dando de ombros.

Eu o encaro por um tempo. Assim ele cala a boca.

— Eu não acredito. — Jogo a cabeça para trás. — Eu preciso de mais amigos negros.

— Para com isso, Simone. Isso passou quando a gente não tinha nem *nascido*. — Brie revira os olhos, abrindo a série na tela. — Infelizmente nem todos dominamos a cultura dos anos 80 como você.

— Era nos anos 90! — Bato as mãos no colo. — E é um clássico da comédia negra. Aposto que todos vocês viram pelo menos *um* desses clássicos, provavelmente *Um maluco no pedaço*, sei lá.

— *Um maluco no pedaço* é diferente — Ralph diz. — Passou em vários canais.

A Different World também foi. Acho.

— Sei lá. — Jack olha para Brie com certo nervosismo. — Se é uma coisa da comunidade negra, isso explica por que nenhum de nós...

— Ai, meu *Deus*. — Jogo a cabeça para trás. — É um clássico universal. Tenho certeza de que todos vocês viram *Friends*, e *essa sim* passou antes de a gente nascer.

— Não é justo — Jack reclama. — *Friends* está sempre passando na TV.

— E começou, tipo, poucos anos antes de a gente nascer. Então não conta.

---

* Essa série norte-americana nunca foi transmitida no Brasil, mas o título poderia ser traduzido como "Um mundo diferente". (N. da T.)

Ralph concorda com a cabeça.

— Isso é falsa equivalência.

— *Friends* é um lixão — declaro, cruzando os braços. — Como é que eles passaram tantos anos morando em Nova York e só conheceram uma pessoa negra? Acho que essa foi a série mais "gente branca" que já existiu. Fooooooora que o Ross era um babaca. A Rachel deveria ter ficado com o Joey no final. Ele sim era uma pessoa legal com ela.

Silêncio. Ralph está com aquela *cara* — sobrancelhas levantadas e cenho franzido —, mas não discute comigo. Jack está com os olhos arregalados.

— Bom... — Brie aponta um dedo para mim. — Errada você não está.

— A gente não está dizendo que *não vai* ver a sua série. — Jack pega os Doritos. — A gente só não conhece.

— Ela se passa no mesmo universo de *The Cosby Show* — alego. — Então é como se a filha do Cosby fosse para uma universidade historicamente negra, a Hillman, mas a filha era a Lisa Bonet, e ela ficou grávida da Zoë Kravitz e eles se livraram da Lisa e focaram no Dwayne e na Whitley e...

— Espera, o Bill Cosby?* — Brie enruga o nariz. — Ele é *horrível* e...

— Eu sei, eu sei — eu digo, suspirando. — Mas ele não está na série e todos os nossos programas preferidos têm problemas.

Ralph ergue uma sobrancelha.

— *Ele* é o seu preferido?

— Não, não. — Balanço a cabeça. — *Essa série* é uma das minhas preferidas, mas é claro que ela tem problemas. Tudo tem algum problema. Coloca o primeiro episódio, vai.

Nós nos reunimos em volta da tela do computador, passando os petiscos de mão em mão. Ralph reclama da falta de guardanapos, e Brie se derrete pela Lisa Bonet (e eu também, óbvio). Lá pelo terceiro episódio, meu celular começa a vibrar. A maioria das pessoas já parou de ligar a

---

* O famoso comediante norte-americano foi condenado em 2018 por três crimes de abuso sexual, embora mais de sessenta mulheres o tenham acusado de assédio e agressão. (N. da T.)

esta altura, então eu pego o aparelho e faço uma careta ao ver o nome de quem ligou. Lydia.

Deixo o celular perto do joelho e Jack olha para mim.

— Está tudo bem? — ele cochicha. Eu faço que sim, pegando um Oreo. Demorei *tudo isso* para conseguir pensar em outras coisas, ou pelo menos para guardar o que está acontecendo no fundo do meu cérebro. Não vou deixar Lydia estragar isso.

A questão é que parece que Lydia faz questão de me vencer pelo cansaço. Sem brincadeira; ela me liga quase vinte vezes seguidas. Abaixo a cabeça e olho para aquela tela idiota. Ela fica escura por um momento e logo em seguida se acende de novo. Só de ver a foto do contato dela, meu coração fica apertado. Uma parte de mim quer falar com ela, mas a outra parte só consegue pensar no silêncio que ela fez quando Claudia gritou comigo.

Dane-se. Eu aceito a chamada, levando o celular ao ouvido.

— Simone? — Há um ruído no fundo, como se ela estivesse num café ou restaurante. — Simone, você está bem?

A voz dela me deixa com lágrimas nos olhos. Senti saudade dela, mas não tinha imaginado que ia começar a chorar antes mesmo de vê-la de novo. Senti saudade da voz dela, dos abraços dela, das sobrancelhas preocupadas dela. Tudo que aconteceu já está quase me fazendo transbordar, mas eu me seguro, correndo para o banheiro e trancando a porta.

— Estou bem, sim. — Minha voz sai trêmula quando volto a encostar o celular no ouvido. — Só que... aconteceu muita coisa.

Esse é o eufemismo do ano.

— Espero que você esteja bem. A gente ficou tão preocupada. A Claudia... — Ela para de falar, pigarreando. — Você pode se encontrar com a gente em algum lugar? Para a gente poder conversar?

— Ah... — Mordo o lábio. Estou quase me divertindo com meus amigos do grupo de apoio. Quem diria que isso seria possível? — Na verdade estou com algumas pessoas aqui, então não posso. Mas esse é exatamente o problema, né?

— Como assim?

— A gente começou a brigar porque eu estava sempre deixando vocês de lado — eu digo, passando uma das mãos pelos meus cachos. — E eu piorei tudo quando acusei vocês. Desculpa, eu fui uma vaca.

— Você não é uma *vaca* — ela diz. Percebo que está sendo sincera. — Olha, todas estávamos chateadas umas com as outras. Pensamos que você estivesse ignorando a gente por causa do Miles, mas você estava lidando com tanta coisa. Você *ainda* está lidando com muita coisa, e eu não quero atropelar os seus sentimentos. Mas é que... foi muito triste ouvir que você pensou que fosse a gente que estava mandando os bilhetes.

— Eu sei — respondo, me apoiando na pia. — É que, quando a Sarah contou daquela vez, eu nunca tinha imaginado... — Engulo em seco, as lágrimas entupindo minha garganta.

— Você confiou nela — ela argumenta, num tom delicado. — Ela foi sua primeira.

— É. Ela foi. — Engulo em seco de novo. — Acho que eu só... Eu pensei que, se ela foi capaz de fazer uma coisa assim, talvez vocês também fossem. Sei lá. É...

— É difícil — ela diz, baixinho. — Eu entendo.

— É. — Eu faço que sim com a cabeça, esquecendo que ela não pode me ver. — Mas você tem razão. A gente *devia* conversar. Você pode vir aqui, se quiser.

— Posso levar a Claudia?

Faço uma pausa. Só consigo pensar na Claudia me acusando de ser falsa.

— Ela quer muito se desculpar — Lydia explica, como se estivesse lendo minha mente. — Mas eu posso ir sozinha, se você quiser.

— Não, tudo bem — respondo. Minha família inteira está aqui, assim como Brie e Jack, que continuam vidrados na série. Acho que Ralph também conta. Se Claudia quiser falar algo negativo, eu posso contar com todos eles. — Venham vocês duas.

— É mesmo? Tudo bem. Que bom! — Consigo ouvir ela sorrindo pelo alto-falante. — Até daqui a pouco, então!

— Até. — Minha voz falha. — Eu abro a porta pra vocês.

Espero ver as duas na varanda quando a campainha toca, quinze minutos depois, mas abro a porta e vejo Claudia em pé, sozinha. Os olhos dela procuram os meus. Ela engole em seco. Até eu estou nervosa, limpando as mãos suadas na calça jeans. Ela olha para trás, em direção ao carro, provavelmente para Lydia, antes de voltar a me encarar.

— Por que você me deixou vir aqui? — ela pergunta, enfiando as mãos nos bolsos. — Eu pensei que não fosse deixar.

Não tiro os olhos do cabelo dela. Está mais curto, quase como o cabelo da Anne Hathaway em *Os miseráveis*. Ela deve ter cortado há pouco tempo. Imagino que os pais devem ter feito um escândalo quando a viram. Sinto uma pontada no peito quando penso nisso, mas me obrigo a não desviar o olhar.

— Não sei, sinceramente. — Dou de ombros. — Estou surpresa por você ter vindo.

Ela fica me encarando por um longo minuto. Se está esperando que eu diga mais alguma coisa, se deu mal.

— Eu senti muito a sua falta — ela diz, enfim, com a voz rouca. — E não acredito que eu fui tão péssima com você quando você tentou me contar algo importante. Eu sei que sair do armário pode ser muito difícil. Eu não devia ter apontado o dedo pra você daquele jeito. Eu fiz merda e não espero que você me perdoe. Mas eu... eu sinto muito.

A preocupação faz a testa dela se enrugar. Pelo menos significa que ela tem pensado nisso, em mim, tanto quanto eu tenho pensado nela. Abro a porta um pouco mais e saio na varanda para ficar junto dela.

— Eu queria ter contado para você antes — falo, mordendo a parte interna da bochecha. — Mas é que eu pensei...

— Que eu ia agir daquele jeito. — Ela suspira, mexendo no cabelo. — Eu sou péssima.

Minha expressão se suaviza.

— Só um pouquinho — admito, envolvendo o ombro de Claudia com um braço. Ela pisca, surpresa. — E, sei lá, acho que eu nem posso dizer que sou bissexual.

— Pode, sim — ela afirma, cheia de autoridade. Eu levanto uma sobrancelha, e ela não diz nada por um segundo. — Eu não... eu sei que não fui nada legal com isso, mas sem dúvida você pode falar que é bissexual, se é isso que você sente. A Lydia também sentiu umas coisas bem estranhas quando saiu do armário. Talvez vocês duas possam conversar.

É difícil imaginar Lydia em crise com a própria sexualidade. Ela já me contou sobre outros caras com quem ela saiu — especialmente um menino chamado Kevin no primeiro ano, antes de eu ser transferida para a nossa escola. Ela também vive falando sobre as meninas de quem está a fim.

Talvez esse seja um dos motivos para termos ficado amigas tão rápido. Lydia e Claudia estão aqui e sem dúvida são queer. Nesse sentido elas são meio parecidas com os meus pais. Talvez mesmo antes de falarmos sobre bissexualidade eu já soubesse que éramos iguais.

— Me desculpa, sério — Claudia repete. — E eu entendo se você ainda estiver brava, mas fiquei feliz que tenha me deixado vir.

Bato o ombro contra o dela. É a primeira vez que ela pede desculpas por qualquer coisa, pelo menos para mim. Eu aceito.

— Quer ir lá pra dentro? — eu pergunto, fazendo um gesto em direção à porta com a cabeça. — Se a gente continuar conversando assim, acho que vou acabar chorando.

Ela dá risada. Não estou brincando.

Claudia acena para o carro, do qual Lydia prontamente sai. Não demora muito para ela ficar ao nosso lado e passar os braços ao redor do meu pescoço. Eu a abraço de lado. Se o choro não estivesse entalado na minha garganta, eu diria a elas o quanto senti saudade.

* * *

Acho que, se estivessem solteiras, a esta altura Brie e Claudia já estariam casadas uma com a outra. Eu mal consegui terminar as apresentações e as duas já estavam rindo num cantinho. *Rindo. Brie e Claudia.*

— Peraí, ela fez vocês verem *A Different World*? — Claudia balança a cabeça, com o peito saltando de tanto rir. — Não acredito. Acho que eu dormi quando ela me mostrou pela primeira vez. Pelo menos ela não obrigou vocês a assistirem àquele musical francês depressivo.

— *Os miseráveis* é um clássico!

Brie levanta uma sobrancelha.

— Você sabe tudo sobre os *clássicos* mesmo.

— Eu não sabia que você gostava de musicais — Jack diz, se virando para mim. — Que incrível!

— *Gostar*? — Claudia dá uma risadinha cínica. — Esse é o eufemismo do milênio.

— A Simone dirige peças — Lydia informa, apertando meu ombro. — Nossa escola vai encenar *Rent* no inície de dezembro. Vocês deviam ir.

Faz *séculos* que eu não penso na peça. Impossível saber o que vai acontecer.

— Bom... — eu começo a falar. — Não sei se vai ser *uma maravilha*...

— Não, não tem problema — Brie diz, olhando para mim na mesma hora. — Eu amo esse filme.

O *filme*? Não o musical original e revolucionário da Broadway que deu origem a tudo? Então tá, gata...

— A gente devia ir todo mundo — Ralph sugere, com a voz suave. — Eu ia adorar.

Quase solto um grunhido. Ele não tem direito de ser legal comigo. Não posso chorar na frente do *Ralph*.

— *Aff*, aquele bosta que expôs você trabalha na peça, né? — Claudia enruga o nariz, pegando o pacote de Doritos. — Espero que a direção destrua esse menino.

Sinto o estômago revirar. Eu ainda não tinha pensado em como a administração reagiria. É uma das coisas que tenho chutado para o fundo do meu cérebro.

— Espera. — Lydia se apoia em mim. — Vou precisar que vocês me contem tudo o que aconteceu desde quinta, nos mínimos detalhes.

— Pode deixar — Brie diz, olhando para ela. — Você quer falar sobre isso?

Querer eu não quero. Só de pensar no Twitter e em todo mundo descobrindo — mesmo que pensem que é só um boato — me faz querer vomitar. Mas, com Claudia e Lydia de um lado e meus amigos do grupo de apoio do outro, eu me sinto protegida o suficiente para falar. Não sinto que preciso dar conta de tudo sozinha.

Eu suspiro, me sentando de qualquer jeito na cama.

— Beleza — eu digo, com a raiva subindo pela garganta. — Vou contar pra vocês tudo sobre aquele merdinha do Jesse.

30

Em meio a todas as pessoas discutindo e andando pela casa, eu mal consegui dormir na noite de domingo. Meu pai e Dave não estão mais brigando, mas há outras brigas: meu pai e o papito brigando por minha causa, a *abuela* e o *abuelo* se intrometendo, tia Camila falando para todos ficarem quietos. Mas, mesmo se meus parentes não estivessem na cidade, acho que eu não teria dormido bem de qualquer forma.

Pegar minha tarefa antes da nossa reunião com a diretora, marcada para segunda, foi minha ideia. Pensei que seria mais fácil — ficar em casa e ir depois da aula parece melhor do que deixar as secretárias da administração fofocarem enquanto organizam tudo para mim. É claro que eu estava enganada.

Demoro só alguns minutos para entrar na escola, mas isso é tempo suficiente para um milhão de olhos recaírem sobre mim. O corredor fica em silêncio quando eu o atravesso, com Lydia e Claudia ao meu lado como guarda-costas. Normalmente, ninguém olharia para mim. Em geral as pessoas estão conversando, rindo e falando da própria vida. De normal isso não tem *nada*.

— De repente você não precisa ir até o seu armário — Claudia diz, trocando olhares com Lydia. — Mais pessoas podem estar lá. A gente pode buscar suas coisas pra você.

— Não, tudo bem. Eu só quero pegar as minhas tralhas e sair daqui. — Balanço a cabeça. Eu não quero voltar depois disso. Sei que muitos pais preferem que eu saia. Só vou fazer um favor a eles.

Minha teoria se confirma quando chegamos ao meu armário. Lá, em marca-texto vermelho, alguém rabiscou as palavras "AQUI VAGABUNDA NÃO ENTRA". Não sei se eu deveria gritar ou chorar, mas nenhuma dessas opções acontece na hora. Só fico piscando. Sinceramente, eu já esperava. Não é nada muito diferente do que vi no Twitter.

— Simone... — Lydia começa a falar. — Talvez...

Eu só balanço a cabeça, voltando para o corredor. Aparecer aqui foi uma ideia idiota. Talvez uma parte de mim acreditasse que não seria tão ruim quanto eu imaginava, que as pessoas não dariam tanta importância. Talvez eu pensasse que todo mundo ia achar que era uma pegadinha. Ficou bem claro que eu estava enganada.

Passo pelas portas do auditório, que estão abertas. São os ensaios dentro da escola — eu tinha esquecido. A estreia é neste fim de semana, afinal de contas. Eu olho lá dentro. A sra. Klein está no palco, falando alguma coisa. O sr. Palumbo está atrás dela, de braços cruzados. Eu deveria estar aliviada porque a equipe técnica não está presente, mas isso não muda o vazio que estou sentindo por dentro. Entro no auditório sem pensar, atraída pelo elenco que está sobre o palco.

A sra. Klein olha em minha direção e para de falar de repente, me encarando como se eu fosse um fantasma.

— Simone — ela diz, com a voz suave. — Posso falar com você em particular?

Assim que ela fala, as cabeças se viram e os sussurros começam. Tenho vontade de grunhir. Se ela não tivesse dito nada, eu poderia ter saído daqui sem ser notada.

A sra. Klein sai do palco, indo em direção ao corredor. Corro atrás dela. Olhos me acompanham do início ao fim dessa caminhada da vergonha.

— Olha — ela diz, assim que chegamos ao corredor. — Eu sei que esse deve estar sendo um momento muito difícil para você. Quero que saiba que deletamos os tuítes e suspendemos a conta.

— Ah... — eu digo. A esta altura isso não ajuda muito, mas ela nunca tinha sido tão gentil comigo. — Obrigada.

— Você não está sozinha. — Ela coloca uma mão no meu ombro. — Estamos todos do seu lado.

Sorrio sem abrir a boca.

— Mas — ela diz — não pense que isso é algo ruim.

— O quê? — Não sei se entendi algo errado ou se ela está tentando ser poética. — Não consigo imaginar como isso...

— Sei que outras pessoas se sentiriam mal se soubessem o que aconteceu. — Ela está falando ainda mais baixo, como estivesse me dando uma dica sobre um presente de aniversário. — Principalmente alguns dos juízes do Prêmio de Teatro Escolar.

Eu pisco. Por um segundo, fico sem palavras.

— Quer saber? — eu digo, perdendo a paciência. — Vai se ferrar.

Ela tem a coragem de fazer cara de ofendida.

— Simone...

— Sra. Klein — esbraveja o sr. Palumbo. Nós duas nos viramos para olhar para ele. Ele está na nossa frente, bloqueando a porta para que ninguém mais nos veja. Ele deve ter nos seguido até aqui. — Vou pedir que a senhora se retire do ensaio de hoje. Esse é um espaço seguro, e essa regra vale para *todos* os alunos.

— Você não é meu superior — ela diz, ficando vermelha do pescoço às bochechas. — Ainda tenho muita coisa para fazer, e não permito que falem comigo como se eu fosse um dos alunos.

— Podemos levar essa questão à diretora, se preferir — o sr. Palumbo sugere. Alguns alunos cochicham entre si. Mesmo aqui, basta um olhar do sr. Palumbo para calar a boca deles. — Não me importo em cancelar o resto do ensaio.

— Tudo bem, vamos lá — a sra. Klein anuncia, curta e grossa, e sai marchando pelo corredor. Ele para na minha frente antes de ir atrás dela.

— Você é muito corajosa, Simone — ele diz.

Não tenho a oportunidade de responder, porque logo ele sai e deixa todo mundo me encarando. Eu me sinto um peixe-dourado preso num aquário. Mas peixes-dourados nunca têm *tanta* gente olhando para eles.

Alguns alunos pulam do palco quando eu me aproximo. Nossa, estou quase me sentindo uma Kardashian.

— Simone — Eric começa —, você não tem que...

— Só... — Minha voz para. Não sei o que dizer para nenhum deles. Não sei como posso falar com eles quando ainda nem sei o que pensar.

— Eu preciso passar um tempo sozinha.

Eu saio pela porta. Depois de poucos segundos começo a ouvir passos, então me apresso. São Lydia e Claudia, que se aproximam a passos firmes, de propósito. Eu não deveria ter esperado que elas me deixassem sozinha por mais de poucos minutos.

Entro em um dos banheiros. Cheira a perfume, spray de cabelo e desodorante, mas parece que ninguém está por perto. Mesmo assim, eu me tranco em uma das cabines. É mais fácil chorar aqui. Isso é algo que todas as escolas têm em comum.

Acho que nunca me senti tão idiota na vida. Encosto as pernas no queixo e me ajeito em cima do vaso sanitário, tentando evitar contato com a água.

Sério, como as pessoas lidavam com isso naquele começo da epidemia da aids? Quando as pessoas de fato morriam e todo o resto ignorava esse assunto? Fecho bem os olhos. Ryan White foi quase um garoto-propaganda do HIV e da aids, e ele foi diagnosticado lá nos anos 80. Ele teve que lutar para ir à escola por causa do estigma social. A mãe dele precisou falar para as pessoas que não tinha medo de encostar no filho. E esconder o diagnóstico não era uma opção, porque não existiam as medicações que controlam o vírus como existem agora. Ficar tão chateada parece quase idiotice, porque nada disso me impactou desse jeito.

— Simone? Você está aqui dentro?

Miles. Cubro os olhos com uma das mãos. Parece que faz uma *eternidade* que não o vejo.

— O que você veio fazer aqui? — eu digo, tossindo para disfarçar o tremor da minha voz. — Aqui é o banheiro feminino. Vão pegar no seu pé se virem você aqui.

— Suas amigas disseram que você estava aqui dentro — ele diz, falando baixo. — Eu disse que ia tentar falar com você.

Claro.

— Eu... pensei que você não viesse para a escola hoje. Não vi você na aula de história de nível avançado.

— É que eu tinha que vir buscar umas coisas.

— No banheiro?

Bufando, eu me sento e chuto a porta. Ele parece abatido, provavelmente porque a iluminação é uma merda aqui. Só alguns feixes de luz do sol entram pela janela e as lâmpadas do teto estão piscando.

— Acho que não foi uma boa ideia — falo baixo. — Mas não quero voltar lá pra fora. Tenho que esperar aquela reunião. Você vai?

— Eu falei que ia. — Ele está com as mãos nos bolsos. — Meus pais estão dizendo que a diretora acha que fui eu que comecei tudo.

— Não. — Levanto a cabeça na hora. — Eu vou falar que não foi você.

— Não é esse o problema. — Ele comprime os lábios. — Simone, eu lamento muito. Nada disso teria acontecido se você não estivesse saindo comigo.

— Não é verdade — eu digo, passando a mão no cabelo. Não quero ouvi-lo se desculpar por coisas que não são culpa dele. — Acho que teria acontecido de qualquer forma. O menino que contou para todo mundo... me odeia.

Talvez não *me* odeie, exatamente, mas odeia que eu e Miles estejamos juntos.

— Você sabe quem foi? — Ele dá um passo adiante. — Quem?

Não quero dizer o nome dele. Ele e Jesse trabalham juntos desde o começo do ano, e, se eu contar, vou precisar lidar com todas as emoções que ele possa ter — raiva, tristeza ou choque. Já estou exausta demais para lidar com as *minhas* emoções.

Ao mesmo tempo, agora que está aqui, não quero que ele vá embora. Como aconteceu com Claudia e Lydia, não percebi o quanto senti a falta dele.

— Não quero falar sobre esse assunto. — Dou de ombros. — Só preciso encontrar uma forma de lidar com isso.

— Como?

— Acho que mudando de escola de novo. — Olho para o chão. Ele está usando chuteiras. Olho para cima, surpresa. — Você estava no treino de lacrosse?

— Só estava de bobeira. — Ele balança a cabeça. — Como assim mudar de escola?

— Aconteceu uma coisa parecida na minha última escola — eu digo, ainda concentrada nas chuteiras dele. Não consigo não me perguntar como ele fica jogando, mesmo que seja um momento estranho para pensar nisso. — Por isso eu vim pra cá. Mas o segundo ano está quase acabando, então talvez eu me candidate à universidade antes.

— Então é isso? Você vai fugir e pronto?

Se eu for para uma escola maior, haverá tipos diferentes de pessoas, talvez outras pessoas que vivem com HIV. Parece impossível, mas pessoas HIV positivas existem lá no mundo real. Elas lidam com o ensino médio e vão em frente, têm empregos e famílias.

É que nem o cara que fazia *Hamilton*, aquele que Jesse tanto odeia — Javier Muñoz. Não entendo como ele era capaz de contar para todo mundo que era HIV positivo sem explodir. Mesmo assim as pessoas iam assistir à peça, ainda faziam filas quilométricas para conhecê-lo — para apertar sua mão, para *encostar* nele —, porque *sabiam* que ele era muito talentoso. Pisco para mandar as lágrimas embora.

As pessoas que iam ver Javier Muñoz na Broadway não são como Jesse e os outros alunos daqui. Espero que isso seja só uma coisa que acontece na escola, em prédios cheios de adolescentes que ainda não vivenciaram muita coisa para além de si mesmos. Espero que tudo melhore. Mas não *sei* se vai.

Talvez eu possa ir para Nova York e deixar isso para trás, como se fosse um casaco sujo. Eu poderia ser como o papito — ele saiu da Carolina do Norte, onde todos os amigos e familiares dele não aceitavam que ele fosse gay, e se mudou para um lugar onde ninguém dava a mínima se ele beijasse o namorado na calçada. Eu não contaria para *todo mundo* que sou HIV positiva, mas talvez não precisasse esconder. É diferente. Isso não é *fugir*.

— Você não entende. — Eu me afasto dele. — Você nem imagina como é.

— Não é isso. — Ele balança a cabeça. — Só estou dizendo que você não devia desistir só porque algumas pessoas estão sendo horríveis.

— É claro que para você é muito simples. — Reviro os olhos, andando em direção à porta.

— Ei, espera aí — ele diz, puxando meu braço. — Fala comigo.

— Não é desistir — eu digo, olhando para ele. — Estou tentando me proteger. Você viu o meu armário? Eles não me querem na escola deles, e eu não vou ficar num lugar onde não me querem. Não vou ficar aqui e aturar as pessoas me encarando toda vez que eu entrar numa sala, como se eu fosse uma excluída. Eu não sou...

Minha voz fica presa na garganta, e eu fecho os olhos.

— Você não estava lá. — Passei tanto tempo tentando engolir essas lembranças. Agora elas estão todas vindo à tona. — Depois... Depois que todo mundo descobriu na minha antiga escola, eu passei o dia inteiro escondida no banheiro. Os pais dos alunos começaram um abaixo-assinado pra me colocar numa turma separada. Ninguém mais falava comigo. Eu não tinha ninguém.

Eu não sou o Ryan White, nem o Javier Muñoz. Sou só eu. Eu só quero ser normal.

— Eu... eu nem sei o que dizer. — Ele está com as mãos se levantando como se fossem encostar em mim. Ele para no meu ombro. — Vou dar uma surra neles.

— Em todo mundo?

— Todo mundo — ele confirma, assentindo. — Um por um. Eu vou... Não sei. Vou dar um jeito neles. Não quero que você se preocupe. Eu vou resolver tudo.

— Você não pode — eu digo, dando um sorrisinho. — Você não pode simplesmente mudar a forma como as pessoas pensam.

—Talvez eu não possa, mas *você* pode. — Ele vasculha meu rosto com os olhos. — Acho que ninguém seria capaz de odiar você se te conhecesse.

Ai, cara. Eu vou chorar, disso não há dúvida.

— Miles...

— Posso te dar um abraço?

Apoio a cabeça em seu peito antes de ele terminar de falar. Ele está cheirando a suor e sabão de lavar roupa. Os braços dele deslizam pelas minhas costas, e eu deixo que ele me puxe para perto.

— Desculpa — ele diz. — Eu queria saber o que fazer.

— Eu também.

Não sei por quanto tempo ficamos desse jeito, com meu coração desacelerando e minha respiração voltando ao normal, até estragarem tudo.

Simone Garcia-Hampton, por favor, compareça à diretoria. Por favor, compareça à diretoria.

Eu fico tensa. Por que eles *anunciariam* isso no sistema interno?

— Não se preocupa. A gente vai junto — ele diz, me apertando e me trazendo ainda mais para perto. — Vou pegar o moletom no meu armário pra dar sorte. Não vai ser nada tão ruim. Eu prometo.

Eu me esforço para acreditar.

31

Miles e eu entramos na sala da diretora juntos, e meus braços parecem nadar em seu moletom da sorte. Em vez de nos deixar no lobby, uma secretária nos acompanha até uma sala de reunião. Deve ser nela que os professores se encontram para conversar sobre os alunos problemáticos ou planejar as campanhas antidrogas. Agora eu sou um problema que atinge a escola inteira. *Só* eu faço tudo isso.

Uma mesa de madeira oval preenche quase toda a sala. Meus olhos recaem primeiro sobre meus pais, que estão de mãos dadas, sentados mais perto da porta. Do outro lado da mesa estão os pais do Miles, que por algum motivo foram chamados, e isso me dá vontade de vomitar. Eles são parecidos com ele — acho que *ele* é parecido com *eles* —, mas também meio que se parecem um com o outro, com o mesmo cabelo castanho e olhos escuros. Eles estão sentados com as costas retas, e sua mãe está com os dedos cruzados, e seu pai com o cenho franzido.

— Oi, querida — meu pai diz, dando uma palmadinha na cadeira a seu lado. — Senta aqui.

A diretora Decker está sentada na cabeceira da mesa. Está vestindo uma blusa azul-clara, com os óculos empoleirados no alto do nariz.

— Como vocês sabem, o objetivo do corpo docente da Sagrado Coração é oferecer um ambiente de aprendizado rico para *todos* os alunos — ela começa a falar. — Chamei vocês aqui hoje porque ocorreu algo inaceitável, um incidente que ameaça impedir que alunos como a srta. Garcia-Hampton alcancem todo o seu potencial. — Ela junta as duas mãos sobre a mesa. — Não sei se vocês estão cientes do que está em jogo aqui, sr. e sra. Austin, mas infelizmente há indícios de que o seu filho possa estar envolvido nesses acontecimentos.

É tão bizarro que ela tenha chamado *Miles*, logo ele, entre tantas pessoas, quando deveríamos discutir a punição do Jesse.

— Espera — peço, com a voz carregada. A cabeça da mãe dele gira e os olhos dela encontram os meus pela primeira vez, mas o pai dele nem sequer olha na minha direção. — Quantas pessoas sabem? E por que *eles* estão aqui?

Nunca imaginei que conheceria os pais do Miles desse jeito. Mas acho que nada disso importa se eu vou sair da escola.

— Simone. — A voz do meu pai é delicada. — A diretora Decker diz que capturas de tela dos tuítes também foram postadas num grupo de Facebook. Ela acredita que o Miles possa ter algo a ver com isso.

— Tenho certeza que ele não teve... — eu digo, com firmeza.

— Eu posso garantir que meu filho nunca faria algo desse tipo — o sr. Austin diz, me interrompendo. Ele fala como um apresentador da ESPN.

— Ele nunca seria tão...

— Perverso — a sra. Austin termina a frase. — Eu não sei quem seria capaz de inventar uma mentira como essa.

O papito morde o lábio. Ele e o meu pai se entreolham.

— Não é mentira. — Já que vou sair da escola, nada me impede de sair em grande estilo. — Eu tenho HIV mesmo. E o Miles não contou pra ninguém. Eu sei quem contou.

A sra. Austin me encara e pisca algumas vezes. Miles olha fixamente para ela, quase como se pedisse para ela olhar para ele, mas não sei se ele sabe o que dizer. Pela cara dela, parece que acabei de dizer que sou traficante de bebês. Pelo menos ela não sabe o que fizemos na cozinha da casa dela. Já a imagino trancando Miles no quarto para que ele não se aproxime de mim, tipo a mãe da Penny em *Hairspray*.

— Simone — a diretora Decker começa. — Você está dizendo que sabe quem postou essa mensagem?

— Quer dizer, eu imagino quem seja. — Eu junto as mãos e as esfrego uma na outra. — Tem um cara que sabia que eu tenho HIV, e ele ameaçou contar pra todo mundo várias vezes, a não ser que eu... a não ser que eu e o Miles parássemos de andar juntos. Ele disse que não era *seguro* sair comigo.

— Espera — o sr. Austin diz, levantando uma das mãos. — Você tem HIV e está saindo com o meu *filho*? Miles, que irresponsabilidade é essa?

Se ele tivesse me dado um tapa na cara teria doído menos.

— O que o senhor disse? — Meu pai se levanta na mesma hora, mal conseguindo conter a fúria em sua voz. — Escuta aqui, camarada. Por que você não vai...

— Dr. Garcia, sr. Austin — a diretora Decker interrompe. — Não vou tolerar esse tipo de comportamento na minha escola. Mas, para acalmar o senhor, sr. Austin, já adianto que não há nenhuma chance de a Simone transmitir o vírus para os alunos...

— Mas e se ela sangrar? — a sra. Austin interrompe. — E adolescentes caem. Se machucam. Ela poderia passar o vírus para qualquer um.

— Eu não saio por aí *esfregando* meu sangue nas pessoas. — Tento manter a voz firme. — E, se eu me cortar, eu sou a primeira a cuidar disso. Caso vocês não saibam, sabonete torna o vírus inativo.

— E o sexo? — o sr. Austin diz, olhando para o meu pai. — Eles são adolescentes, afinal de contas.

— Não estamos aqui para discutir a vida sexual da nossa filha — o papito retruca. — Estamos aqui para saber se seu filho é a pessoa que publicou essa informação *extremamente* pessoal na internet.

— Papito, ele não...

— Por que eu faria isso? — Miles pergunta. É estranho perceber que ele soa exatamente como o pai dele, ainda mais quando levanta a voz. — Eu não... Eu me importo com ela.

Mordo o lábio. Não posso deixar que Miles leve bronca por algo que ele não fez, principalmente porque eu sou a única pessoa que sabe da história inteira.

— Não foi ele — eu repito, torcendo para que minha voz saia alta o suficiente. — Foi um menino do grupo de teatro, o Jesse Harris. Ele me disse que me viu no hospital, e vem deixando bilhetes com ameaças no meu armário há semanas.

— Por que você não contou isso pra gente? — meu pai pergunta. — Simone, *por que*...

— Porque não pensei que ele fosse fazer *isso*. Ele me disse para me afastar do Miles, então pensei que o Jesse fosse contar pra *ele*, mas não pensei que ele seria tão cruel.

A sala fica em silêncio. É por isso que eu nunca poderia ser atriz; não suporto pessoas me olhando.

— O *Jesse*? — Miles enfim repete. — Tipo, o Jesse-que-mora-do-lado-da-minha-casa?

— É — eu digo. — Foi ele.

Furiosa, a diretora Decker rabisca alguma coisa em sua prancheta.

— Jesse Harris? — A sra. Austin balança a cabeça. — Ele não poderia ter feito isso. Ele é um bom menino.

— A Simone não ia *mentir* — o papito afirma. — Se ela está dizendo que ele a ameaçou, isso aconteceu.

— Mas ela não contou para ninguém até agora — o sr. Austin pontua.

— Por quê? Quem pode dizer que ela não está mentindo sobre outros aspectos? Mas o Miles tem culpa, sim, por não ter nos contado sobre essa situação...

— Situação? — eu repito. Meus olhos procuram os do Miles, mas ele não me olha.

— Por favor, Miles — a mãe dele diz, baixando a voz. Ela se aproxima dele, como se os dois fossem as únicas pessoas na sala. — Você sabe o quanto nós nos esforçamos para chegar até aqui. Você sabe que não pode fazer uma coisa desse tipo.

Não espero que Miles suba na mesa e faça um discurso de apoio a mim. Não espero que ele grite com os pais dele. Mas o silêncio dele me pega de surpresa — a forma como ele fica ali sentado entre a mãe e o pai, sem fazer nada, deixando que digam essas coisas horríveis. Engulo em seco, mas parece que há bolinhas de gude entaladas na minha garganta.

— Alguma coisa *desse tipo*? — meu pai esbraveja. Eu levo um susto. Essa deve ser a quarta vez que o vejo gritar na minha vida inteira. — A medicação e o tratamento contra o HIV evoluíram tanto, mas a opinião pública não mudou nada. Sabem por quê? Por causa da ignorância. Por causa de gente como *vocês*.

— Pai, por favor, *para com isso*. Eu não contei para ninguém porque não queria que *isso* acontecesse — explico. — Eu não queria que as pessoas soubessem e não queria que as pessoas brigassem.

— Então você decidiu mentir? — a sra. Austin me encara com seu olhar de pedra. — Decidiu colocar meu filho em risco?

— Não estamos aqui para falar *dele*. — Minha voz é mais baixa que a dela, mas preenche a sala inteira. A diretora me deixa falar, embora provavelmente não planejasse fazer isso. — Eu me importo muito com o Miles, e nunca teria a intenção de prejudicá-lo. Foi por isso que eu contei para ele que tenho HIV. Mas isso tudo é sobre mim. Sobre mim e o Jesse.

O silêncio é sufocante. Olho para Miles, só por um segundo. Ele dá um sorriso discreto. Eu desvio o olhar. Os pais dele voltam seus olhares para ele, e de certa forma isso é mais pesado do que quando estavam gritando.

— Eu garanto que nosso quadro de funcionários está comprometido com a saúde e a segurança da Simone — a diretora Decker diz. — Vamos entrar em contato com Jesse Harris e vamos investigar essa questão a fundo. Sr. e sra. Austin, obrigada por terem vindo.

Os pais dele já estão se levantando, mas Miles fica para trás. Uma parte de mim gostaria que ele ficasse. A outra parte quer gritar com ele. Eu o defendi. Eu fiz questão de que todos na sala soubessem que ele não escreveu aqueles bilhetes. Mas ele não me defendeu no final da conversa. Fico olhando para a ponta da mesa, observando o jeans da calça dele se mover até a porta.

— Então — a diretora Decker diz, com a prancheta e a caneta diante de si. — Simone, por que você não me conta toda essa história? Do começo?

Eu respiro fundo.

32

Quando chego em casa, só consigo pensar que o meu quarto não mudou desde que comecei a falar com Miles. Talvez faça dois meses, e eu ainda não o limpei. Se não estivéssemos lidando com tantos problemas, o papito já teria vindo me dar um sermão há muito tempo.

Sinceramente, estou surpresa por não ter ficado de castigo. Esconder uma informação tão importante dos meus pais costuma acarretar algum tipo de punição. Mas eu comecei a chorar quando entramos no carro, e isso deve ter ajudado. Isso e o fato de a família inteira continuar na cidade.

Parece que Dave e o meu pai voltaram a se falar, e a *abuela* está fritando *plátanos* com tia Camila. Consigo ouvi-las dando risadinhas bêbadas daqui. Vou sentir saudade delas quando forem embora, depois da peça. Mesmo assim não consigo me juntar a elas lá embaixo. Se eu for, o clima vai mudar, todo mundo vai ficar em silêncio, sem saber como agir perto de mim.

Ficar no meu quarto parece ser a melhor opção.

Desço a barra de rolagem da janela do bate-papo com as meninas. Elas se ofereceram para vir à minha casa, mas não seria justo que perdessem suas atividades do período da tarde por minha causa.

Mando uma mensagem: *Vocês ainda vão ver a peça na sexta?*

Claudia me responde na mesma hora: *A questão é: VOCÊ vai?*

Bato os dedos na tela. Se eu mentir, ela vai saber. É por isso que tenho evitado fazer um Google Hangout com elas. Desativei as notificações em todos os meus aplicativos, mais porque Miles não para de me enviar umas mensagens idiotas pedindo desculpas. Não quero pensar nele. E olha eu aqui, fazendo exatamente isso.

Não sei como isso funciona. Não sei ao certo se terminamos o namoro, se posso continuar o ignorando e só, ou se de fato precisamos *conversar* sobre isso. Talvez eu só mude de escola e não precise lidar com nada disso.

Eu suspiro, com a boca encostada no travesseiro. Terminar soa tão *definitivo*. Outras pessoas virão, é claro, mas nunca haverá outro Miles. Dave já me contou sobre as meninas que namorou no passado, mas ele fala delas do jeito que os adultos falam das namoradas do ensino médio: com a consciência de que elas foram só uma forma de matar o tempo.

Não quero que Miles seja uma pessoa que vou esquecer. Não quero perder o sorriso dele, nem o jeito que ele comenta os musicais em tempo real, nem a obsessão ridícula que ele tem pelo lacrosse. Eu sentiria falta da cara séria que ele faz quando vemos filmes juntos e da voz de tenor que ele faz quando fala. Mas toda vez que penso nele sinto uma dor no peito. Ele foi tão legal quando eu contei que tinha HIV. Ele se comportou como se não fosse nada de mais. Mas depois os pais dele acabaram se envolvendo e alguma chave virou. Parecia que ele não conseguia sequer falar. Talvez ele só não quisesse. Talvez ele tenha sentido que, no fim das contas, não valia a pena fazer isso por mim.

— Tudo certo aí?

Fico imóvel, olhando para a porta. Meu pai está em pé ao lado do papito, o que é estranho. Ele deve ter arranjado alguém para cobrir os turnos dele no trabalho, e isso exige muita negociação.

— Tudo — eu digo, mostrando o celular. — Estava vendo uma coisa engraçada.

— Então... — o papito diz, entrando no quarto. — Jesse Harris.

— Pois é. — Cutuco minhas unhas. — Ele.

— Ele escreveu um pedido de desculpas para você. — O papito mostra um envelope. — A sugestão foi da diretora Decker.

— Espera, mas então ela falou com ele? — eu pergunto. — E como foi que ele descobriu, afinal? Ele estava mentindo a respeito do hospital?

— Bom — meu pai diz —, acho que ele escreveu sobre isso.

— Ah. — Fico olhando para a coberta, atônita. — Que coisa... Caramba.

Não sei o que estava esperando, mas não era isso.

— Não faz sentido tentar desvendar o que aconteceu. — O papito se senta na minha cama. — Esse menino deve ser bem problemático.

Jesse *gosta* do Miles. Talvez se ele não fosse tão horrível eu sentisse pena dele. Acho que eu poderia contar para o Miles, mas eu só me sentiria pior ainda. Ia ser a coisa mais bizarra do mundo, para começo de conversa. E é... Não sei. Parece algo particular. Eu respeito esse tipo de coisa.

— É. — Eu passo a mão pela coberta. — Acho que sim.

— É verdade — meu pai diz, sentando-se ao lado dele. — Pessoas emocionalmente saudáveis não fazem coisas assim.

Eles estão abordando essa questão de forma científica e lúcida, como sempre fazem. Não consigo me lembrar do que me disseram sobre Sarah — acho que meu pai tentou dizer que ela tinha inveja de mim, o que só piorou tudo. Eu só conseguia pensar que poderia ter evitado tudo aquilo se tivesse ficado de boca fechada.

Não sei ao certo o que eu poderia ter feito para melhorar essa situação. Procurar a diretora ao primeiro sinal de confusão teria sido melhor, sem dúvida. Eu também pularia a parte em que acusei minhas melhores amigas de serem traiçoeiras e manipuladoras.

— Você não precisa se preocupar com ele, mas eu sei que isso não ajuda — o papito diz, passando a carta para mim. — Ele foi suspenso pelo resto do ano letivo, e mesmo assim a diretora disse que estão pensando em impedir que ele volte no ano que vem.

— Que bom. — Fico olhando para a carta. Quando janeiro do ano que vem chegar, já vou saber a universidade em que quero estudar. — Ia... ia ser estranho se eu quisesse estudar teatro na universidade?

Não acredito que acabei de fazer essa pergunta. Logo *agora*.

— Claro que não — o papito rebate, e a surpresa fica clara em sua voz. Levanto a cabeça e vejo essa mesma emoção em seus olhos. — Por que seria?

— É que... — Eu não sei me explicar. Por que *seria* estranho? — Porque eu decidiria seguir esse caminho que não tem uma entrada clara, e vocês dois têm empregos *tão* bons, e San Francisco é uma cidade tão cara, e Nova York também...

— *Cariño* — meu pai diz. Ele não fala mais nada, então eu olho para ele. Parece que seus olhos estão lacrimejando. Caramba, eu *odeio* quando eles choram na minha frente. — Sabia que eu nem sempre quis ser médico?

— Não. — Mordo o lábio. — Eu pensei que você tivesse descoberto que queria ser médico depois que a tia Camila quase ficou grávida. Foi isso que ela me contou.

— O quê? — Ele franze o cenho. — Não. Eu... bom, eu ia ser empreiteiro. Seu *abuelo* queria que eu trabalhasse com ele. Eu sabia que esperavam isso de mim desde que eu era muito jovem. Mas, quando comecei a trabalhar, percebi uma coisa. Os negócios não iam sempre bem. A gente fazia muito empréstimo para fazer a conta fechar.

— Entendi, faz sentido — respondo. — Não tem nada que seja *sempre* bom.

— É essa a questão — ele diz, pegando minha mão. — Foi naquele momento que eu percebi que podia fracassar em uma coisa de que eu nem sequer gostava. Seria muito melhor fracassar em alguma coisa que eu amasse do que em outra que me fazia mal desde o início.

Faz tanto sentido que eu fico com um nó na garganta. Abaixo a cabeça. Será que poderia ser tão simples assim? Parece que a maioria dos adultos trabalha com coisas que lhes fazem mal. Levar a vida querendo estar em outro lugar quase parece um rito de passagem. Mas acho que não precisa ser. A dra. Khan não parece infeliz. Nem o sr. Palumbo, nem tia Jackie.

— Simone — o papito diz. — Você é a pessoa mais forte que eu conheço. E isso não é pouco, porque eu era do *exército*.

Solto uma risadinha.

— E... — meu pai completa. Ele titubeia, olhando para o papito. — A sua mãe biológica também teria orgulho de você. Queria que a gente pudesse te contar mais sobre ela, mas não sabemos nada.

— Mas o que sabemos é que ela te amava — o papito diz. — Todo mundo percebia isso. Nós tentamos manter contato o máximo que foi possível.

— Eu lembro de vocês falando com ela. — São lembranças apagadas, mas que continuam presentes. — Ela gostava muito do nome "Simone", não era? Quando vocês disseram para ela, ela disse que a lembrava da...

— ... Nina Simone — eles terminam a frase juntos. É um pouco assustador. Eles se entreolham mais uma vez, e logo depois meu pai pigarreia.

— Temos muito orgulho de você. — Meu pai aperta minha mão. — Você sabe disso, não sabe? Não falamos isso o tempo todo, mas você tem que saber.

Fico olhando para os dois, para as pessoas com quem não me pareço, mas que me amam, me criaram e me ensinaram a sentir as coisas.

— Eu sei. — Olho para eles com um sorrisinho. — Eu amo vocês dois.

Espero os dois saírem do quarto para ler a carta.

Cara Simone,

Eu não sei o que eu posso falar pra melhorar a situação, mas me disseram que escrever uma carta era uma das coisas que eu tinha que fazer. Então, me desculpa. Eu não queria fazer você sofrer. Na verdade, até que eu queria um pouquinho. Meu pai morreu no ano passado, mas eu sempre ia com ele a todas as consultas. Eu sempre te via no hospital. Quando o Palumbo te apresentou no primeiro dia de ensaio, eu tive certeza de que te conhecia de algum lugar. Quando precisava esperar o meu pai, eu dava umas voltas e sempre te via por lá. Não sei por que eu ficava tão bravo quando via você rindo com aquela galera, mas eu ficava.

Sei lá. Quando meu pai me disse que tinha HIV, eu não pensei que ele fosse morrer, só que ele nunca tomou nenhum remédio. Foi tudo muito rápido. Depois que ele morreu, ficou tudo uma bagunça. Minha mãe precisou arranjar um segundo emprego e a casa fica vazia sem ele. Tudo mudou, mesmo que eu tente fingir que não.

Acho que pareceu que você estava fingindo. Eu te via no corredor com os seus amigos e tal e achava injusto que tudo estivesse tão normal pra você. Tipo, quem tem HIV está doente. Era para você parecer uma pessoa doente. E todo mundo que tem HIV vive infeliz (meu pai vivia, pelo menos), então eu pensei que você também fosse.

Parecia injusto. Não sei explicar de outro jeito.

Eu conheço o Miles há muito tempo. Ele sempre foi meu vizinho, mas eu só me aproximei dele este ano. E também tem a questão de eu gostar de meninos e tudo mais, e é óbvio que ele não gosta. Isso também não ajudou. Estão me falando que eu devia escrever que a culpa não é sua, e não é mesmo. Acho que você não tem culpa de nada disso. Também não sei por que estou te contando tanta coisa, mas acho que você merece uma resposta.

Não sei direito o que posso falar para melhorar a situação, como eu já disse. Eu lamento muito que as coisas tenham ficado tão difíceis para você. Não posso dizer que não sabia que essas merdas iam acontecer, porque eu não cheguei a pensar no que ia acontecer. É que eu... simplesmente não conseguia acreditar que você era HIV positiva e que estava dando tudo tão certo para você. E que era tão diferente do que aconteceu com o meu pai. Não parecia justo.

Enfim... Eu vou ser expulso e você provavelmente vai mudar de escola. É tipo quando as coisas se equilibram no final de Hamlet, como a gente falou na aula de inglês.

Desculpa mais uma vez,
Jesse

33

A sexta-feira chega antes que eu esteja preparada. Passei três meses imaginando como iria reagir na noite de estreia. Sei que aqui não é a Broadway, mas é a primeira vez que me confiam a direção de uma peça *inteira*. Eu devo minha presença a todo mundo. Foi isso que eu disse a mim mesma no caminho, pelo menos.

Respiro fundo, colocando a mochila no ombro. Todos os alunos envolvidos na produção da peça devem entrar pela porta lateral do auditório. Mas, quando estou quase lá, começo a andar mais devagar. Tem uma multidão amontoada perto da porta principal. Estou longe o suficiente para não conseguir ver os rostos, mas é gente demais para serem só pais dos alunos.

— Não acredito que resolveram seguir com a peça — uma mulher diz. Ela está praticamente gritando, tão alto que é possível ouvir sua voz esganiçada por cima do burburinho das pessoas. — Já foi uma escolha inadequada desde o início, mas agora, com aquela aluna-diretora? Por acaso estão tentando fazer alguma *campanha?*

Meu estômago vira do avesso. Deixa pra lá. Eu não consigo. Isso não deveria estar acontecendo. Não hoje, não nesta escola.

Entro correndo pela porta lateral, mantendo a cabeça baixa enquanto ando até o fim do corredor. Minha melhor opção de esconderijo é o armário do acervo. As coisas de que precisamos já estão nos bastidores, então ninguém vai me incomodar lá. Vou direto para lá, abrindo a porta e me esgueirando.

Vendo pernas passarem por perto, eu me enfio ainda mais no armário. A porta não tranca, mas o espaço é suficiente para que eu me encolha e ninguém me veja.

— Tem algumas pessoas reclamando da Simone — uma voz próxima diz. Talvez seja a nova chefe da equipe técnica, uma menina chamada Katie. — Não sei se algum de nós deve ficar lá fora para pegar os ingressos. Estão sendo tão mal-educadas.

— Não estão sendo violentas, estão? — Esse é o sr. Palumbo. Sua voz grave e gentil sempre me faz lembrar do sr. Feeny, o professor da série O *mundo é dos jovens*, mas consigo perceber que no fundo ele está estressado. Nem imagino como está lidando com tudo isso, ainda mais agora que ele e a sra. Klein não estão se falando.

— Não, acho que não — Katie opina. — Aí eles passariam do limite.

— Nunca vi nada assim na minha vida — o sr. Palumbo admite. Em seguida ele se recompõe. — Olha, vá chamar a sra. Klein e fale para ela pedir para alguns dos professores voluntários ficarem lá fora entregando os programas. Vou acalmá-los um pouco.

— Certo — Katie diz. — Ainda vamos começar no horário?

— Teoricamente sim — ele responde. — Você viu a Simone em algum lugar?

Seguro a maçaneta da porta. Não tenho condições de falar com o sr. Palumbo neste exato momento. Da última vez já foi extremamente difícil, e nem chegou a ser uma conversa de verdade.

Eu suspiro, olhando ao redor do meu esconderijo. Há vários chapéus diferentes espalhados pelo armário. Um chapéu de caubói cor-de-rosa brilhante e um véu de casamento são as coisas mais próximas. Pilhas de caixas abertas ocupam o resto do espaço.

— Vou procurar a Simone. — Ouço o sr. Palumbo dizer. — Na pior das hipóteses, podemos começar a peça sem ela. Mas não acho que seja justo. Tem certeza de que você a viu entrar?

— Absoluta — Katie afirma. — Ela passou do meu lado e não falou nada.

Merda. Pelo visto não fui tão discreta quanto imaginei.

— Tudo bem — o sr. Palumbo diz. — Vou procurá-la.

Eu sei que estou decepcionando o sr. Palumbo. Ele me escolheu porque acreditou em mim. O pessoal passou horas decorando falas e ensaiando músicas, pintando cenários e aprendendo onde fica cada acessório nos poucos segundos em que o palco escurece. Essa peça é o resultado de um baita esforço de um monte de gente — inclusive do Palumbo. Não posso deixar o cara na mão.

E não posso decepcionar a mim mesma, a menina que um dia queria dirigir O *Rei Leão* e O *fantasma da ópera*, cujo maior sonho era um dia dirigir uma produção de *Hamilton*. Mas nunca vou fazer nada disso se eu me esconder. Não posso esconder nem o pensamento que estou há muito tempo tentando reprimir — que minha mãe biológica iria se desapontar comigo. Ela nunca teve a oportunidade de me conhecer, mas acho que ficaria decepcionada se eu deixasse isso passar.

Eu ficaria decepcionada comigo.

Alguém bate na porta do armário do acervo. Fico paralisada. Ninguém bateria na porta se não pensasse que havia gente aqui. Porra, é um *armário*.

— Simone? — Miles chama, com uma pergunta na voz. — Você está aí?

Mordo o lábio. Há silêncio do outro lado da porta. Se eu ficar bem quietinha, talvez ele vá embora.

— Dá pra ver o seu sapato — ele diz, depois de um tempo. — Então eu sei que você está aí.

— E se eu *não quiser* conversar?

Ele não responde. Em vez disso, abre a porta. Está todo de preto por baixo do agasalho do lacrosse. É estranho ver Miles tão sem graça. Já o vi nervoso outras vezes, mas nunca desse jeito.

— Você está chorando? — A voz dele cai várias oitavas.

— Não — eu digo, passando a mão no rosto para provar. Talvez meus olhos já estivessem lacrimejando antes, mas eu juro que não saiu nenhuma lágrima. — Só estou tentando evitar todo mundo. Só isso.

Ele faz que sim com a cabeça, em um movimento lento, colocando as mãos nos bolsos.

Neste momento, gostar dele não é tão simples quanto era quando assistíamos à Netflix juntos ou quando ficávamos papeando num banco de parque. Também não foi tão simples quando ficamos juntos na cozinha da casa dele, mas pelo menos pareceu. Agora todas as outras pessoas acabaram virando parte dessa *coisa* que era para ser só nossa.

— Então — ele diz, entrando no armário. Não abro espaço para ele, mas ele se enfia entre duas prateleiras mesmo assim. — Eu entendo completamente se você nunca mais quiser me ver. Mas eu queria ver você.

— Mesmo eu sendo uma excluída? — Solto uma risadinha cínica. — Todo mundo me odeia, e a maioria nem me conhece... inclusive os seus pais. Você nem tentou me defender.

— Isso não é justo. — Ele morde o lábio. — Eu tentei.

— Não é justo? — Balanço a cabeça. — Sabe o que não é justo? Tudo que eu preciso enfrentar agora. Você nunca precisou lidar com isso. É tipo... Tem um abismo, e eu estou de um lado com a minha família e as outras poucas pessoas que entendem de verdade, e todas as outras pessoas estão do outro lado. Eu pensei que você estivesse do meu lado. Eu *preciso* de pessoas do meu lado. Está sendo difícil agora, mas é muito mais difícil quando eu estou sozinha, e eu me senti completamente sozinha quando você ficou lá sentado e não disse nada.

— Simone. Nossa, eu... — Ele abre a boca, mas gagueja e a fecha de novo. — Eu nunca quis fazer você se sentir assim. Eu não... Não adianta mais, mas eu não... Eu só fiquei sem ação. Não estou acostumado a brigar com os meus pais.

Fico olhando para os meus joelhos. Não sei o que dizer.

— Mas eu briguei — ele prossegue. — Logo que a gente chegou ao estacionamento. Eu disse pra eles que só tinham falado merda e que você tinha agido mil vezes melhor que eles, mesmo sendo só uma adolescente.

Levanto os olhos na mesma hora.

— Você disse isso?

— Disse — ele responde. — E umas outras coisas. Eles não gostaram muito... Eu estou cem por cento de castigo agora. Mas era verdade. Eu devia ter falado tudo isso durante a reunião. Mil desculpas.

Não consigo imaginá-lo xingando os pais. Por *minha* causa.

— Obrigada — eu digo baixinho. — Isso foi bem bacana da sua parte.

Ele fica me olhando por um segundo, como se esperasse alguma outra coisa, mas eu só retribuo o olhar. Estou impressionada com o que ele fez, mas nem por isso vou dar uns beijos nele.

— Você vai ficar aqui? — ele pergunta, mudando de assunto. — Não vai sair e ver a peça incrível que você passou todo esse tempo dirigindo? Então por que você veio?

Ele tem razão. Eu vim porque queria ver a peça. Eu sei que vai ser incrível. Eu queria sentir orgulho de todo mundo na frente da minha família, na frente dos meus amigos, mas também na frente de pessoas que eu não conheço. Eu queria ver a cara delas quando vissem esse pessoal cantando sobre coisas que muitos de nós não conseguimos entender, apesar de todos nós entendermos o que é amor, medo, morte. Mas essa é uma resposta muito longa.

— Não sei... — eu digo, olhando para a porta. — Eu achei que queria ver a peça, mas... está todo mundo revoltado por minha causa, e não por culpa de mais ninguém. As pessoas estão revoltadas por causa de uma coisa que eu não posso controlar.

— Mas não é culpa sua — ele insiste. — Você não pode... Eu sei que deve ser muito difícil, mas você se dedicou tanto a essa peça. Você não pode deixar essas pessoas roubarem isso de você.

— Então o que é que eu faço? — eu pergunto, olhando para ele. — Só ignoro essas pessoas? E se elas me virem? E se elas resolverem interromper a peça? Aí eu destruí a peça pra todo mundo.

— Mas você não precisa ficar sozinha — ele diz, com um tom sincero.

— É isso que eu estou tentando te falar. Eu estou aqui, e seus professores, seus amigos e a sua família também. Você não vai ficar sozinha. Se elas quiserem gritar com você, vão ter que passar por mim.

— Você não está falando sério.

— Estou, sim — ele diz, chegando mais perto. — É bem sério. Não vou mais te decepcionar. Ainda mais porque eu tenho quase certeza de que estou apaixonado por você.

Olho para ele. Ele abre um sorriso bonito.

Ele não pode simplesmente fazer *isso*. Ele não pode vir com essa bem *agora*.

Abro a boca. Nada sai. Uma parte de mim quer dizer que ele não ama ninguém, que ele só tem dezessete anos e nem sabe o que é amar alguém. Mas eu sei que isso não é justo, porque eu *também* tenho dezessete anos e amo um monte de gente e um monte de coisa. A outra parte de mim está uma pilha de nervos. "Estou apaixonado(a) por você" é uma das frases mais assustadoras da nossa língua. É tipo estender seu coração para uma pessoa e pedir para ela não pisar nele.

Mas Miles falou primeiro. Ele estendeu o coração dele para mim.

— Ah, Miles — eu digo, com a voz emocionada.

Ele sorri. Ele está tão perto que eu mal preciso me mexer para beijá-lo. Mas parece que ele leu a minha mente, porque se afasta.

— A peça já vai começar — ele diz. — Você vai?

Por um segundo, penso que queria estar com o moletom da sorte. Mas em vez dele eu tenho Miles, bem encostado em mim, disposto a sair daqui ao meu lado. E pensar que eu tinha medo de que tudo isso fosse fazê-lo fugir.

Jogo a cabeça para trás, olhando o corredor pelo espaço sob a porta. É o suficiente para que eu consiga ver algumas das pessoas que estão em pé do outro lado e ouvi-las falando ao mesmo tempo. Parece até que estão em outro mundo. Mas este é o *meu* mundo, e eu vou decidir o que acontece nele.

— Tá bom. — Eu seguro firme a mão dele. — Vamos lá.

34

Leva um instante para que todos percebam que saí de lá.
— Mas você não acha que vai ser um retrato *autêntico* da vida com aids? — O homem parece um professor que acabou de dar uma aula, usando óculos de armação redonda e um casaco de veludo cotelê marrom por cima de uma camisa azul. — Sem dúvida uma aluna-diretora com HIV pode expandir nossos horizontes *e* o de todos os alunos se compartilhar suas experiências.

— De jeito nenhum — uma mulher branca de meia-idade se intromete, falando por cima dele. — Eu venho repetindo a mesma coisa desde que o Mikey chegou da aula falando dessa peça. Era para ser um musical da escola, mas nem dá para saber, com tanta indecência que eles falam. Eu fui contra *antes* de saber daquela menina.

Então essa é a mãe do Mike Davidson. Ela parece uma seção de comentários de portal em forma humana. Eu nunca tinha percebido que as pessoas falavam assim na vida real.

Dou um passo à frente. O burburinho enfraquece à medida que todos me reconhecem.

A sra. Davidson fica de queixo caído. Eu me pergunto se ela já leu alguma coisa sobre o HIV, ou se está brava porque esse é simplesmente seu estado natural. Não consigo ver todas as pessoas, mas tenho a impressão de que todos vão caber no auditório confortavelmente — quer dizer, se ainda quiserem entrar.

— Olha — o sr. Palumbo começa a falar, colocando uma mão no meu ombro. — Você não precisa se obrigar a fazer isso. A gente pode voltar lá para dentro. Isso não é responsabilidade sua.

Meus pais provavelmente estão aqui fora com tia Camila, mas não consigo vê-los. Tenho certeza de que o *abuelo* e a *abuela* estão aqui, prontos para dar porrada em alguém, como Claudia e Lydia prometeram fazer. Talvez até Dave tenha resolvido vir. Eu me obrigo a respirar, apertando a mão do Miles. Não estou sozinha.

— Oi, pessoal — eu digo, levantando a voz. É que nem apresentar um trabalho na aula. — Eu quis vir aqui fora para falar com vocês, porque eu sei que vocês estão chateados.

O ruído não volta a crescer como eu imaginava que aconteceria. Algumas pessoas da frente se recusam a olhar para mim, preferindo encarar o chão ou um ponto atrás da minha cabeça. É claro que não vão falar sobre mim enquanto eu estou *aqui*. Nem o tal professor me olha nos olhos.

— E eu não vou fingir que não sei por que vocês estão chateados — eu digo. Miles aperta a minha mão. — Então eu vou contar algumas coisas que acho que vocês precisam ouvir. Número um, eu sou adotada. Meus pais não tiveram medo de me adotar, porque conheciam muitos homens gays que morreram em decorrência da aids na comunidade deles. Acho que vocês se lembram dessa fase da nossa história.

Mais silêncio. A luz dos carros que entram no estacionamento está ofuscando minha visão, mas eu me concentro na sra. Davidson, que está na minha frente. Ela continua evitando meu olhar. Continuo olhando para ela mesmo assim.

— Para quem não sabe, o HIV é um vírus que está no meu sangue — falo, de queixo erguido. — Vocês não conseguem vê-lo na minha pele, nem nos meus olhos, nem no meu cabelo. Eu pareço tão normal quanto todo mundo.

Mais pessoas estão olhando para mim, algumas com expressões muito sérias. Não parecem estar prestes a brigar, não agora, pelo menos. Eu respiro fundo de novo.

— A medicação que eu tomo é o que me mantém viva — prossigo. — Graças a ela eu estou saudável e consigo dirigir essa peça, e ela me manteve saudável pela minha vida quase inteira. Ela diminui a quantidade de vírus no meu sangue até que a minha médica não consiga mais detectá-lo.

Miles aperta minha mão mais uma vez, mas eu me obrigo a não olhar para ele. Eu ficaria muito distraída.

— Apesar de a minha carga viral estar muito baixa, eu ainda tenho HIV. Mas eu não posso transmitir o vírus para mais ninguém.

Agora o silêncio é absoluto. Nenhuma folha voa, nenhum pássaro canta. O sr. Palumbo não veio dizer nada, então acho que ele também está me ouvindo.

— Agora, nada disso é da conta de vocês — eu digo, tentando (em vão) não soar amarga —, e vocês teriam descoberto essas coisas com uma pesquisa bem rápida. Meu HIV não é uma ameaça para ninguém aqui, mas a ignorância de vocês é uma ameaça para mim. Eu fui vítima de bullying, fui agredida, ouvi que não sou bem-vinda nesta escola. Querem saber por que as pessoas que vivem com HIV não divulgam essa informação? Porque é perigoso. Tem pessoas que se machucaram e até que foram assassinadas depois que se abriram. Essa devia ser uma decisão minha, e vocês me roubaram isso. Mas eu não vou perder também essa peça. Eu *mereço* estar aqui.

Paro de falar um instante e olho para o Palumbo. Ele sorri.

— Os outros alunos do elenco e da equipe, e os consultores e colaboradores, se esforçaram muito para realizar essa peça. — Minha voz está ainda mais firme. — Eu não poderia estar mais orgulhosa de tudo o que nós conquistamos.

Faço uma pausa. Não sei o que mais posso dizer sem começar a dar uma bronca nessas pessoas. Elas estão me olhando como se eu estivesse numa TED Talk. Acho que comentar que estou furiosa não vai ajudar; fica pra outra hora.

— Se vocês querem mesmo que seus filhos convivam com pessoas que são influências positivas, precisam começar por vocês mesmos e por seu comportamento — eu prossigo. — Não deixem que a ignorância estrague a oportunidade que vocês têm de aproveitar essa peça, para a qual nos dedicamos tanto. Se a gente for parar pra pensar, todo mundo que trabalhou nesse musical faz parte de um time... e é um time que merece a torcida de vocês.

O silêncio é aflitivo. Não costumo gostar de silêncio, e agora é pior ainda. Não sei se devo pedir para eles entrarem, ou se só devo entrar e dar o exemplo. Acho que não há mais nada que eu possa dizer, na verdade. Afinal de contas, não vou *me desculpar*.

— Foi legal — Miles elogia, se aproximando do meu ouvido. Ele fala baixinho, como se esse fosse nosso segredo. — Tipo, legal *demais*.

Eu poderia esperar até que algum deles começasse a pedir desculpas, mas algo me diz que isso não vai acontecer. Em vez disso, eu o beijo. É um beijinho rápido, mas é o suficiente para arrancar uma arfada de susto do grupo.

Foi ele quem me deu apoio para que eu viesse aqui fora, e agora não estou mais com tanto medo. Não me importa se os outros sabem. Eu *quero* que saibam que eu e Miles nos beijamos. Não para provar nada, mas porque ele é *Miles*. Eu quero beijar Miles em todos os lugares, na frente de todo mundo.

Ninguém tem nada a dizer. Meu palpite é que ficaram quietos porque estão com vergonha, porque sabem que me trataram que nem lixo. Eu quero que eles fiquem chateados por terem feito o que fizeram. Todos foram babacas, todos eles juntos, mas agora parece que não querem admitir e preferem ficar se entreolhando com ar de constrangimento.

O sr. Palumbo pigarreia. Eu me afasto, olhando para Miles e dando uma piscadela. Ele sorri de um jeito que me dá vontade de beijá-lo de novo. Como é que as pessoas esperam que eu olhe para ele e *não* queira transar? Tem tantos sentimentos explodindo dentro do meu peito. É tudo muito mais intenso do que eu esperava.

— Nós vamos abrir as portas agora — o sr. Palumbo anuncia. — Procurem os membros da equipe que estão vestidos de preto para chegar às suas poltronas. Mas, se resolverem desistir, não poderemos oferecer reembolso.

Cada ingresso custou quinze dólares. Sinto vontade de abraçar o sr. Palumbo até ele morrer.

Uma menina dá um passo à frente, abrindo caminho pelo fundo do grupo e arrastando alguém atrás dela. Não sei por que as pessoas não estão dando espaço para ela passar, já que não parecem querer entrar, de qualquer forma. Reconheço os olhos avelã assim que os vejo. Brie.

— Meu Deus do *céu*. — Falta muito pouco para eu dar um berro. — Vocês *vieram*?

Jack está atrás dela — na verdade eles estão de mãos dadas que nem dois trouxas, mas enfim —, e trouxe *flores*. Tenho que me segurar para não chorar.

— Claro que a gente veio. — Eu nunca tinha ficado tão feliz em ver as covinhas do Jack. — Espero que ainda dê tempo de comprar os ingressos. A gente meio que trouxe uns amigos.

Ele aponta para trás. Quase não acredito, mas Ralph veio, de camisa social como se fosse assistir a uma ópera, e Julie está falando com uma galera que eu não reconheço. Alicia está ao lado deles, com uma criança pequena no colo. Ela me vê e dá uma piscadinha.

— Bom... — Minha voz está toda engasgada. — Obrigada a todos vocês por... por tudo *isso*. Vocês não precisavam fazer isso. *Sério*.

— Obrigada *você*. — Brie agarra meu braço. — Você não deve nada a *ninguém*, mas você veio mesmo assim. Você é foda.

Merda. Agora eu chorei. Ela e Jack vão em direção à porta, e o resto do grupo vai atrás deles. Julie e Alicia me puxam e me dão um abraço, falando que querem me encontrar depois da peça, e o sr. Palumbo abre a porta para as duas. Elas dão risada e falam alto como se estivessem *empolgadas* por terem vindo. Consigo ver os meninos da equipe técnica correndo para recebê-los com os programas da peça, apostando corrida para ver quem vai entregar o primeiro da noite.

— Falou bem — uma voz bruta se aproxima pelas minhas costas.

Eu me viro e vejo o sr. Austin, que está perto *demais*. Dou um passo para trás, levantando a cabeça para encará-lo. Ele é alto, ainda mais alto que Miles. É estranho vê-lo sem a roupa social; ele está só com um agasalho da escola. Parece que ele e Miles combinaram de vir com a mesma roupa. Isso me lembra aquela série *Além da imaginação*.

— Obrigada — eu digo, inclinando a boca para o lado. — Não sabia que você viria.

Ele olha para Miles, sem nem tentar disfarçar.

— Ah — tento falar, piscando algumas vezes. — Faz sentido.

Ele entra no prédio sem dizer mais nada. Não sei o que eu esperava, mas não era isso. Me pergunto quantas outras pessoas Miles convidou. Pelo menos o pai fez esse esforço por ele.

— Não achei que ele fosse agir assim — Miles diz, em tom de pedido de desculpas, olhando para trás. — Só falei para ele vir.

Eu diria mais alguma coisa, só que há mais pessoas se dirigindo à entrada. Até tia Jackie aparece, me puxando para um longo abraço. Nem todo mundo está entrando — consigo ver algumas pessoas do grupo voltando para seus carros —, mas não estou nem aí. A esta altura elas poderiam jogar tomates em mim que eu não me importaria.

Mais e mais pessoas entram, ou olhando para mim com certo constrangimento ou simplesmente fingindo que não estou aqui. Não sei até que ponto estão entrando por conta do que eu disse ou porque já tinham gastado dinheiro nos ingressos.

— Eles vão fingir que não estavam, tipo, exigindo que eu fosse expulsa? — eu pergunto, me voltando para o sr. Palumbo. — Foi isso que aconteceu, não foi? E estão só fingindo que não.

— As pessoas não gostam de admitir que erraram. — Ele comprime os lábios. — Quando isso parecia ser o objetivo do grupo, mais gente estava de acordo. Agora *isso* parece a decisão certa.

— Porque você basicamente disse que eles estavam sendo uns babacas ridículos — Miles opina. — E eles poderiam ter gritado com você, mas ia ficar mais feio ainda. Então deixaram por isso mesmo.

— Mas você acha que alguém pelo menos *ouviu* o que eu disse? — eu pergunto, resistindo à tentação de passar a mão pelo cabelo. — Porque eu pensei com cuidado em tudo aquilo.

— Se pelo menos uma pessoa aprendeu alguma coisa, você cumpriu seu objetivo — o sr. Palumbo diz. — E eu aprendi muito. Agora vamos ver a peça com um novo olhar.

— Verdade — Miles concorda. — Quer dizer, eu já sabia várias daquelas coisas, porque você me falou. E porque eu sei usar o Google.

— Cala a boca. — Eu o empurro. — Você não conta.

— Puxa vida, Simone! — Nem tenho tempo de reagir, e o papito me abraça. — Eu estava procurando você. Onde você estava?

— Eu meio que me tranquei no armário — eu digo, encostada no peito dele. — Você sabe bem como é isso, né?

Penso que ele vai me dar um sermão, pelo menos para não ficar chato na frente das pessoas, mas ele só dá risada. Meus pés não estão encostando no chão e, por um segundo, eu penso no problema que ele tem nas costas. Assim ele vai quebrar a coluna.

— Acho que nunca senti tanto orgulho na vida — meu pai diz, aparecendo por trás dele. — É muito importante que você saiba disso, Mony.

— Eu sei. — Pisco para não chorar. O papito me coloca no chão, e eu faço um gesto. — Gente, esse é o sr. Palumbo. É por causa dele que estou fazendo isso hoje.

Eles se cumprimentam com um aperto de mão, e Miles me cutuca mais uma vez.

— Será que eu posso ficar ao lado do palco com você?

Se ele ficar lá comigo, ninguém vai assistir à peça, e ele sabe muito bem disso. Reviro os olhos.

— Venham. — Puxo meus pais pela mão. — Eu quero ver a peça.

— Tomara que a gente consiga lugar. — O papito sorri.

* * *

É bem difícil não chorar. Em parte porque os cenários estão muito bonitos — como se esse de fato pudesse ser um palco da Broadway. Talvez eu seja suspeita para falar, mas e daí? Laila arrasa no solo dela, e Rocco encanta a plateia, como já era de esperar. Mas a minha parte preferida é quando todos entram juntos no palco no final da peça, para receber os aplausos. Fico em pé ao lado do palco, gritando até ficar com dor de garganta enquanto os membros da equipe técnica, da orquestra e do coro correm para o palco. Os membros do elenco saem um por um, mas Eric me surpreende com um sorrisinho torto antes de chegar sua vez. Talvez a emoção da noite de estreia tenha desbloqueado uma reserva secreta de empatia que ele tinha no coração, sei lá.

— E por último — Palumbo chama —, mas *com certeza* não menos importante, nossa maravilhosa aluna-diretora, Simone Garcia-Hampton!

Fico sem ação. Diretores não sobem no palco para receber aplausos. Eu nunca subi no palco durante os ensaios. Olho para trás, e não há mais ninguém nos bastidores para me encorajar. Ando lentamente em direção ao palco. As luzes são ofuscantes. Mal consigo ver as pessoas que estão na plateia, mas consigo reconhecer o novo corte de cabelo da Claudia, o que significa que Lydia também deve estar ali. Todo mundo está sorrindo e aplaudindo, provavelmente porque eles estão em cima do palco, mas isso sem dúvida não me faz *mal*. Palumbo faz um gesto para que eu continue andando, e a sra. Klein está do outro lado dele.

Estar ali, no centro do palco com todo mundo ao meu redor, aplaudindo e comemorando? Essa é a melhor parte da noite inteira.

35

O Prêmio de Teatro Escolar não é tão bom quanto a noite de estreia.
— Vocês acham que tirar fotos demais é coisa de pai?
— Deve ser — Lydia diz. — Meu pai faz a mesma coisa, mas eu pensava que era porque ele é sempre insuportável.
— Parem com isso, meninas — meu pai reclama, tirando os olhos de trás da câmera. — Não dificultem. Por acaso é tão ruim assim que eu queira tirar fotos da sua noite especial? Só mais algumas...
Eu resmungo sem tentar disfarçar. Estou de salto há mais ou menos meia hora, e meus pés já estão doendo. Mais tarde tia Camila vai precisar ouvir meu desabafo, já que foi ela quem deu essa ideia.
— Eu meio que acho bom que o meu pai me ignore — Claudia resmunga, se aproximando de mim. — Porque eu nunca preciso lidar com nada disso.
— Sorriam!
Eu pisco de propósito.
— Se você continuar tirando fotos, vai ficar sem memória — diz Lydia, sempre a amiga compreensiva. Ela está mais bonita que eu, como sempre, com um vestido vermelho e um coque que a faz parecer uma princesa. — Você não vai conseguir tirar fotos da cerimônia em si se gastar todas aqui, dr. Garcia.
— Não apoia ele — resmungo, alisando meu vestido. Eu não usava um vestido desde a oitava série, então a sensação é estranha. — Eu ia tentar te convencer a deixar a câmera aqui.
— De jeito nenhum — o papito fala do outro cômodo. — Vocês vão ganhar todos os prêmios, e a gente vai registrar cada minuto.

— Não esqueçam de baixar os arquivos da câmera depois — eu peço, descendo as escadas e indo em direção ao meu pai. — Conhecendo vocês, sei que vão esquecer e vamos encontrar o Lin-Manuel Miranda e não poderemos tirar fotos porque a câmera está cheia.

Vai ser o primeiro verão que vamos passar em Nova York em *muito* tempo. A ideia é "passar um tempo em família", mas já sei que posso convencer Dave a me levar aonde eu quiser. Não vejo a hora de arrastá-lo para a Broadway.

— Não brinca com isso. — Meu pai faz uma careta. — Eu posso usar o celular.

— Mas o seu celular vai capturar o momento em alta definição?

— *Simone* — Claudia me repreende. Ela está usando uma blusa que parece um smoking e calça. Eu quase queria ter copiado a ideia dela. — Seu pai atura *todas* as suas bobeiras, não pega no pé dele.

— Obrigado, Claudia — meu pai diz, fazendo uma pausa. — Acho.

A campainha toca, ecoando pela casa. Meu pai vai atender, mas eu o pego pelo braço, sorrindo.

— Deixa que eu atendo. Você podia tirar mais fotos da Claudia e da Lydia.

— Legal — Claudia diz. — Já abandonando a gente.

— *Não* estou — eu retruco, abrindo a porta. É o Miles, de novo com aquele agasalho do lacrosse. — Cara, se você ia usar isso, eu não precisaria usar isto.

— Eu ia trocar de roupa, na verdade. — Ele sorri para mim daquele jeito bobo. Ele puxa a alça que está sobre o ombro, e eu vejo a sacola enorme que está carregando. — Pode ser, madame diretora?

— Claro, tanto faz. — Reviro os olhos, mas quando meu pai não está olhando lhe dou um beijinho no rosto. — Você pode se trocar no meu quarto. E eu tenho uma coisa pra você.

— Peraí, você não tem uma regra que proíbe a entrada de meninos? — Lydia cruza os braços. — Acho que vocês dois não deveriam ficar sozinhos.

— Te odeio — falo, passando por ela. — Acho que eu vou lembrar o *seu* pai de que ele precisa tirar fotos suas quando a formatura chegar. A gente vai ligar pra ele.

— Você não teria coragem — ela diz, me olhando.
— A Lydia tem razão. — Meu pai ergue uma sobrancelha. — Porta aberta, Simone.
— Ele está *trocando de roupa*, pai.
— Então você não precisa ficar aí, precisa?

Eu suspiro, levando Miles para o andar de cima. Ele dá risada enquanto eu o arrasto até o meu quarto e deixo só uma fresta da porta aberta.

— Você quer mesmo que eu troque de roupa? — ele pergunta. — Porque eu posso deixar a coisa mais interessante, se você quiser assistir.

Tento não corar — acho que não adianta de nada — e cruzo os braços.
— Quero, você não pode usar isso na cerimônia. — Eu me viro e fico olhando para minha cômoda, tentando encontrar o presente que comprei para ele. — Acho que meu pai vai subir aqui em um minuto.
— Peraí, o que é isso?

Eu me viro e o vejo segurando meu vibrador. Meus olhos ficam arregalados. Eu o deixo debaixo do travesseiro, mas nunca imaginei que ele sairia mexendo nas coisas. Minhas bochechas devem estar queimando.

— *Miles*. — Eu pulo para pegar o vibrador, mas ele o segura mais alto.
— Isso não é seu. É um objeto particular.
— Óbvio. — Ele fica olhando o vibrador com um sorriso. — Quantas velocidades isto tem?
— *Aff*. — Bato as mãos no meu quadril. — Eu ia te dar uma coisa antes de os meus pais aparecerem, mas agora você não vai mais ganhar nada.
— Um presente? — As sobrancelhas dele se levantam, mas ele continua segurando o vibrador acima da minha cabeça. — Por quê?
— Sei lá. — Dou um passo para trás e me viro em direção à cômoda.
— Se não me engano, hoje é um dia importante.
— É mesmo? Acho que esqueci.

Olho para ele. Está dando um sorrisinho sapeca.
— Beleza, você não precisa de presente — eu digo, dando as costas.
— Aniversário é coisa de gente velha, de qualquer forma ainda estamos completando três meses.

— Eu só estava brincando — Ele se apoia nas minhas costas. — Você está linda.

— Obrigada. — Pego a caixa. — Às vezes você também fica lindo.

Ele se joga na minha cama, deixando o vibrador sobre o meu travesseiro, o que é uma cena muito bizarra. Foram tantas noites em que eu fiquei sentada aqui e falei com ele, pensei nele.

— Humm, acho que você não devia sentar na minha cama. É que... eu faço umas coisas aqui.

— Sério? — Ele solta uma risadinha. — Com o vibrador?

— Eu não preciso falar sobre isso.

— Espera — ele diz, abrindo a sacola que trouxe. — Eu também tenho uma coisa pra você. Apesar de aniversário ser coisa de gente velha. É pra dar sorte.

Ele joga um pacote marrom em mim, e a caixa que estava nas minhas mãos cai no chão. Olho para ele, mas sua expressão não muda em nada.

— Você é um saco — resmungo, abrindo o pacote. É um moletom preto com um logo dourado do musical *Hamilton* na estampa. — Tá, eu amei de verdade. Agora eu tenho uma blusa da sorte só pra mim, e ela é *incrível*.

Coloco a blusa por cima da cabeça e fico entalada no meio do caminho, depois me chacoalho e consigo vesti-la.

— *Aff.* Agora meu cabelo ficou todo bagunçado.

— Está bonito — Miles elogia. — Está sempre bonito.

— Como você é bobo — eu digo, embora eu também seja.

— Talvez eu seja. O que você deixou cair no chão?

Olho para a caixa. Deixo escapar uma risadinha.

— Você está bem?

— Muito. São umas camisinhas. Eu comprei tipo quatro modelos diferentes e coloquei na caixa. Tem de látex normal, tem uma que brilha no escuro, uma de amora e uma de "orgasmo mais intenso", que achei que parece bacana.

Ele arregala os olhos. Por um segundo, penso que esse vai ser um momento mais sério, mas aí ele começa a rir. E não é uma risada normal não, mas uma risada tipo a que as pessoas davam quando o Eddie Murphy ainda fazia o *Saturday Night Live*.

— Tá, mas eu não falei isso pra ser *engraçado*. — Eu me sento ao lado dele, puxando o moletom. — Eu só quis dizer... enfim. Mais três meses. Não era pra ser engraçado.

— Eu não... Eu não estou rindo *de* você. — Ele se vira para me olhar.

— Tá, talvez eu esteja, só um pouquinho.

— Então você não ganha camisinha — eu digo, pegando a caixa. — Isso é pra pessoas que me tratam bem, tá bom?

Ele me beija. Eu ia falar alguma coisa sobre um time de lacrosse de Nova York, mas fazer isso beijando Miles é meio difícil. Aí eu sinto uma coisa acertar a minha bochecha. Empurro Miles e ele começa a rir.

— Você *não* jogou uma camisinha na minha cara.

— E se eu joguei? — Meu Deus, como eu gosto do sorriso dele. — Mas não entenda errado. Eu só dou camisinha pra gatinhas que estão me enchendo o saco.

Pego uma mão cheia de camisinhas da caixa e jogo tudo na cara dele.

— Toma um monte pra você, então — digo, rindo. — Porque você é o que mais enche o saco.

— Tá, então... — Ele rouba a caixa, e eu saio da cama num pulo. Já que ele tem a munição, não para de jogar as camisinhas em mim. Eu me jogo para tentar pegar a caixa, rindo ainda mais, mas ele escapa.

— Aposto que *agora* você queria saber jogar lacrosse — ele diz, lançando uma camisinha na minha cara. — Porque eu tenho mais resistência do que você.

— Eu *comprei* essas camisinhas — explico, pegando várias do chão. — Então pelo menos alguma coisa eu sei fazer direito.

— Em que planeta as pessoas acham *certo* usar camisinha de amora?

— Ei!

Cubro Miles de camisinhas. Ele levanta as mãos, rindo sem parar, e eu o encurralo num canto. Tem tanta camisinha no chão que parece que daqui a pouco vai rolar uma orgia das grandes no meu quarto.

— Ei — brinco. — Esse não é o seu melhor.

— Ah, *para*. — Ele joga uma camisinha de amora no meu rosto.

— Prepare-se para o seu fim — ameaço, abrindo uma camisinha, depois outra. — Quais são suas últimas palavras?

— Você pensa em mim quando se masturba — ele cantarola. — E eu vou lembrar disso pra sempre.

— Errou as palavras. — Jogo as camisinhas na cara dele. — Cara, você vai se dar mal se um dia alguém te assaltar a mão armada.

— Simone? — A porta se abre, e eu fico sem ação. — Precisamos ir, ou vamos nos atrasar. O Miles já está pronto?

Meu pai e o papito estão em pé na soleira da porta. Vejo os olhos deles saltarem do vibrador na minha cama para as camisinhas nas minhas mãos e no chão. Miles se levanta, com o paletó decorado com camisinhas roxas. É isso que acontece quando fico sozinha com algum menino.

— Eita — Claudia diz quando entra correndo no quarto. — É isso que os caras hétero fazem? Isso é, tipo, alguma dança do acasalamento?

— Eu *acho* que não. — Lydia aperta os olhos. — Eu nunca fiz nada disso com o Ethan.

— Quem é esse tal de Ethan? — eu pergunto, levantando uma sobrancelha. — Você namora o *Ian*.

— Eu tive *outros* namorados, Simone.

— Eu só... — A voz do papito se perde. Ele passa a mão no rosto e olha para o meu pai. — Por que a gente não teve uma filha normal? *Todo mundo* tem filhos normais.

— A gente *não* está transando — retruco, jogando as camisinhas no chão. — Eu juro.

— A gente *com certeza* não está transando — Miles concorda. — A gente ia, humm...

— Eu não preciso saber — meu pai diz, suspirando. — Eu não preciso saber mesmo. Só me façam um favor e se aprontem, pode ser? E tira essa blusa de moletom.

— Lembram de quando vocês dois disseram que estavam muito orgulhosos de mim? — eu digo, abrindo um sorriso. — Lembra de quando vocês disseram que vou ganhar todos os prêmios? Continuem focados nesse orgulho.

— Mas é que naquela hora você não estava com uma camisinha no cabelo. — Meu pai cruza os braços. — Mas acho que eu ainda tenho orgulho.

— Ai, *gente* — gemo, tateando meu penteado. — Para com isso.

Miles tira uma camisinha da parte de trás da minha cabeça. Tenho que morder o lábio para não rir. Pensar em usar essa camisinha específica me dá vontade de rir.

— Eu sempre tive orgulho de você, Simone — meu pai diz, segurando a maçaneta. — E sempre vou ter.

Olho para ele e sorrio. Não é a primeira vez que ele fala isso, mas talvez seja a primeira vez que estou tão orgulhosa de mim quanto ele. Eu sobrevivi à peça e ao menino que me expôs para todo mundo. Eu sobrevivi ao fato de ter me assumido bissexual para minhas melhores amigas. Eu posso sobreviver a muito mais.

— Então você está orgulhoso porque eu comprei camisinha?

O papito fica me olhando.

— Não força a barra.

Miles encosta o rosto no meu ombro e ri.

— Eu amo você o tempo todo — ele sussurra. — Ainda mais quando você compra camisinha.

Fico paralisada, sem conseguir esconder o sorriso. Ele segura minha mão, e eu a levo ao meu coração.

— Estou começando a mudar de ideia — eu digo, também me apoiando nele. — Acho que eu te amo daquele jeito dramático. Se não tiver problema.

— Não tem problema nenhum. — Ele beija meu pescoço. — Quem sabe depois eu te mostre que não tem problema nenhum mesmo...

— Acho que eu vou vomitar. — Claudia revira os olhos. — Que coisa mais nojenta.

— Ah, nem vem. — Abro os braços para as meninas. — Eu também amo vocês duas do jeito dramático. E vou amar pra sempre.

Estamos todos grudados, as pessoas que eu amo comigo. E daí se eu não ganhar o prêmio de Melhor Direção hoje? Não preciso da aprovação de uns juízes aleatórios, porque eu tenho isto aqui: um montão de camisinhas e pessoas maravilhosas.

Epílogo

A caminho da minha próxima consulta com a ginecologista, meu pai resolve ouvir Aretha no carro, e não demora para o papito começar a cantar "(You Make Me Feel Like a) Natural Woman" tão alto que periga parar o trânsito.

No fundo eu adoro estes momentos.

Só que eu preferiria falar com minha médica sozinha.

— Então — eu digo, batendo no meu joelho enquanto meu pai entra numa vaga de estacionamento. — O que vocês diriam se eu pedisse pra vocês dois me deixarem aqui?

Eles param por um instante, trocando entre si um daqueles *olhares*. Não consigo decifrar a expressão deles aqui do banco de trás. Aretha continua cantando ao fundo.

— Tipo, eu amo vocês e tal — eu digo, mordendo o lábio. — Mas é que... Daqui a pouco eu vou fazer dezoito anos. Vocês são meus pais, mas *eu* é que sou responsável por mim, ainda mais quando se trata de... enfim. Sexo e tudo mais.

Isso sem dúvida soava menos estranho na minha cabeça.

— Por que não saímos do carro? — o papito diz, pigarreando. — Vai ser mais fácil para conversarmos.

Mordo o lábio para abafar um resmungo, destravando meu cinto de segurança e saindo pela porta. O papito e o meu pai ficam parados lado a lado. Parece o primeiro dia em que me deixaram no Nossa Senhora de Lourdes, quando meu pai não queria parar de me abraçar e o papito me fez levar o cobertor que ficava aos pés da cama deles. Tinha cheiro de sabão e menta. O cheiro dos dois.

Caralho. Eu não preciso ficar toda emocionada agora. Isso é *importante*.

— Eu já tenho idade para ir sozinha. — Pronuncio as palavras bem rápido para que eles não possam me interromper. — Entendo que vocês estejam preocupados e tudo bem, de verdade, mas vocês não precisam me tratar como uma bebê ou ter um chilique com esse papo de sexo. Eu pesquisei, conversei com pessoas e vou tomar boas decisões. Só preciso que confiem em mim.

Meu pai sorri.

— A gente sabe.

— Eu *sei* que ainda sou a filha de vocês, mas...

Espera. Fecho a boca. Será que ele disse o que eu acho que ele disse?

— A gente sabe que você entende quais são os riscos de fazer sexo — o papito diz, respirando fundo. — E é importante que você entenda sua sexualidade.

— É *mesmo*? — Levanto uma sobrancelha, cruzando os braços. — Vocês estão falando sério?

— É tão surpreendente assim? — meu pai pergunta, se apoiando no carro. O papito se apoia nele, e eu sigo o exemplo. Parece que nós três estamos posando para uma revista de carros. — É óbvio que você é uma moça responsável.

— É verdade. — O papito assente, mas parece um pouco mais relutante. — Você não é mais uma menininha.

— Mas nós queremos estar aqui para apoiar você — meu pai prossegue, passando um dos braços ao redor dos meus ombros. — Seja aqui fora ou na sala de espera.

— De preferência na sala de espera — o papito interrompe. Eu solto uma risadinha, mas ele continua andando. — O que seu pai está tentando dizer é que nós sabemos que você consegue fazer isso sozinha, mas não significa que você precise. Nós sempre estamos aqui.

Merda. Desse jeito eu vou chorar. E se eu chorar um deles vai chorar, e aí vai ser uma cena daquelas.

— A gente quer ajudar — meu pai diz, me puxando para perto. — Do jeito que a gente puder.

Eu respiro fundo, obrigando as lágrimas a voltarem para o lugar de onde vieram. É estranho pensar que agora eles vão ficar nos bastidores e não em primeiro plano. Eles sempre me deram liberdade — no Nossa Senhora de Lourdes, no Sagrado Coração, com meus amigos. Mas esse é um novo passo. Um grande passo. Embora eu esteja animada para dar esse passo, também estou contente que eles não tenham ido embora.

— Será que vocês podem entrar? — eu pergunto. — E, tipo, esperar lá?

Meu pai sorri.

— É claro, *cariño*.

— Estamos aqui, logo atrás de você. — O papito bate o ombro no meu. — Você primeiro, Simone.

Nota da autora

Meu interesse pelo HIV e pela aids já existia muito antes de a Simone existir. Falamos rapidamente sobre esses assuntos na aula de saúde da minha escola, no ensino médio, mas meu aprendizado só começou de fato quando passei a ler blogs escritos por pais de crianças com HIV. Foi enquanto eu pesquisava e aprendia que a personagem da Simone ganhou vida.

Assim que cheguei a uma ideia básica de quem a Simone era, me aprofundei na minha pesquisa para tentar entender os detalhes de sua história. Isso me levou a vários caminhos diferentes: assisti a filmes e li blogs, compartilhei as primeiras versões do manuscrito com leitores HIV positivos e segui pessoas nas redes sociais. A princípio eu só queria saber como era a vida de um adolescente com HIV, mas logo passei a me interessar pela epidemia da aids nos Estados Unidos e pelas formas como diferentes comunidades lidavam com essa questão. Ainda me choca pensar que não aprendi nada disso na escola.

As fontes listadas abaixo foram extremamente úteis para mim, não só para garantir que a história da Simone fosse realista, mas porque me ensinaram informações valiosas. Eu continuo aprendendo e vou continuar aprendendo para sempre. Espero que essas fontes também ensinem algo novo a vocês.

DOCUMENTÁRIOS

A batalha de amfAR, dirigido por Rob Epstein e Jeffrey Friedma (HBO, 2013)

Blood Brother [Irmão de sangue], dirigido por John Pogue (2018)

How to Survive a Plague [Como sobreviver a uma praga], dirigido por David France (2012)
We Were Here [Estivemos aqui], dirigido por David Weismann (2011)

FILMES
Angels in America, vários diretores (minissérie para TV, 2003)
120 batimentos por minuto, dirigido por Robin Campillo (2017)
Rent: os boêmios, dirigido por Chris Columbus (Sony Pictures, 2015)

LIVROS
Angels in America: A Gay Fantasia on National Themes [Angels in America: uma fantasia gay com temas nacionais], de Tony Kushner (Nova York: Theatre Communications Group, Inc., 2013)
The Great Believers [Os crédulos], de Rebecca Makkai (Nova York: Viking, 2018)
How to Write an Autobiographical Novel [Como escrever um romance autobiográfico], de Alexander Chee (Nova York: Mariner Books, 2018)
The Normal Heart [O coração normal], de Larry Kramer (Nova York: Samuel French, Inc., 1985)
Reports from the Holocaust: The Making of an AIDS Activist [Relatórios do Holocausto: como nasce um ativista da luta contra a aids], de Larry Kramer (Nova York: St. Martin's Press, 1989)

ARTIGOS
"American Woman Who Adopted HIV-Positive Child Tells Parents There Is 'Nothing to Be Afraid Of'" [Mulher americana que adotou criança HIV positiva diz a outros pais que "não há por que ter medo"], por Lizzie Dearden. Publicado em 22 de setembro de 2014 no *Independent*.
"HIV Did Not Stop Me from Having a Biological Child" [O HIV não me impediu de ter um filho biológico], por Ben Banks. Publicado em 25 de junho de 2014 na *Time*.
"I Feel Blessed to Be HIV+ in the Age of PrEP and TasP" [Me sinto abençoado por ser HIV positivo na era da Profilaxia Pré-Exposição e da

do Tratamento como Prevenção], por Jeff Leavell. Publicado em 7 de março de 2018 na *Them*.

"Odd Blood: Serodiscordancy, or, Life with an HIV-Positive Partner" [Sangue estranho: sorodiscordância ou a vida com um parceiro HIV positivo], por John Fram. Publicado em 29 de março de 2012 na *Atlantic*.

"Telling JJ: A Year After Learning She Has HIV, an 11-Year-Old Has a Breakthrough" [Contando para JJ: um ano depois de descobrir que tem HIV, uma menina de 11 anos muda de vida], por John Woodrow Cox. Publicado em 27 de agosto de 2016 no *Washington Post*.

SITES

AdvocatesForYouth.org

A Advocates for Youth é uma ONG que trabalha com jovens e outras organizações para promover a saúde e os direitos sexuais. Eles têm vários projetos, inclusive o ECHO, que prepara jovens HIV positivos para se tornarem líderes do movimento que combate o estigma desse vírus e da aids. Eles também coordenam o Dia Nacional da Conscientização sobre o HIV e a Aids na Juventude, e a hashtag #MyStoryOutLoud [Minha história em voz alta], que é um projeto online de storytelling dedicado a jovens HIV positivos e jovens LGBTQI+ não brancos.

HIV.gov

Esse é o site dedicado ao HIV do governo dos Estados Unidos. Uma boa fonte para informações e dados atualizados.

PedAIDS.org

Esse é o site da Elizabeth Glaser Pediatric AIDS Foundation, uma ONG que trabalha para prevenir o HIV e combater a aids no mundo inteiro, especialmente em crianças.

POZ.com

Uma revista digital para pessoas que têm ou que sejam impactadas pelo HIV e pela aids. Há colunas, relatos em primeira pessoa e todo tipo de informação. Recorri muito a esse site quando estava escrevendo meu livro. Ele mostra como a experiência de viver com HIV é ampla, e como as pessoas HIV positivas podem ser diferentes umas das outras.

UNAIDS.org
O objetivo desse projeto das Nações Unidas é promover a conscientização e combater a aids em escala global. O site oferece dados e fontes do mundo inteiro.

Embora Simone seja muito real para mim, ela não é uma pessoa de verdade. Mas todas as suas características positivas — a determinação, a perseverança, e o que mais vocês tenham visto — vieram dos ativistas em quem me inspirei. Todos os cinco ativistas a seguir vivem com o HIV e usam sua voz para lutar por seus direitos e pelos direitos de outras pessoas. Vocês podem ler seus trabalhos, ouvir suas palavras ou segui-los nas redes sociais (eu recomendo todas essas opções).

ATIVISTAS
Ashley Murphy é uma jovem que nasceu com HIV e hoje dá palestras e escreve colunas sobre suas experiências. Você pode segui-la no Twitter @TheAshleyRose_ ou assistir ao seu TED Talk, "How to Be Extraordinary" [Como ser extraordinária] (2 de julho de 2015).

Ben Banks escreveu e falou muitas vezes sobre como o fato de ter HIV não o impediu de ter filhos (algo que preocupa Simone no livro). Ele escreveu na revista *Time* e teve seu trabalho elogiado pelo presidente Obama.

Shawn Decker e sua parceira, Gwenn, são um casal sorodiscordante que usa seu relacionamento como ponto de partida para discutir o tema da saúde sexual. Visite-os no shawnandgwenn.com ou siga @shawndecker.

George M. Johnson é um homem negro e queer que vive com o HIV e escreve sobre suas experiências, inclusive em sua autobiografia YA

All Boys Aren't Blue [Nem todos os meninos usam azul e vivem tristes] (Nova York: Farrar, Straus & Giroux, 2020). Visite iamgmjohnson.com ou siga @iamgmjohnson.

Rae Lewis-Thornton é uma mulher negra que convive com o HIV há mais de trinta anos. Ela escreve sobre suas experiências no blog raelewisthornton.com, e vocês também podem segui-la no Twitter (@raelt).

Nota à edição brasileira

Em português também dá para ler muita coisa sobre HIV. Seguem algumas indicações:

DOCUMENTÁRIOS
Youtubers e HIV: prevenção, irreverência e informação, dirigido por Roseli Tardelli, da Agência Aids (2019)

Carta para além dos muros, dirigido por André Canto e disponível na Netflix (2019)

FILMES
Boa sorte, dirigido por Carolina Jabor (2014)

SITES
agenciaaids.com.br
Site dedicado às últimas notícias referentes ao HIV. Uma ótima fonte de informações e dados atualizados.

deupositivoeagora.org
Site com informações essenciais para jovens recém-diagnosticados com HIV.

giv.org.br
O GIV é um grupo de ajuda mútua para pessoas com sorologia positiva para HIV e dirigido também por HIV positivos.

aids.gov.br
O site disponibiliza informações importantíssimas, como onde fazer o teste do HIV, as últimas notícias sobre a epidemia de aids no país e muito mais.

ATIVISTAS

Gabriel Comicholi, do canal HDiário, produz vídeos em que divide suas experiências. A iniciativa veio logo após Gabriel descobrir o diagnóstico positivo.

João Geraldo Netto, no canal Super Indetectável, dá dicas e compartilha informações para as pessoas que vivem com HIV. O Super Indetectável tem o objetivo de acolher e orientar pessoas afetadas pelo HIV para que sejam protagonistas da sua vida, tomando sempre a melhor decisão considerando suas individualidades.

Lucas Raniel tornou-se referência na divulgação de informações sobre como é viver com HIV e métodos de prevenção da infecção. Siga @lucasraniel_.

Mário Daniel é o criador do canal Prosa Positiva. Divide suas experiências sobre HIV com os jovens. Siga @danndes.

Agradecimentos

Minha jornada até a publicação começou quando eu tinha treze anos, por isso meus agradecimentos são longos e muito dramáticos. Peço desculpas desde já.

A primeira pessoa a quem preciso agradecer é minha mãe, porque este livro não existiria sem ela. Mãe: eu li a dedicatória para você, mesmo assim você não "captou". "Para minha mãe, sempre" quer dizer que eu só sou capaz de fazer tudo isso por sua causa. Por causa de todo o seu amor e apoio e por tudo pelo que você sacrificou. Por nunca ter duvidado de mim, nem uma vez, embora eu o faça o tempo todo. Eu te amo mais que tudo, mesmo que você não goste de ler.

Bri: não sei nem por onde começar. Obrigada por ter me tirado da lama e visto algo em mim. Por ter me dado uma chance. Por ter me ensinado mais sobre escrita do que eu imaginava ser possível aprender com um só livro. Pelo seu olhar afiado na edição e seu tino comercial, e por não levar desaforo para casa. Pela sinceridade. Por responder todos os meus e-mails aleatórios e por todas as sessões de brainstorming. Por ter sugerido a cena no sex shop. Por rir de todas as minhas piadas. Por realizar meus sonhos. Eu não conseguiria imaginar uma agente melhor que você.

Allie: eu só queria te deixar um monte de exclamações, mas não seria justo. Obrigada por responder e-mails com perguntas estranhas e por me acalmar todas as vezes que eu surtei (e não foram poucas). Por me ouvir falar sobre a faculdade. Por pirar na capa deste livro comigo. Por seus comentários, sua atenção e sua imensa dedicação. Por seu apoio. Você é a melhor.

Obrigada a Katherine, por fazer uma oferta neste livro depois de um dia, parecendo uma louca, e por me fazer ter uma crise de asma. Por sua empolgação e dedicação e por sua visão para esse projeto. Por acreditar na Simone e em sua história. Por acreditar em mim. Por fazer meus sonhos se tornarem realidade. Obrigada ao restante da equipe da editora, especialmente Melanie Nolan, Kerry Johnson, Janet Renard, Jazzmine Walker, Sylvia Al-Mateen, Artie Bennett, Jake Eldred, Mary McCue, Andrea Comerford e Emily DuVal. Foi um imenso prazer trabalhar com todos vocês.

Obrigada a Theodore Samuels, Rhesa Smith, Jen Heuer e Alison Impey por terem criado a capa dos meus sonhos, e a Stephanie Moss pelo belo design editorial. Sempre sonhei em ter um livro publicado, mas jamais imaginaria como ele de fato seria, e agora eu me sinto a escritora mais sortuda do mundo toda vez que olho para este livro. Obrigada por terem trabalhado tanto neste conjunto lindo.

Obrigada à equipe do Reino Unido, inclusive Naomi Colthurst, Amanda Punter, Simon Armstrong, Ruth Knowles, Ben Horslen, Amy Wilkerson, Francesca Dow e Michael Bedo. Vocês todos demonstraram tanto entusiasmo ao longo desse processo. Obrigada pelos comentários, pelo otimismo e pelo prospecto que vocês fizeram antes de o contrato ser assinado (que está na minha área de trabalho). Foi incrível trabalhar com vocês. Um obrigada especial a Emma Jones, que é sensacional.

Obrigada ao meu pai por todas as horas na livraria. Por nunca se recusar a comprar nenhum livro que eu pedisse, mesmo quando o combinado era que eu escolheria só dois. Por todas as horas que fiquei no computador ao seu lado no seu escritório, escrevendo no meu diário. Por seu computador antigo. Por tantas memórias.

Jayden: duvido que você leia isto, mas obrigada por ser minha irmã.

Obrigada à tia Jessica por nunca ter pensado que as coisas que eu queria fazer fossem estranhas. Obrigada por nunca ter me pedido para ir com calma. Obrigada por ser a pessoa mais incrível em todos os aspectos.

Obrigada ao Mark por ter ficado mais animado a respeito do meu livro que eu mesma em certos momentos. Por postar meu link do Goodreads no Twitter, por ler meu trabalho e me mandar memes. Por sua amizade, mesmo quando eu enchia o seu saco. Por compartilhar você e suas palavras comigo. Por ser você. Eu amo você e aquele seu sapato preto.

Ao Michael: uma vez você disse que acha esse papo de "melhor amigo" uma besteira, mas você é um dos meus melhores amigos, fazer o quê? Sinto que nós crescemos juntos, mesmo morando em lugares diferentes. Sou tão grata por ter você na minha vida. E também sou grata pelo *Teens Can Write!*, que permitiu que eu acreditasse que podia ser escritora. Sou grata por todas as reclamações que você escutou, por todas as vezes que de alguma forma você encontrou um jeito de me ajudar a seguir. Obrigada por fazer com que eu sentisse que você estava no quarto ao lado quando na verdade estava muito longe. Por acreditar em mim, e por ser meigo e ao mesmo tempo ter um humor cruel. Por tudo. Você é incrível e eu te amo.

A Aisha, obrigada por me stalkear no Twitter e começar a nossa amizade; obrigada por ler a história do Drew e acreditar nela, mesmo que não tenha dado certo. Por me apresentar outros pontos de vista e por fazer piadas bobas.

A Maliha: por tirar fotos de mim quando assinei o contrato. Por ter vindo dizer que gostava da minha camiseta no ensino fundamental; pela foto, que continua num porta-retrato na minha mesa de cabeceira, em que eu estou olhando pela janela com um ar dramático. Por ter mandado o Stucky. Por ter batizado o Ren, apesar de o livro dele não ter sido publicado. Por sua amizade.

A Natalia, Gabi e Abi: obrigada por terem tornado meu ensino médio suportável. Obrigada por terem sido as amigas com quem eu podia falar sobre absolutamente tudo. Obrigada por terem respondido perguntas bizarras sobre sexo durante o almoço ou no chat do grupo. Obrigada por terem inspirado Simone, Claudia e Lydia. Vocês são o primeiro grupo de amigas de quem eu me senti muito próxima. Adoro o que vocês fazem com maquiagem e seus talentos artísticos. Adoro que nenhuma de vocês saiba o que está fazendo. Adoro que vocês saibam tudo e nada ao mesmo tempo. Adoro que sempre haja uma de vocês acordada às duas da manhã. Adoro os memes do Tumblr e os personagens que vocês inventam. Obrigada por me ouvirem falar sobre pessoas imaginárias. Obrigada por me amarem como eu sou. Amo vocês.

Obrigada, Chey, porque acho que você ia me torturar se eu não te incluísse aqui. Obrigada por ser uma das minhas primeiras amizades na faculdade. Estou empolgada para ver o que vamos criar no futuro.

Obrigada, obrigada, obrigada, srta. Kalter. Você ficou animada por mim quando eu ainda não entendia nada, e eu te amo por isso. Obrigada por sentir orgulho e por ficar feliz e por ser tão incrível, mesmo antes de eu assinar o contrato deste livro. Por me apresentar os diferentes ângulos da narrativa. Por me ouvir tagarelar no início do dia na escola e durante momentos aleatórios. Por tudo.

Obrigada a todos(as) os(as) professores(as) de inglês que eu tive na vida. Obrigada por me deixarem ficar na sala de vocês conversando sobre livros, mesmo quando eu deveria estar em outro lugar. Um obrigada específico ao dr. Johnson pela visibilidade, e por garantir que todos os outros alunos negros também tivessem visibilidade.

A Jenni Walsh: por ser minha primeira importante parceira de críticas. Por ter lido meus piores textos até o fim, e por me oferecer comentários importantes que levei comigo na escrita dos próximos livros. Por me avisar que estava tudo bem se eu desacelerasse, que eu não precisava ter um livro pronto aos dezesseis anos. Por sua orientação.

A Shveta: por seu calor humano. Por me ouvir reclamando da escrita e de tudo que me frustrava nesse processo. Por compartilhar seu conhecimento e sua jornada comigo. Por suas palavras e sua presença. Por ser uma pessoa ótima em geral.

A Lana Wood Johnson, que disse: "Você nunca vai ser a Oprah da TV vespertina. Nem a Shonda da programação noturna. Você vai ser a Camryn da..." Eu penso nisso desde que você falou, e vou continuar pensando muito tempo depois de este livro ter sido publicado. Obrigada por dizer isso.

Às minhas mulheres de Wakanda: Adrienne, Elle, Angie e Cara. Obrigada pelo espaço seguro para reclamar sobre coisas que só vocês entenderiam. Obrigada pela orientação e por serem minhas tias do coração. Por abrirem caminho para mim.

A Mason, Cody e Ava: por deixarem que eu surtasse por causa de cada detalhe dessa jornada. Por terem lido o livro logo no começo e se apaixonado por ele. Obrigada a Cody, por dar a ideia do título. Pelo estímulo e pela empolgação. Pelos conselhos. Pela sua amizade.

A Courtney Milan: pela generosidade. Por me dar conselhos sobre coisas que ninguém que eu conheço entende realmente. Por assumir a responsabilidade de me ajudar de formas que ninguém (ninguém mesmo) esperaria que você me ajudasse. Por me olhar, ver que eu precisava de ajuda e dizer: "Beleza, eu mesma vou cuidar disso." Por ser uma fonte de informação e uma pessoa a quem eu podia fazer perguntas. Por seu perfil no Twitter. Obrigada.

A Nita: por ser uma das melhores parceiras de crítica! Por todas as reclamações que compartilhamos sobre todas as etapas da publicação de um livro. Por compartilhar histórias sobre o amor das suas meninas. Por sua escrita delicada e lírica. Por sua amizade.

A Kaye: por seu espírito amigável. Seus sorrisos e sua generosidade transparecem nos seus tuítes, mesmo quando eles só tinham 140 caracteres. Obrigada por ter me animado quando eu ainda pensava que não merecia. Obrigada por acreditar em mim. Obrigada por nunca deixar de ser uma pessoa tão querida. Você é a melhor.

A Kacen Callender: por me dar um feedback sincero sobre o livro do meu coração. Eu não estava pronta, mas adorei (e ainda adoro) e acho que você também adorou — ou pelo menos gostou bastante. Obrigada por ter me dado essa oportunidade. Obrigada por ter trabalhado comigo e me ensinado. Obrigada por me avisar que eu ainda tinha muito trabalho pela frente. Obrigada a Rebecca Podos por sua incrível carta de rejeição/proposta. Ela me deu força para continuar oferecendo meu livro. E a Alexandra Machinist pela carta de rejeição mais simpática da história. Ela continua favoritada no meu e-mail. Foi muito importante para mim quando a li pela primeira vez, e é até hoje.

A Nic Stone: por ter lido um dos meus primeiros livros e feito comentários. Pela ajuda que você me ofereceu, mesmo quando eu ainda não estava pronta para ela. Por abrir caminhos com seu trabalho. A Becky Albertalli, por ser sensacional em todos os sentidos e tão, tão generosa. A Justina Ireland: por ter me mostrado que tenho o direito de falar do que é importante. Por ser uma mulher foda. Por me receber na comunidade quando eu só tinha quinze anos. Por me inspirar.

A Wendy Xu: por ser uma tia protetora do Twitter. Pela conversa que tivemos sobre o sucesso, que não precisa acontecer enquanto ainda somos muito jovens. Eu precisava ouvir isso.

A Sierra Elmore e Phil Stamper: por continuarem no grupo de chat, embora ninguém obrigue vocês. Por me ouvirem falar sobre quem e o que me atrai e por responderem perguntas constrangedoras. Não sou grata por todas as vezes que vocês me arrastaram por aí, mas sou grata por todas as vezes que me escutaram.

A Dahlia Adler: pelo trabalho que você faz pela comunidade das publicações YA em geral, mas especialmente pelos livros queer. Eu te admiro. Por ter me mostrado que livros YA com narrativas lésbicas existiam, mesmo quando eu pensava que não. Por ter me recomendado os melhores livros. Pelas fotos do Figgy quando eu fico triste. Você é demais.

A Rachel Strolle: por tudo o que você faz pela comunidade de livros YA. Pelo "layout" da capa que você fez quando o lançamento do livro foi anunciado. Por sua empolgação. Você é demais.

A Taylor e Liz: por terem sido duas das primeiras pessoas a me publicarem na internet. Pela comunidade que vocês criaram no *HuffPost Teen*. Por terem mantido contato depois que aquela fase incrível passou. Pelos tuítes e pela ajuda e todas as vezes que vocês me deram os parabéns por alguma coisa. Por serem jovens, modernos e descolados. Por me oferecerem oportunidades quando não precisavam mais fazer isso. Por terem criado mais de um espaço onde minha voz fazia a diferença.

A toda a minha turma do *HuffPost Teen*: Bekah, Leo, Sam, Erin, Lauren, Taylor e Emma (que se enfiou no grupo sem a gente perceber). Vocês eram a galera mais velha e incrível que eu queria ser. Deve ter sido por isso que comecei a escrever livros. Tá, não só por isso, mas também por isso.

Obrigada às pessoas com quem escrevi no MTV Founders. Obrigada a *Rookie*, especialmente a Tavi Gevinson, Diamond Sharp e Derica Shields. Foi a primeira (e até agora a única) experiência que tive em que só mulheres negras editavam meu trabalho. Eu amei, e fiquei extremamente orgulhosa por ser publicada na *Rookie*.

Obrigada a Julie Zeilinger por cuidar do WMC FBomb e por me dar a chance de reclamar de *Stranger Things* e entrevistar pessoas sobre herpes.

Um obrigada especial ao Concurso de Repórteres Mirins da *TIME for Kids*, que foi o primeiro passo na minha jornada como autora publicada. Fui editada por uma editora de verdade e entrevistei pessoas que tinham feito filmes e escrito livros de verdade. Perdi a timidez pela primeira vez. Pela primeira vez pensei que minhas palavras podiam me transformar em uma pessoa importante. Obrigada por essa experiência. Sempre vou guardá-la no meu coração.

Muito obrigada a Shawn Decker, Sakhile Moyo, Vic Vela, Nina Martinez e Nick Cady por terem compartilhado sua expertise e por terem tornado este livro tão real e autêntico. Muito obrigada por seu tempo e seu conhecimento.

Também preciso agradecer às pessoas que me seguem e torcem por mim no Twitter desde os quinze anos. Estas são algumas delas: Molli, Leah, Chasia, Gabe, Saba, Summer, Kelley, Anne, Katherine, Hannah, Justine, Gwenda, Brandon, Tehlor, Marieke, Meagan, Ellen, Julie, Rebekah, Angie M., Nafiza, Samira, Jessie, Ami, Alyssa, Sarah, Katie. Obrigada a todos que me seguem e têm que aguentar o meu falatório o dia inteiro. Às pessoas que começam a conversar comigo sobre assuntos aleatórios e que me ensinam sobre temas de que não sei nada. Por transformarem o Twitter numa comunidade, mesmo quando o resto do site está um lixo. Obrigada especialmente a todos os adolescentes do Twitter. Alguns de vocês mudaram de nome de usuário e alguns de vocês continuam aqui. Obrigada pela torcida. Obrigada por cobrarem respostas da comunidade YA e por nos ajudarem a ser um grupo melhor. Obrigada pelo trabalho que vocês fazem. Obrigada por estarem presentes.

Também preciso mandar um alô para a comunidade queer, em especial para a comunidade queer negra. Vocês foram as pessoas mais impactadas pelo HIV e pela aids, e essa comunidade sobreviveu. Obrigada aos membros mais velhos e àqueles que mantêm vivas as memórias daqueles que se foram. Obrigada a todos que foram às ruas no pico da crise da aids para protestar e reivindicar. Obrigada a grupos como ACT UP por lutar, por lutar sempre. Eu nem estava presente, mas sinto que devo muito a todos vocês. Obrigada. Fico tão feliz que essa comunidade exista e sou tão grata por ser parte dela.

Por fim, preciso agradecer a você, querido(a) leitor(a), por ler este livro. Por ter chegado ao fim, mesmo que tenha pulado algumas páginas. Nem todo livro é para todos os gostos. Mas obrigada por ter me dado uma chance.

Impresso no Brasil pelo Sistema Cameron da Divisão Gráfica da
DISTRIBUIDORA RECORD DE SERVIÇOS DE IMPRENSA S.A.